KB083986

Maria
Caf-Pow!
CAFFEINE

내 제안에 수병들은 쾌히 고개를 끄덕이며 점원에게 테 타릭을 주문했다. 이 근방에 처음 오는 나와는 달리 남중국해에서 오랫동안 작전을 해왔던 수병들에게는 꽤나 익숙한 음료였던 모양이었다. 오래 지나지 않아 점원은 사람 머릿수대로의 테 타릭을 내어주었고, 나도 잔을 하나 받아든 채 그 낯선 밀크티를 한 모금 맛보았다.

물놀이에 참가하는 승조원들은 개인적으로 가지고 있던 사제 수영복을 입거나, 그도
아니면 체육복을 껴입은 채로 그냥 물에 뛰어들었다.
허리까지 오는 얕은 바다에서 물장구를 치며 천진하게 뛰어노는 수병들을 보고
있노라니, 나도 모르게 절로 입에 미소가 퍼졌다.

"함장도 가끔은 좋은 의견을 내놓는걸."
R ASH OCTOBE

“하암…….”
그러고 보니 공작을 마친지도 벌써 하루가 지났다.
도마우스는 하품을 하며 거칠게 눈두덩을 문질렀다.
……
외모에 신경을 쓴다면 제법 미인처럼 보일 수도 있는
상이었지만 그녀는 자신의 외모가 망가지는 것에 대해
조금도 개의치 않아했다.
그런데 신경을 쓸 시간이 있으면
코드에 주석이라도 한 줄 더 다는 편이 낫다.
SALMIAKKI

ASH OCTOBER

마리얼레트리

Hello, World!

오소리

Hello, World!

일러스트 유나물 **편집** 김원재 **마케팅** 정다움 **주간** 홍성완 해커들에게는 음식 역시 시스템이다.

스티븐 레비

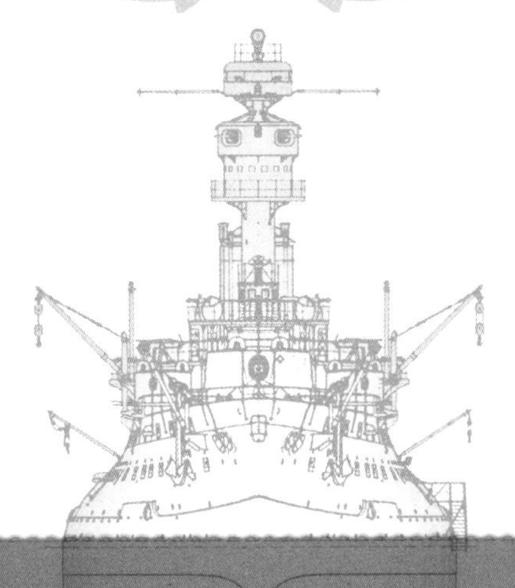

1. 팝콘

Video Camera INSIDE, 통칭 VC는 연방의 웹 사이트 중에서도 제법 규모가 큰 온라인 커뮤니티 중 하나였다.

미디어 스트리밍 붐을 타고 만들어진 이 사이트는 처음에는 문자 그대로 비디오카메라 동호회원들이 자신들이 찍은 영상을 간편하게 돌려볼 수 있도록 만든 영상 중계 사이트에 불과했지만, 여러 차례의 변혁을 거친 끝에 지금은 인터넷의 온갖 군상들이 몰려드는 거대한 포털 사이트로 변모하게 되었다.

VC의 가장 큰 특징은 주제에 따라 세분화된 게시판인데 이곳을 찾은 네티즌들은 자신의 관심사에 맞는 게시판으로 들어가 동영상을 올리고 다른 네티즌들과 의견을 나눌 수 있었다. …물론 이는 최초의 의도였을 뿐, 근래에는 진짜 영상을 올리는 사람은 거의 없었고 "짤림 방지용"이라는 엉뚱한 GIF 파일을 올려놓고 제 이야기를 떠드는 유저들만 남아 있었다.

이러한 변화 때문에 VC는 금세 고립되어 몰락할 것처럼 보였지만, 곧 보장된 익명성을 바탕으로 양지에서 공개하기 어려운 정보를 풀어놓으려는 사람들이 몰려들며 VC는 또 다른 인기를 끌게 되었다. 비밀스러운 정보라 해도 대부분은 포르노나 음해성 글뿐이었지만….

그 날도 VC 군사-밀리터리 게시판의 유저들은 엉뚱한 영상을 하나 올려놓고 스레드(thread)를 따라 잡담을 나누고 있었다.

▶ 애보국수 : 야, 어젯밤에 선진테크윈 사(社) 주식 확 떨어졌던데, 전에 누가 그거 구입한다고 하지 않았냐?

▶ 고라니 : 그거 블랙카우 녀석이었을 걸. 한 1억 정도 부은 걸로 아는데.

▶ 애보국수 : ㅋㅋㅋ 어젯밤에 주가 반 토막 났던데. 그 새끼 자살하러 간 거 아냐? 누구 아는 사람 연락해 봐.

▶ 닥눈삼 : 닉네임 언급 자제해라. 친목질은 밴이야.

▶ 애보국수 : 저도 끼고 싶으니까 심통 부리는 거 보소.

▶ 신림동찰순대 : 그보다 니 짤방에서 오타쿠 냄새나. 좀 더 게시판 주제랑 맞는 걸로 올리면 안 되냐?

▶ 애보국수 : 무슨 소리야, 대전차 마법소녀 RPG-7 짱의 변신 장면은 밀게에 길이 남을 명장면이거든?

▶ 유키짱은내신부 : 키모이….

▶ 미트스핀 : 그나저나 선진테크윈 주가는 왜 떨어진 거야? 저번 달까지는 한창 잘 나가고 있더만.

▶ 고라니 : 넌 뉴스도 안 보고 사냐? 어제 105 전차사단에서 연쇄 폭발 사고가 일어나서 본부 중대의 신형 전차들이 통째로 날아갔잖아.

▶ 고라니 : 그래서 선진테크윈 사의 파워 팩에 문제가 있었던 게 아니냐며 어젯밤에 사장이 긴급 구속됐어.

▶ 밀면한그릇 : 한 두 대면 몰라도 부대가 통째로 날아갈 리

가 있냐? 분명 적성국가의 테러가 분명해. 그러고 보니 그 부대 인근 주민들이 그제 마을에서 처음 보는 군복을 입은 병사들이 어슬렁거리는 걸 보았다는데.

▶ 애보국수 : 또 음모론자 떴네.

▶ 익명 2499 : 너 북방관구 출신이지? IP 보니까 함경도 쪽에서 작성하고 있는 것 같은데.

▶ 밀면한그릇 : 여기서 지역이 왜 나와? 그보다 너희는 솔직히 최천중 총통이 깨끗해 보이냐? 지난번에도 투표 조작 의혹이 가득했던 녀석인데. 이번에도 선거를 앞두고 정치 공작을 하는 것일지도 모르지.

▶ 익명 0718 : 동무, 그거 아시오? 사실 미제 놈들은 달에 간 적이 없다오. 아폴로 호의 영상은 스탠리 큐브릭 감독이 특수촬영으로 찍어낸 거고, 그 세트장은 백악관 아래에 있지.

▶ 밀면한그릇 : 아, 씨발. 장난치지 말고.

▶ 익명 1011 : 야, 어디서 감자 타는 냄새 나지 않냐?

▶ 어조사 : 지역감정 조장하는 발언은 자제해. 지금 시국이 어떤 시국인데 단합하지는 못할망정….

▶ 익명 2499 : 으엑, 꼰대 냄새.

▶ 익명 1011 : 뭐야, 저 새끼 옹호하는 걸 보니 너도 감자바우냐? 아니면 김일성 개새끼 해봐.

▶ 어조사 : 김일성 개새끼.

▶ 익명 2499 : 그러고 보니 지난 내전 때 김 씨 일가에 충성하던 녀석들이 요새 수상한 음모를 꾸미고 있다던데. 그 뭐냐, 김 씨 일가의 막내딸을 데리고 백두산에서 거병을 하려 한다던가.

▶ 너는내운명 : 너희들 영화를 너무 많이 본 거 아냐?

▶ 쾨니히스티거 : 이게 다 북진을 덜 해서 그렇다. 지난 내전 당시에 시베리아까지 북진을 해야 했는데.

▶ 미트스핀 : 그래서 그 김 씨 일가 딸내미는 예쁘냐?

▶ 색무새 : 그래서 누가 벗는다고?

유저들은 간헐적으로 말다툼을 벌이며 시끄럽게 게시판을 불태웠지만, 그 어떤 싸움도 10분을 넘지 못하고 금세 시들어버렸다. 그도 그럴 것이 모두가 익명성의 뒤에 숨어 나오지 않는데다가, 서로를 반동분자라 매도하며 말싸움을 벌이는 건 이미 충분히 질려버렸기 때문이었다.

그들은 무언가 새로운 '떡밥'을 원했다. 신선하며, 모두가 공감할 수 있고, 거기에 더해 누군가를 나락으로 떨어트릴 수 있는 자극적인 화제를.

정체되어 가던 게시판의 분위기에 새로운 불길을 당긴 건 '헤이즐'이라는 닉네임을 쓰는 유저였다. 그는 새로운 스레드를 열어 네티즌들을 불러 모았다.

▶ 헤이즐 : 야, 아까 딥 웹* 돌다가 광명학회 쪽 자료 같은 거 찾았다. 관심 있으면 추천 박아봐.

▶ 고라니 : 처음 보는 놈이네.

▶ 애보국수 : 자료도 안올리고 추천을 구걸하는 건 어느 동네

* deep web, 검색 엔진에 노출되지 않는 숨겨진 웹

예의야?

▶ 익명 2499 : 추천을 먹고 싶으면 먼저 시식을 내놔야 할 거 아냐, 이 뉴비 새끼야.

▶ 헤이즐 : 그런가? 좋아. 맛보기 정도는 보여주지.

유저들이 쉽게 의심의 눈길을 거두지 않자 헤이즐은 스레드의 아래에 새로운 링크 주소를 추가했다. 조회수가 늘어나는 것과 동시에 스레드에 댓글이 속속 달리기 시작했다.

▶ 익명 1011 : 님들 이 주소에 악성 바이러스 있음. 클릭하지 마셈. (이 글은 스레드 작성자에 의해 삭제되었습니다.)

▶ 닥눈삼 : ㄴ지랄 NO

▶ 신림동찰순대 : 오… 근데 이거 뭐냐? 이거 진짜 광명학회 인사 명부야?

▶ 애보국수 : 그런데 왜 여자애들 밖에 없어? 다들 귀엽긴 하다만. 설마 이 계집애들이 우리의 주적이라는 건 아니겠지?

▶ 미트스핀 : ㅋㅋㅋㅋ 합성 솜씨 좋은데 ㅋㅋㅋ 그나저나 이 코스프레한 여자애들 소스는 어디서 구했냐?

▶ 헤이즐 : 아니, 얘네 들은 진짜 광명학회의 현역 병사들이야. "잿빛 10월" 이라는 배의 승조원이라고.

▶ 닥눈삼 : 잿빛 10월 ㅋㅋ 네이밍 센스 미쳐 ㅋㅋㅋㅋ

▶ 쾨니히스티거 : 그래서 이중에 숀 코너리 모에화는 누구야? 이 와이셔츠 풀어헤친 누님이야?

▶ 고라니 : 의상 퀄리티는 좋네. 이번 달 코스프레 AV 신작이

냐? 다운받게 주소 불러봐.

▶ 볼트보이 : 주소 내놔 주소

▶ 익명 0718 : AV 홍보 치고는 꽤 좋았어. 돈 주고 사서 볼 테니까 이제 제품 번호를 알려줘.

▶ 익명 2499 : 강호의 도리는 어디에 있는가!

광명학회의 기밀문서와 다양한 연령대의 소녀들.

이 두 가지 키워드는 그 자체만으로도 VC의 유저들을 흥분시키기에 충분했다. 스레드를 올린 지 채 30분도 지나지 않았건만 조회수는 벌써 1만을 향해 달려가고 있었다.

유저들의 관심이 몰리기 시작하자 헤이즐은 거드름을 피워가며 조금씩 자신의 속내를 드러냈다.

▶ 헤이즐 : 다들 흥분하지 마. 나는 이 계집애들의 영상을 충분히 갖고 있어. 그 중에는 아마… 너희들이 보고 싶어할만한 것들도 있겠지. (웃음)

▶ 헤이즐 : 영상을 더 보고 싶으면 어떻게 해야 할지 말 안해도 잘 알고 있겠지?

▶ 애보국수 : 계좌 번호 불러봐. 바로 입금해줄게.

▶ 헤이즐 : 내가 돈 달라고 했냐, 멍청아! 이 스레드나 추천해. 홈페이지 메인에 잘 보이도록.

▶ 애보국수 : 왜 욕을 하고 지랄이야?

▶ 고라니 : 워, 워. 화내지 마. 쟤 마음 바뀔라.

▶ 익명 2499 : 어차피 추천은 공짜잖아? 그리 어려운 일도 아니고. 다들 빨리 와서 추천 박으라고.

▶ 색무새 : 그래서 재들이 언제 벗는다고?

스레드가 추천을 받고 VC의 메인 페이지에 올라가는 데에는 그리 오랜 시간이 걸리지 않았다. 자신의 목적이 달성되자 헤이즐은 약속대로 몇 가지 자료를 더 풀어놓았다. 대부분은 아까의 그 소녀들이 음식을 먹고, 배를 보수하는 등의 평범한 일상 사진이었지만, 이상하게도 그 사진들은 VC 유저들의 관음 욕구를 부채질했다.

유저들은 그 사진 속에 찍힌 여성들이 누구인지 관심도 없었고, 국가의 주적을 응징한다는 애국심을 갖고 있지도 않았다. 하지만 그들은 너나할 것 없이 자발적으로 사진을 퍼 나르고 여성들의 외모에 대해 품평을 했다.

그들에게 헤이즐이 던져준 소녀들은 실존하지 않는 가상의 존재나 다름없었다. 어쩌면 '공해상을 항해하는, 여성으로만 이루어진 군함'이라는 소재가 비현실적으로 느껴져서 그랬을지도 모른다.

여하튼 유저들은 **자신과 관계없는 곳**에서 누군가의 일상이 망그러지는 걸 지켜보며 크게 즐거워했다. 자극적인 소재를 한창 뜯고 맛보느라, 그들은 어느새 헤이즐의 접속 로그가 VC의 서버 상에서 사라져버렸다는 사실조차 알아차리지 못했다.

"…진짜 다루기 편한 녀석들이라니까."

소녀는 쿡쿡 웃으며 방금 전까지 쓰던 헤이즐이라는 아이디를 들키지 않게 삭제했다.

2. 화채

남중국해, 스프래틀리 군도
광명학회 서태평양 함대 기함 "잿빛 10월" 함교 위

-1-

"…덥다."

나는 사이드 윙에 몸을 걸친 채 숨을 낮게 몰아쉬었다. 평소와 똑같은 견시 업무였지만 무더운 날씨 때문이었을까, 오늘 따라 당직 시간이 더욱 느릿느릿 흘러가는 것처럼 느껴졌다. 현재 잿빛 10월은 동중국해에서의 잠수함대 지원 임무를 마치고 보급을 위해 말레이시아의 산다칸 항으로 이동하는 중이었다.

남중국해의 날씨가 무덥다는 건 이미 소문을 익히 들어 알고 있었지만, 직접 와보니 그 정도가 심해도 너무 심했다. 뜨겁게 달구어진 철제 함교 위에서는 아지랑이가 연신 피어올랐고, 입 안은 침을 삼켜도 계속 바짝바짝 말라갔다. 이미 지난달부터 하계 제복으로 갈아입고 서머타임에 맞추어 여름 근무를 하고 있었지만, 머리 위로 쏟아지는 정오의 뙤약볕에는 아무리 나라도 견딜 재간이 없었다.

그나저나 아직 5월밖에 되지 않았건만, 어쩐지 연방의 한여름보다

더 무더운 느낌인데….

나는 우현 사이드 윙에 위치한 백엽상의 문을 열고 현재 기온을 확인했다.

"세상에…."

백엽상 내의 수은주는 무려 섭씨 40도를 가리키고 있었다. 연방에서 근무할 때는 가장 덥다는 제주도 근해에서도 이런 온도를 본적이 없었는데. 이대로 계속 근무를 하다가는 선 채로 마른 쥐포가 될 것 같았기에, 나는 함교의 창문을 두들기며 부직사관에게 온도계를 보여주었다.

부직사관은 온도계와 내 표정을 번갈아 보더니 딱하다는 표정을 지으며 들어오라는 손짓을 해 보였다. 나는 그제야 볕이 내리쬐는 사이드 윙에서 벗어나 함교 안으로 들어갈 수 있었다.

하지만 함교 안이라고 덥지 않은 것은 아니었다. 직사광선이 들지만 않았을 뿐이지 함교 안쪽도 후끈거리기는 마찬가지였다. 나는 무의식적으로 러시아 출신인 엘레나 소교를 쳐다보았다. 오늘의 당직사관인 그녀는 놀랍게도 이 무더위 속에서도 목 끝까지 단추를 채운 채 돌부처처럼 함의 진행방향만을 주시하고 있었다.

역시 이 배의 군기담당답다고나 할까. 나는 약간의 감탄을 섞어 그녀를 불렀다.

"우아… 포술장님은 안 더우십니까?"

함교의 기온과 상반되는 싸늘한 목소리가 바로 되돌아왔다.

"…더워서 죽을 것 같으니까 내가 쓸데없는 화를 내지 않도록 입을 주의해서 놀려라."

평소와는 달리 욕설 하나 섞이지 않은 평문이었지만, 표정만큼은 금방이라도 폭발할 것처럼 보였기에 나는 잠자코 입을 닥쳤다.

"넵."

함교를 둘러보니 엘레나 소교뿐만이 아니라 모두가 금방이라도 폭발할 것 같은 표정으로 당직을 서고 있었다. 단, 딱 한 사람만을 제외하고.

"아아, 레나… 더워."

"그래서 어쩌란 말이십니까."

말해 무엇 하랴. 카밀라 함장이었다.

카밀라 함장은 특별한 일도 없는데 함교의 상석을 차지한 채 흐물거리며 당직사관인 엘레나 소교를 괴롭히고 있었다. 적어도 함장만큼은 말레이시아 출신이니 이 더위에는 익숙할 거라 생각했는데, 그녀에게도 오늘의 무더위는 흔치않은 일이었는지 괴로운 표정으로 땀을 삘삘 흘리고 있었다.

나는 눈치 없는 함장에게 눈총이라도 쏘아주고 싶었지만, 단추를 평소보다 더 깊게 풀어헤친 채 땀을 흘리고 있는 함장의 모습이 어쩐지 외설스러워 끝내 시선을 피해버리고 말았다.

"그렇게 말해도 더운걸…. 무언가 시원한 게 없으려나?"

함장은 한동안 아이처럼 칭얼거리다 갑자기 무슨 생각에서였는지 엘레나 소교에게 다가가 그녀를 와락 끌어안았다. 안 그래도 짜증이 임계점까지 끓어오른 상태였던 엘레나 소교는 자신의 상관을 노려보며 단답형으로 명령했다.

"떨어지십쇼."

"음… 레나의 피부는 어쩐지 서늘해서 기분 좋은걸."

"저는 덥고 불쾌하니까, 당장 떨어지십쇼."

순간 엘레나 소교의 눈에 물고라도 낼 것 같은 안광이 스치고 지나가자, 다른 사관들이 황급히 달려들어 함장을 그녀에게서 떼어 놓았다. 순간적으로 소름이 주뼛 돋기는 했지만, 그렇다고 함교를 가득 메운 더위가 가신 건 아니었다. 오히려 짜증 때문에 불쾌지수는 한 단계 더 올라갔다.

엘레나 소교는 잠시 숨을 가다듬은 다음, 다시 이성적으로 함장을 타일렀다.

"그보다 함장님. 위급상황이 아닐 때는 웬만하면 함장실에 그냥 얌전히 쳐 박혀 계시면 안 되겠습니까? 함장실에는 에어컨도 나오잖습니까."

포술장의 말은 지극히 정론이었지만, 함장에게 정론이 먹힐 리가 없었다. 카밀라 대교는 의자에 등을 붙인 채 늘어지게 하품을 하며 철없는 헛소리를 꺼내놓았다.

"하지만… 함장실에 혼자 있으면 심심하잖아?"

"…."

순간, 함교에 적막이 흘렀다.

실제로는 아무런 소리도 나지 않았지만, 나는 여러 사람의 이성의 끈이 동시에 끊어지는 것을 눈으로 목격했다. 평소라면 포술장이 광분할 때마다 그녀를 말리던 사관들도 이번만큼은 오히려 **더 헛소리를 하기 전에 빨리 쏴버리라**는 눈빛을 보내고 있었다.

포술장은 천천히 허리에 찬 홀스터에 손을 가져다 대었지만, 손바닥에 맺힌 땀 때문에 손끝이 미끈거렸는지 연거푸 총을 집지 못하고 그 위의 버튼만 만지작거렸다.

그러기를 몇 차례.

AOE-410

계속되는 더위에 살의마저도 말라버렸는지 엘레나 소교는 의자에 털썩 주저앉으며 이마를 감싸 쥐었다.

"더워서 죽일 기력도 안 나…."

그녀뿐만이 아니라 함교의 모든 당직 근무자들이 의욕을 잃은 채 숨을 푹푹 내쉬고 있었다. 계속 근무자들을 놀려가며 장난을 치던 카밀라 함장도 돌아오는 반응이 없자 금세 심심해졌는지 입술을 비죽 내민 채 툴툴거렸다.

"예전에 이 근처에서 근무할 때도 이렇게 덥지는 않았는데. 으음, 이게 그 말로만 듣던 지구온난화의 영향인가?"

"그래서 인류 탓이라도 하시려는 겁니까? 그러게 평소에 분리수거 좀 잘 하고 지내시지 그러셨습니까."

"아니, 지금 우리가 이렇게 더운 건… 다 의무장 너 때문이야."

갑자기 더위의 원흉으로 지목을 받자 나는 되레 어안이 벙벙해져서 헛웃음을 터트렸다.

"하, 거기서 제가 왜 나옵니까?"

하지만 함장은 눈 하나 깜짝하지 않은 채 헛소리를 한껏 늘어놓았다.

"그야 예전이라면 이렇게 더울 때는 그냥 제복을 벗은 채로 근무를 했을 텐데, 너 때문에 승조원들이 체면을 차리느라 옷을 꼭꼭 싸매고 있잖아! 네가 남자인 탓에 우리가 이렇게 더운 거라고."

"하하, 농담도 잘 하십니다. 아무리 잿빛 10월이 당나라 군함이라고는 하지만 신성한 함교에서 제복을 벗은 채로 근무하는 사관들이 세상에 어디 있습니까?"

나는 어깨를 으쓱거리며 동의를 구할 겸 함교의 다른 당직자들을 죽

돌아보았다. 하지만 어쩐지 평소와는 분위기가 달랐다. 당직자들은 놀랍게도 함장의 말에 고개를 끄덕이며 묘한 수긍을 보내고 있었다.

"하기야, 전에는 날씨가 더우면 그냥 속옷만 입고 타를 잡았잖아? 그러니까 더운 줄 몰랐지."

"남자 승조원이 들어와서 얼마나 불편한지 몰라."

"밤중에도 속옷 바람으로 못 돌아다니고…."

"…세상에."

나는 입을 딱 벌린 채 경악했다. 아무리 날씨가 무더워도 그렇지, 이곳은 군함의 함교가 아닌가. 다른 배에서는 모자를 벗고 쓰는 것조차도 엄격하게 제한하는 마당에, 속옷을 입은 채로 조함을 하다니!

잠깐 그 광경을 머릿속으로 상상할 뻔 했지만, 곧 나는 고개를 가로젓고 잔소리를 시작했다.

"아니, 도대체 다들 정신머리가 있으신 겁니까? 함교는 배의 신단과도 같은 곳입니다! 덥다고 해서 제복을 벗은 채로 함교에 들어오다니, 용왕님이 아시면 노하실 겁니다!"

"나한테 화내지 마, 반편아. 머리 울려."

하지만 당직자들은 오히려 이제 와서 옷을 꼭꼭 싸맨 채로 근무해야 한다는 사실이 새삼 짜증스러웠는지, 나를 사납게 흘겨보았다. 내가 무어라 말도 잇지 못하고 머뭇거리고 있자 함장이 키득거리며 음담패설을 던져왔다.

"의무장. 어떻게 좀 해봐."

"제가 뭘 합니까?"

"정말 모른단 말이야? 여인들의 몸을 이렇게 달아오르게 해 놓고선 모른 척 하다니. 정말 죄 많은 남자네."

"아, 예예…. 제 잘못입니다. 그 때 그냥 바닷물에 콱 코 박고 죽어버릴걸 그랬나 봅니다."

나는 함장의 말에 빈정거리며 사이드 윙으로 나갈 준비를 했다. 아무리 밖에서 직사광선을 맞는 한이 있더라도 이 안에서 함장의 놀림을 듣는 건 더 이상 사양이다.

그 때, 레이더를 주시하던 부직사관이 함장을 돌아보며 앞에 암초가 있음을 알려주었다.

"함장님. 3마일 전방에 암초 지대가 있습니다. 슬슬 타각을 돌리시는 게 어떻습니까?"

하지만 함장은 배를 돌릴 생각은 하지 않고, 한동안 무언가를 골똘히 생각하더니 손뼉을 탁 쳤다.

"아, 그러면 되는구나!"

함장의 눈에는 장난기가 가득 차올라있었다. 뭔가 사악한 꿍꿍이를 꾸미고 있는 모양인데….

"포술장. 저기—."

"안 됩니다."

함장의 말이 끝나기도 전에 엘레나 소교는 매몰차게 말을 끊으며 고개를 가로저었다.

"뭐야, 내가 뭐라고 부탁할 줄 알고 거절부터 하는 거야?"

"그 눈은 이상한 계획을 꾸미고 있을 때의 눈입니다. 제가 한 두 번 당해본 줄 아십니까?"

하기야 그 동안 함장이 벌여놓은 일들의 뒤처리는 대부분 엘레나 포술장이 도맡아 했으니, 계획이 있다는 말에 몸서리를 칠만도 하다. 하지만 함장은 포기하지 않고 계속 자신의 계획을 밀어붙였다.

“하지만 레나도 내 계획을 들으면 솔깃할걸?”

“안 들을 겁니다.”

“깐깐한 아가씨처럼 굴지 말고 좀 들어봐. 이 앞에 있는 암초 지대에 배를 선미부터 가까이해서 후방 램프*를 내리는 거야. 모래톱에 상륙할 때처럼.”

거의 사용하지 않다 보니 잊고 지내긴 했지만, 잿빛 10월의 선미에는 하부 창고와 직접 연결된 램프 장치가 있었다. 이 램프를 내리면 간단하게 비탈진 가교를 만들 수 있기 때문에 상륙함들은 수심이 낮은 해안 위에 물자를 내릴 때에는 현측보다는 램프를 사용했다.

하지만 나는 왜 함장이 갑자기 바다 한 가운데에서 램프를 내리려 하는지 이해를 할 수가 없었다.

함장은 곧 양손을 쭉 뻗으며 그 이유를 설명해주었다.

“저 앞의 암초 지대는 수심이 1m도 안 되잖아? 바닥에 발도 닿으니 분명히 좋은 해수욕장이 될 거라고.”

‘해수욕장’이라는 말에 당직자들의 눈이 반짝였다.

엘레나 소교만 빼놓고. 엘레나 소교는 함장에게 다가가 기가 찬다는 투로 따져 물었다.

“설마, 작전 중에 물놀이를 하자는 겁니까?”

“어차피 귀환 임무 중이잖아. 기상 상황 때문에 하루정도 늦어졌다고 해도 아무도 뭐라고 안 해. 딱딱하게 굴지 마. 레나도 덥잖아?”

“하지만….”

엘레나 소교는 계속 원칙을 밀어붙이려 했지만, 그러기에는 오늘의

* ramp. 화물의 이동을 위해 선미에 설치된 경사진 판

날씨가 너무 비상식적으로 무더웠다. 그녀도 사람이라면 물에 뛰어들어 헤엄을 치고 싶은 욕구를 느끼고 있을 것이다.

"게다가 이렇게 더운 날에 근무를 강행하다간 수병들이 열사병에 걸릴 수도 있다고. 수병들이 쓰러지기라도 한다면 본 함의 전투력에 큰 손실이 생길 거 아냐?"

함장이 대의명분을 섞어 살살 꼬셔주자 결국 포술장도 버티지 못했는지, 그녀는 고개를 끄덕이며 함장의 감언을 받아들였다.

"그렇게 말씀하신다면… 할 수 없지요."

"좋았어!"

함장은 바로 벽에 걸린 수화기를 집어 들고 유쾌한 어조로 함 내 방송을 시작했다.

[아아, 알림. 현 시각부로 전방 암초 지대에 해수욕장을 설치하여 해수욕을 즐길 예정이니, 당직자를 제외한 모든 승조원들은 **수영복을 지참하여** 부식 창고 앞에 집합할 수 있도록. 이상, 함장!]

방송이 끝나기가 무섭게 아래층에서 환호성과 함께 소란이 이는 것이 느껴졌다. 아니라고는 해도 다들 더위에 지쳐 물이 그리웠던 모양이었다.

그나저나 함장의 방송을 듣고 나니 갑자기 엉뚱한 고민이 내 머리를 스치고 지나갔다.

'…잿빛 10월의 제복 중에 수영복이 있었던가?'

정답부터 말하자면, 제식 수영복이 있기는 했다.

일전에 해상 침투 임무를 하거나 배의 추진기를 수리할 때 썼던 래시가드처럼 생긴 습식 잠수복이 바로 잿빛 10월의 제식 수영복이었다. 하지만 잠수복은 말 그대로 수압으로부터 몸을 보호해주는 옷이었던 지라, 통기성이 거의 없어 이 날씨에 물놀이를 하는 용도로 입기는 어려웠다.

그 때문에 물놀이에 참가하는 승조원들은 개인적으로 가지고 있던 사제 수영복을 입거나, 그도 아니면 체육복을 껴입은 채로 그냥 물에 뛰어들었다. 허리까지 오는 얕은 바다에서 물장구를 치며 천진하게 뛰어노는 수병들을 보고 있노라니, 나도 모르게 절로 입에 미소가 퍼졌다.

"함장도 가끔은 좋은 의견을 내놓는걸."

바다 한 가운데에서 하는 해수욕이라고 해서 안전문제가 있지 않을까 걱정했는데, 램프를 내리고 주변을 바라보니, 수면 위로 떠오른 바위들이 초(礁) 주변을 둘러싸고 파도를 깨트려 준 덕분에 램프 앞에는 초호(礁湖)처럼 잔잔한 수면이 형성되고 있었다. 그리고 깊은 곳에는 다가가지 못하도록 안전 부이를 띄워놓으니, 생각 외로 그럴싸한 해수욕장이 완성되었다.

'나도 더웠는데… 마침 잘 되었네.'

나는 램프의 끄트머리에 앉아 바닷물에 발을 담그고 갑판장이 가져다 준 냉차를 홀짝거렸다.

물에 들어가지 않고 한동안 램프 위에 앉아 해풍을 쏘이고 있노라니, 지나가던 소녀— 루나 일등 수병이 궁금하다는 눈치로 말을 걸어왔다.

"어라? 의무장님은 수영 안 하세요?"

루나는 푸른색의 홀터넥 비키니를 입고 있었는데, 역시 발육이 좋은 기관부 수병답다고 해야 할까, 움직일 때마다 가슴이 부드럽게 호를 그리며 출렁거렸다. 나는 최대한 그녀의 가슴께에 시선이 가지 않도록 주의하며 말을 받았다.

"누군가는 라이프가드 역을 맡아야지. 게다가 나는 수영복도 없는걸."

"그 습식 잠수복 있잖아요?"

"그걸 입고 수영을 하느니 원자로 앞에서 거적을 뒤집어쓰고 사우나를 하는 게 낫겠다."

더운 것도 더운 것이지만, 잿빛 10월의 잠수복은 기본적으로 여성용으로 만들어진 물건인지라. 전에 입어 본 경험으로는 고간을 너무 세게 죄어서 다시는 입지 않으려 하고 있었다.

하지만 여전히 루나는 내가 수영복 때문에 물에 들어가지 못하는 줄 알고 여러 가지 대안을 제시해 주었다.

"그것도 아니라면 그냥 옷 입은 채로 뛰어드셔도 되잖아요? 오히려 옷 입고 헤엄치는 게 더 시원할걸요."

나는 결국 손을 내저으며 왜 물에 들어가지 않는지 속내를 털어놓았다.

"음… 사실은 수영복보다 샤워가 더 문제라서."

"샤워요? 샤워가 왜요?"

"생각을 해봐. 해수욕을 마친 승조원들이 샤워를 하느라 앞으로 세 시간은 넘게 샤워실이 붐빌텐데. 그동안 소금기가 말라붙은 상태로 찝찝하게 앉아있기는 싫어."

지금 물에 들어가면 당장은 즐겁겠지만, 뭍 밖에 나와 물이 말라붙으면 소금기가 남아 한동안 끈적거릴게 뻔했다. 그럴 때는 재빨리 샤워를 해서 소금기를 씻어내야 하지만 여성용 샤워실 밖에 없는 잿빛 10월에서 유일한 남성인 나는 다른 승조원들의 샤워가 끝날 때까지 기다리는 수밖에 없었다. 하지만 루나는 그게 무슨 문제가 되느냐며 능청을 떨었다.

"그게 왜요? 그냥 같이 들어와서 샤워하시면 되잖아요?"

"…루나. 너도 군의관님이나 함장님 같은 농담을 할 줄 아는구나."

나는 일전의 목욕탕 사건 당시의 일을 떠올리며 쓰게 웃었다. 그 때는 정말로 이비한테 죽을 뻔 했지만…. 그런데 루나는 무슨 생각에서였는지 진지한 표정으로 다시 한 번 혼욕을 권했다.

"아뇨, 저는 농담이 아니라 진짜로 권한 건데요? 샤워할 때 의무장님이 들어오셔도 저는 아무렇지도 않아요."

"내 쪽이 상관있거든!"

얘가 갑자기 왜 이런담?

루나가 갑자기 뻔뻔한 표정으로 외설스러운 이야기를 늘어놓는 바람에 나는 얼굴이 확 달아올랐다. 내가 얼굴을 붉히자 루나는 오히려 깬다는 표정으로 미간을 찌푸리며 뒤로 한 발자국 물러섰다.

"으엑, 설마 의무장님, 저를 여태껏 그런 눈으로…."

"그런 눈은 무슨 놈의 그런 눈이야! 애초에 요즘 같은 시대에 같이 목욕하자고 말하는 처자가 세상 어디에 있어? 네가 무슨 생각으로 그랬는지는 모르겠다만, 다른 데 가서는 절대 그런 소리 하지 마! 남자들한테 괜한 오해 받을라."

"…그런가요?"

루나는 자신의 포니테일 끝을 손가락으로 돌돌 말며 무언가를 골똘히 생각하다, 갑자기 혼자서 무언가를 납득했는지 "하기야." 하고 말했다.

"의무장님은 어쩐지 남자라기보다는 '동료' 같다는 느낌이 더 강해서요."

"너한테는 동료랑 남자가 양립할 수 없는 개념이야?"

"그럼 '애인'이라는 말로 고치는 게 좋을까요?"

루나는 혀를 비죽 내밀며 익살스러운 표정을 지어보인 다음, 자신이 생각하는 바를 길게 털어놓았다.

"어차피 저도 사랑이라는 개념은 잘 모르지만, 이성 관계에는 '두근거림'이 필요하잖아요. 서로 간에 부끄러운 모습을 공유하더라도 그게 아무렇지도 않기 때문에 보여주는 게 아니라, 그 행위를 통해서 애정을 느낄 수 있기 때문에 보여주는 게 아니겠어요?"

"그럴지도 모르지."

"하지만 의무장님께는 제 부끄러운 모습을 보여줄 수는 있지만, 거기에 두근거리는 기분이 수반되지는 않거든요. 그냥… 믿을 수 있는 동료니까? 눈앞의 사람이 내 치부를 어떤 방식으로도 악용하지 않을 거라는 걸 믿으니까? 그런 느낌이에요."

"무슨 뜻인지는 대충 알겠는데…."

머리 하나는 더 작은 소녀에게서 나를 예시로 들어 사랑에 대한 이야기를 듣고 있노라니, 어쩐지 낯이 간지러웠다. 루나는 그리고 나를 위 아래로 훑어본 다음, 피식 웃으며 쓸데없는 한 마디를 덧붙였다.

"아, 그래도 진짜 뻔뻔하게 샤워실에 들어오려 하신다면 헌병대를 부를 거지만요."

"그럼 아까 한 말은 도대체 뭐야?"

정말로 루나가 샤워할 때 들어 가보려고 했던 것은 아니다만, 왠지 모르게 섭섭한 기분이 들었다. 그리고 루나는 내 뒤를 힐끗 돌아보더니, 의미심장한 미소를 지어보이며 바다 쪽으로 향했다.

"게다가 제가 화를 안 내도 다른 분이 화를 내실 것 같으니까, 아까 말은 못 들은 걸로 해주세요."

무슨 소리인가 싶어 뒤를 돌아보았더니 해인이 수밀 덮개가 달린 커다란 스테인리스 통을 들고 이쪽으로 걸어오는 게 보였다.

"야, 넌 또 그게 무슨—."

"전 그럼 이만 수영하러 가 볼게요!"

루나는 바다를 향해 힘껏 달려가더니 램프를 도움닫기 삼아 힘껏 점프하여, 마침 그 아래에서 손을 씻고 있던 트리샤를 위에서 확 덮쳤다. 그와 동시에 커다란 물보라가 철썩- 하고 일어 내게도 물이 튀겼다. 정말 기운도 좋다니까.

해인은 내 옆에 통을 내려놓고 루나와 나를 번갈아 쳐다보더니, 의심스럽다는 표정으로 나를 추궁했다.

"…혹시 제 흉을 보고 있었습니까?"

"아니."

평소라면 속이 뜨끔할만한 질문이었지만, 이번만큼은 정말 아니었다. 하지만 자신이 다가오자마자 황급히 도망치던 루나가 의심스러웠는지, 해인은 여전히 의심의 눈길을 거두지 않은 채 나를 노려보았다.

"아니, 진짜 이번은 아니라니까!"

"'이번은' 이라고 하시는 걸 보니, 평소에는 흉을 자주 보셨나 보군요."

"윽…."

변명을 한다는 게 오히려 역으로 유도심문에 걸려들고 말았다. 하지만 해인은 대수롭지 않다는 투로 귀엣머리를 쓸어 넘기더니, 곧 옅은 미소를 지으며 내 옆구리를 쿡쿡 찔렀다.

"아랫사람이 흉을 볼 것을 두려워해서야, 좋은 중간관리자가 되겠습니까? 그냥 한 소리이니 신경 쓰지 마십시오."

"그야 그렇지만."

실언을 했을 때 어느 정도의 잔소리를 들을 거라 각오하고 있었던지라, 해인이 오히려 살갑게 웃어보이자 나는 오히려 어리둥절한 기분이 들었다.

그러고 보니 해인도 요새는 전과 달리 꽤 미소를 자주 짓게 되었다. 좋은 방향으로 변하고 있다는 증거일까. 나중에 군의관과 이야기해봐야겠다.

해인과 대화를 나누고 있는 사이, 잿빛 10월의 함묘이자 얼마 전에 배에 올라탄 새끼 고양이- 오스카가 통 안에서 풍겨오는 달콤한 냄새를 맡았는지 주변을 맴돌며 야옹거렸다.

한동안 이 고양이는 루나가 붙여준 '의무장'이라는 애칭을 쓰고 있었지만, 진짜 의무장인 나와 헷갈린다는 이유로 곧 새 이름을 받게 되었다. 하필이면 악명 자자한 불침묘의 이름을 붙였다는 게 내심 불안하기는 했지만, 어차피 잿빛 10월은 여자 승조원으로만 이루어진 군함이다. 이제 와서 미신을 따진다는 것이 더 웃길지도 모른다.

평소에는 살갑게 간식을 떼어주던 해인도 별 반응을 보이지 않자, 오스카는 금세 흥미를 잃은 채 바다로 뛰어들어 헤엄을 치기 시작했다.

루나는 헤엄을 치는 오스카를 발견하자 사랑스러워서 어쩔 줄 모르겠다는 표정으로 그를 꼭 끌어안았다. 오스카는 루나의 가슴골 사이에 폭 파묻혀 기분 좋게 골골거렸다.

내가 안아들 때는 발톱을 세우던 녀석이… 나는 눈을 가늘게 뜨며 오스카를 예의주시했다.

"저 새끼, 사실은 고양이 아닐지도 몰라."

"…왜 그렇게 생각하십니까?"

"봐, 이상하잖아. 고양이가 물을 좋아한다니 들어본 일도 없다고. 게다가 처음 만났을 때부터 집요하게 사람을 가리고 있으니… 어쩌면 여자에 굶주린 남성 수부의 원혼이 고양이의 모습으로 실체화된 것일지도 몰라."

해인이 어처구니가 없다는 투로 혀를 찼다.

"고양이 중에 물을 좋아하는 종이 있을 수도 있잖습니까?"

"하지만 적어도 샴은 아니지."

그러고 보니 고양잇과 동물 중에 수영을 좋아하는 종이 있다는 이야기를 전에 들은 것 같았다. 뭐였더라… 하지만 아무리 머리를 굴려봐도 답은 나오지 않았고, 나는 곧 생각하는 것을 그만두었다.

그나저나 해인은 수영복으로 갈아입은 다른 승조원들과는 달리 아직도 제복차림을 고수하고 있었다. 어차피 저녁 시간까지는 꽤 남았으니 해수욕을 즐겨도 괜찮지 않을까.

"그나저나 조리장은 수영 못 해?"

"설마 제 수영복 차림이 보고 싶으신 겁니까?"

지나가는 말처럼 물은 것이었건만, 해인은 이상하게도 과민 반응을 보이며 보이지 않는 시선을 털어내려는 것처럼 손을 휘저었다. 그 반응

을 보고 있노라니 기가 차 나는 짐짓 밉살스러운 어투로 대꾸를 했다.

"그럴 리가. 기관부 애들이라면 몰라도 네 수영복 차림이 뭐가 보고 싶어서—."

"잘 못 들었습니다만?"

해인이 도끼눈을 뜬 채 나를 노려보며 싸늘한 목소리로 물었다. 아차, 좋은 분위기에 취한 탓에 나도 모르게 역린을 짚고 말았다.

"아, 아니. 음."

나는 해인의 관심을 다른 곳으로 돌리기 위해 황급히 머리를 굴렸다. 저 앞에서 수영을 하고 있는 루나를 언급하는 것은 아마 역효과를 낼 테고….

"아, 그, 그렇지! 방금 가져 온 이 배식 통은 뭐야? 냉국이라도 담아 온 거야?"

나는 해인이 가져온 스테인리스 통을 가리키며 재빨리 요리로 화제를 돌렸다. 과연, 내 계획은 유효하게 먹혀들어 해인은 노기를 거둔 채 통을 내려다보며 답을 해주었다.

"아니요. 이건 화채입니다."

"와— 화채라. 지금 바로 먹어보고 싶은걸—."

방금 전까지 냉차를 마시고 있었던지라 목은 그다지 마르지 않았지만, 나는 해인의 관심을 완전히 돌리기 위해 목이 마르다는 시늉을 해 보였다.

내가 생각하기에도 형편없는 연기였지만, 해인은 별 의심 없이 통을 열어 화채를 내게 덜어주었다.

"오…."

해인이 가져온 화채의 색은 물감을 푼 것 같은 영롱한 붉은빛을 띠

고 있었다. 그 위에는 벚꽃 모양의 형틀로 찍어낸 배와 잣이 동동 떠올라 단아한 색감을 자아내고 있었다. 인공 색소를 넣어도 이런 색깔을 내기는 어려울 텐데. 그런 생각을 하며 나는 그릇을 코 가까이 가져갔다.

새콤한 향에 이어 알싸한 풋내가 코를 찔렀다. 평상시에 먹던 화채에서는 이런 냄새가 나지 않았는데. 나는 의아해 하며 국물을 한 모금 들이켰다.

가장 먼저 느껴진 것은 단맛. 이어서 신맛과 쓴맛, 매운맛이 뒤를 이어 혀끝에 감돌았다. 나는 예전에 이와 비슷한 맛이 나는 차를 마셔본 적이 있다.

“이건… 오미자인가?”

“네, 오미자 화채입니다.”

나는 다시 국물을 한 모금 들이켰다. 오미자 특유의 쌉싸래하고 매운 맛이 끈적거리지 않게 혀를 씻어준 덕분에 다른 냉차를 마시는 것보다 더 시원한 느낌이 들었다. 하지만 나는 뭔가 조금 아쉬웠다.

내가 아는 화채는 이런 맛이 아닌데….

“하, 하하…. 거, 건강한 맛이네.”

내가 말끝을 흐리며 미소를 지어보이자, 해인이 귀신처럼 내 속내를 읽고 질문을 던졌다.

“제 화채에 뭔가 불만이 있으십니까?”

“아, 아니야! 맛있었어. 충분히 **건강하고** 갈증 해소에 좋은 화채였어.”

하지만 해인은 내 감언에도 속지 않고 이를 드러내며 으르렁거렸다.

“거짓말마시죠, 의무장. 제가 아무리 눈치가 없다지만, ‘건강한 맛’이라는 평가를 '맛있다'로 알아듣지는 않습니다. 그건 맛없는 음식을 먹었을 때 예의상 하는 말이지요."

더 이상 그녀를 속이는 것은 어렵겠다싶어 나는 콧잔등을 긁으며 궁색하게 변명을 찾았다.

"음, 그러니까…."

사실 그녀의 화채도 충분히 맛은 있었다. 시고, 달고, 쌉싸래한 맛이 서로 조화롭게 잘 어울려 질리지 않고 계속 손이 가는 맛이었다. 하지만 내 머릿속에 **맛있는 화채의 원형**이 존재하는 한, 다른 맛있는 음식이 화채가 될 수는 없었다. 나는 조심스럽게 이전 부대에서 해먹던 방식의 화채 레시피를 입에 담았다.

"저기, 오미자 물 대신 사이다를 부으면 안 될까?"

"안 됩니다."

말이 떨어지기도 전에 즉답이 돌아왔다.

"탄산은 해롭습니다."

"그렇겠지…?"

하기야 해인이 자발적으로 탄산음료를 마시기를 기대하느니, 이 부대의 군기가 자연히 잡히는 걸 기대하는 게 더 빠를 것이다. 지금은 이 오미자 화채로 만족하는 수밖에. 게다가 내 박한 평과와는 다르게 다른 수병들은 해인이 가져온 오미자 화채를 곧잘 맛있게 들이켰다. 역시 사이다 화채를 기억하고 있는 사람에게만 맛이 아쉬운 모양이었다.

그러고 보니… 수병들 가운데에서 유독 한 사람의 모습이 보이지 않았다. 나는 아릿한 탄산의 맛을 곱씹으며 '그 수병'의 행방을 물었다.

"탄산 하니까 생각났는데, 마리아는 안 보이네."

해인은 내가 이상한 질문이라도 한 것처럼 미간을 찌푸리며 되물

었다.

"마리아 수병장이 이런 야외 행사에 모습을 보이는 게 더 이상하지 않습니까?"

"하기야."

전에 함장이 말하기를 마리아는 광장 공포증이 있어서 탁 트인 공간에는 좀처럼 나오려 하지 않는다고 했다. 지상 건물에 들어가는 것 정도는 괜찮았는데, 망망대해를 바라보는 것도 광장처럼 느껴지는 건가?

나는 의아하게 생각하며 한 사람 분의 화채를 따로 꺼내 담았다. 해인은 그런 내 행동을 못마땅하게 쳐다보며 혀를 찼다.

"…왜?"

"마리아 수병장에게 가져다주려는 겁니까?"

"응. 전에 가보니까 CIC실은 더운 것 같아서. 어차피 같은 부서원도 없는 외톨이인데 누가 챙겨주기라도 해야지."

해인은 방에 틀어박힌 히키코모리 딸을 두고 말하는 것처럼 못마땅한 표정으로 나를 타박했다.

"먹고 싶으면 저가 밖으로 나오겠지요."

"이번까지는 내가 가져다줄게."

"애 버릇 나빠집니다."

해인과 아웅다웅 다투고 있노라니, 옆에서 일광욕을 하고 있던 쇼우코 대위가 음흉한 미소를 흘기며 헛소리를 했다.

"뭐야, 벌써부터 2세 교육 방침 정하는 거야?"

""아닙니다!""

나와 해인은 동시에 일갈을 하고 홱 돌아섰다. 결혼도 안 한 남녀한테 못하는 말이 없다니까.

하지만 자식을 돌보는 것 같다는 군의관의 표현을 듣고 나니 어느 정도 공감이 가긴 했다. 그만큼이나 마리아 수병장은 다른 어린 수병들보다도 훨씬 애처럼 느껴졌다.

"…역시 외모 탓이려나."

나는 포술장이 들으면 싫어할 소리를 읊조리며 천천히 CIC실로 향했다.

-3-

"우앗, 추워!"

CIC실에 들어서자마자 나는 엄습하는 한기에 몸을 부르르 떨며 조심스럽게 안으로 들어섰다. 바깥의 날씨와는 정반대로 CIC실 안은 긴팔 옷이 필요할 정도로 싸늘했다.

원인은 저 에어컨 때문이렷다. 나는 천장에 위치한 고정형 에어컨을 주시하며 안으로 들어섰다. 모니터와 전선의 밀림을 헤치고 CIC실의 가장 깊은 곳으로 들어서자, 카프파우 캔을 들고 모니터를 주시하는 마리아의 뒷모습이 보였다. 마리아는 뒤도 돌아보지 않은 채 담담히 질문을 던졌다.

"…무슨 일이야?"

"에어컨을 뭐 이렇게 과하게 틀어놨어? 다들 더워서 끙끙대고 있는 마당에, 혼자 너무 사치를 부리는 거 아냐?"

"CIC실은 정밀한 컴퓨터가 모여 있는 곳이야. 적당히 냉방을 해주지 않으면 곤란해."

잠깐 그런가, 하는 생각이 들었지만 분명 지난겨울에 들렀을 때는

지금보다 훨씬 더 높은 온도를 유지하고 있었다. 결국 저 좋을 대로 전력을 낭비하고 있다는 소리였다.

'다음부터 덥거나 추우면 CIC실에서 시간을 죽여야겠다.'

나는 그런 편의주의적인 생각을 하며 마리아에게 들고 온 화채를 내밀었다. 이미 CIC실은 피서가 필요 없을 만큼 시원했지만 굳이 가져온 음식을 물릴 필요는 없었다.

"이게 뭐야?"

마리아가 내게 그릇을 받아들며 의심스러운 표정으로 물었다.

"화채야. 오미자 화채."

"어쩐지 **몸에 좋은** 향기가 나는데…."

마리아는 뼈있는 칭찬을 늘어놓으며 화채를 한 모금 들이켰다. 그리고 곧 표정을 찌푸리며 그릇을 내려놓았다.

"으… 쓰고, 시고, 아리고, 밍밍해."

물론 해인이 만들어준 화채가 시판 청량음료에 비하면 덜 자극적이라고는 하지만, 그래도 청이 들어갔는지라 제법 달달한 편인데….

"너무 청량음료에 입맛이 길들여진 거 아냐?"

하지만 마리아는 대답도 않고 새 카프파우 캔을 집어 들더니, 바로 따개를 열고 그릇 가까이에 들이밀었다.

"뭐 하려고? 너 설마…."

내가 말릴 새도 없이 그녀는 오미자 화채 위에 카프파우를 그대로 쏟아 부었다. 순식간에 화채의 고운 빛깔은 사라지고, 뭐라 형언할 수 없는 탁한 색만이 남아 그릇을 가득 메웠다.

"윽…."

비주얼로만 보면 구정물이 따로 없었건만. 마리아는 신기하게도 그

괴상한 혼합물을 맛나게 잘만 들이켰다.

"하… 이제야 좀 먹을 만하네."

나는 괴인을 바라보는 기분으로 한 발자국 떨어져 마리아를 내려다보며 혀를 내둘렀다.

"혹여라도 나중에 화채 위에 카프파우를 뿌려먹었다고 조리장한테는 말하지 마라."

"왜?"

"왜긴 왜야. 열심히 만든 화채가 구정물이 되었다는 소리를 듣고 기뻐할 셰프가 어디에 있겠냐?"

구정물이라는 말에 마리아는 일순 미간을 찌푸리더니 내게 카프파우 화채를 들이밀며 수저를 권했다.

"맛있는데. 먹어 볼래?"

"어… 아니."

탄산과 화채라는 조합에 잠깐 혹하기는 했지만, 전에 먹어본 카프파우의 맛을 떠올리며 나는 고개를 가로저었다. 생각해보니 저 음료에는 커피까지 들어가지 않는가. 그걸 오미자와 섞었으니, 먹으나 마나 괴상한 맛일게 뻔했다.

마리아는 묘하게도 아쉬운 표정을 지으며 남은 화채를 끝까지 들이켰다. 그리고 빈 그릇을 다시 내게 내어주며 새삼 궁금해졌다는 표정으로 물었다.

"그래서, 이 화채나 가져다주려고 온 거야?"

"아니, 그냥. 오랜만에 얼굴도 좀 볼 겸."

그러고 보니 마리아와 얼굴을 맞대고 직접 이야기를 나눈 것도 벌써 2주 전의 일이었다. 밤중에 승조원 식당에서 루나와 단 둘이 몰래 야식

을 먹고 있기에 다른 사관에게 들키지 말라고 주의를 주었었다.

"그나저나 오늘은 왜 밖에 안 나온 거야? 다른 수병들이랑 같이 수영을 해도 좋았을 텐데. 이런 밀폐된 공간에서 에어컨 바람을 쐬는 것보다 훨씬 더 상쾌하고 기분 좋다고."

하지만 마리아는 내가 우문이라도 한 것처럼 한심하다는 표정을 짓더니, 주어를 생략한 채 말을 내뱉었다.

"감시당해."

"누구한테?"

"빅 브라더(Big Brother)."

조지 오웰의 소설에 나오는 그 모든 정보를 통제하는 독재자를 말하는 건가. 하기야 요새는 CCTV가 설치되지 않은 곳이 없는 탓에 감시에 대한 공포를 강박적으로 느끼는 사람도 많다고 한다. 설마 마리아도 그런 이유에서 탁 트인 공간에 나가지 않으려고 하는 거였나.

하지만 이곳은 바다 한 가운데이고, 우리들을 찍을 수 있는 사람은 수 마일 밖에나 떨어져 있다. 나는 대수롭지 않다는 투로 그녀를 애써 안심시키려 했다.

"괜찮아. 이 배를 찍을 수 있는 사람은 이 근처에 없으니까."

하지만 마리아는 여전히 강박적으로 고개를 가로저으며 이상한 주장을 계속 늘어놓았다.

"바다 한 가운데라도 위성을 쓰면 충분히 사진을 찍을 수 있잖아? 세상에 **절대** 안전한 곳은 없어. 내 방 안이 아니고서야 어디든 감시로부터 안전하지는 못해."

"위성사진의 해상도가 그렇게 좋으려나…. 게다가 여자애들이 바다에서 꺅꺅거리는 걸 위성까지 동원해서 찍어봤자 얼마나 남는다고."

내 딴에는 마리아의 불안을 덜어준답시고 농담 삼아 한 말이었건만, 마리아는 이상하리만큼 진지한 표정으로 나를 노려보며 말끝에 힘을 주었다.

"생각보다, 수요가 있어."

"음…."

다시 한 번 반박을 하려고 했지만, 인터넷에 떠도는 이상성욕자들의 글을 떠올려보면 절대 아니라고 확신하기도 어려웠다. 여성의 치마 속을 들여다보기 위해 거금을 들여 초소형 카메라를 사는 사람이 매년 끊임없이 붙잡히는 판국에, 위성을 동원해 남들이 보지 못하는 곳을 관음하려는 억만장자가 있다고 해도 이상한 일이 아니었다.

"뭐… 세상은 넓고 변태는 다양하니까,"

나는 위로가 되지 않는 말을 중얼거리며 뒤로 물러섰다.

마리아는 이야기를 마치자 다시 저가 원래 하던 일로 돌아가 열심히 키보드를 두들기기 시작했다. 그녀가 자판을 달각달각하고 누를 때마다 검은 화면에 하얀 글씨가 정신없이 찍혀 내려갔다.

저게 그 프로그래밍이라는 것이겠지. 나는 옆에서 모니터를 힐끗거리며 솔직하게 감탄을 늘어놓았다.

"아이구, 눈 아파라. 나는 아무리 봐도 네가 뭘 치고 있는지 하나도 모르겠어."

내 말에 마리아는 손을 멈추고 나를 돌아보며 퉁명스럽게 답했다.

"프로그래밍만큼 간단한 것도 없는데."

"그건 너같이 익숙한 녀석한테나 그렇겠지. 그 내용이 간단하다 하더라도 나한테는 까만 건 화면이요- 하얀 건 글씨라- 하는 식으로 밖에

안 느껴진다고."

마리아는 잠시 턱을 매만지며 무언가를 골똘히 생각하더니, 가볍게 검지를 퉁기며 프로그램의 원리를 새삼 짚어주었다.

"연방 중학교 교육과정에서 함수 배우잖아? $f(x) = x+1$ 일 때 $f(1) = 2$ 같은 거."

"그야 배우지. 그런데 그게 프로그래밍이랑 무슨 상관이 있는데?"

"프로그래밍도 결국은 특정한 값을 입력해서 특정한 값을 받는 함수와 같거든. 물론 정의역과 공역의 집합이 다르긴 하지만… 쉽게 말해서 프로그래밍은 나와 컴퓨터 사이에 **약속**을 하는 거야. '전기를 감지하면 불을 켜'와 같은 간단한 약속부터 '내일 비가 내릴 것 같으면 우산을 준비해줘' 같은 복잡한 약속까지.

컴퓨터는 미리 약속을 해두면 절대로 잊지 않기 때문에 사전에 여러 가지 약속을 정해두면 편리해."

그녀가 길게 설명을 해주었지만, 나는 반도 이해하지 못했다. 나는 얼빠진 목소리로 내가 이해한 바를 최대한 풀어서 더듬더듬 읊었다.

"강아지한테 손, 하면 손을 내미는 것처럼?"

"…의무장, 이해 못 했구나."

마리아가 안타깝다는 표정으로 나를 올려다보았다. 머리 두 개는 더 작은 소녀에게 안쓰러운 시선을 받고 있노라니 왠지 형언하지 못할 자괴감이 마구 밀려들었다.

마리아는 모니터에 떠오른 창을 모두 지우더니 'python'이라는 어디에서 들어본 듯한 이름의 프로그램을 실행시켰다.

"역시 간단하게 시작하려면 파이썬이지."

그녀는 소매를 걷어 올린 다음, 유아를 가르치는 유치원 교사처럼 의기양양한 표정으로 손을 저어보였다.

"자, 그럼 간단하게 사관실에서 ID 카드의 정보에 따라 문을 개폐하는 프로그램을 짠다고 가정해보자."

"윽, 그렇게 어려운 걸 내가 이해할 수 있겠어?"

"물론 보안 프로그램의 코드를 초보자에게 바로 이해시키려고 하는 건 아니야. 제일 기본적인 코드의 개념을 보자는 거지. 그리고 어차피 보안 프로그램을 파이썬으로 짜지도 않는다고."

그녀는 그리고 키보드를 놀려 화면에 **비교적** 간단한 수식을 몇 자 적어 내려갔다.

```
>>> def f(a):
...     if a:
...         print("open")
...     else:
...         print("close")
...
```

"파이썬은 이해하기 쉬운 문법으로 되어 있으니 의무장도 대충 무슨 뜻인지는 이해할 수 있을 거야. 자, 위에부터 읽어볼게. '**f(a)를 정의**할 때, **a가 참값이면 open 이라는 메시지를 출력**하고, **그 이외의 경우는 close라는 메시지를 출력**한다.' 라는 코드야.

여기까지는 이해했어?"

"응."

약어로 쓰여 있기는 했지만, 꽤 간단한 문장이었다.

"좋아. 파이썬에서 **참 값**은 일반적으로는 1이고, **거짓 값**은 0이야. 그럼 함장이라는 정보는 0과 1중 어떤 숫자로 입력되어야 할까?"

함장은 "open" 메시지를 받아야 하니 당연히 1이라는 숫자가 들어가야 한다.

"그야 1 이지."

"그래, 함장은 1. 지금 **약속**한 거야."

그리고 마리아는 화면상에 하나의 정의를 추가했다.

```
>>> CO = 1
```

아마 CO는 Command Officer의 약자겠지.

"의무장은?"

"나는 사관이 아니니까 0."

"의무장은 0."

그리고 마리아는 또 하나의 정의를 아래에 입력했다.

```
>>> HM1 = 0
```

HM1는 아마도 의무병과 일등병조를 의미하는 'Hospital corpsman 1st class'의 약자일 것이다.

"자, 확인해볼까?"

그리고 마리아는 아까 입력한 함수에 나와 함장의 약어를 집어넣고 엔터키를 눌렀다.

```
>>> f(CO)
open
>>> f(HM1)
close
```

"오…."

결과를 예상하고 값을 입력했으니 당연히 의도한대로 함장 밑에는 "open", 내 밑에는 "close"라는 문구가 표시되었다. 하지만 나는 어려운 미적분 문제를 풀어낸 것처럼 스스로가 감탄스러웠다.

마리아는 간단한 산수 문제를 풀어낸 유치원생을 보는 표정으로 계속 말을 이었다.

"하지만 ID 카드가 사관실의 개폐 여부에 대한 정보만 갖고 있는 것도 아니잖아? 함장실, 부식창고, 병기고 등을 출입할 때에도 사용해야지. 하지만 그렇다고 모든 경우의 수를 일일이 입력하는 건 귀찮은 일인데다가, 나중에 유지 보수를 하기도 어려워."

"그야… 그렇지."

마리아는 멍청하게 고개만 계속 끄덕거리는 나를 한 번 힐끗 쳐다본 다음, 말없이 화면에 또 다른 정의를 죽 써내려갔다.

```
CO = {'rank':'OF5','age':'18','sex':'female'}
HM1 = {'rank':'OR6','age':'23','sex':'male'}
```

"이건 '딕셔너리'라고 하는 건데, 변하지 않는 key 값에 변하지 않는 value 값을 부여하여 나중에 찾기 쉽도록 만든 자료야. 자, 방금 함장

과 의무장의 계급, 나이, 성별을 입력했어."

"…함장의 나이가 이상한데."

마리아는 내 반론을 무시한 채 계속 설명을 이어갔다.

"자, 그럼 이제 다른 곳의 출입문 개폐 코드를 짜보자. 어디가 좋을까…. 그래. 여자만 출입 가능하다는 조건으로 여자 화장실의 출입 조건을 써보자."

"어째서 화장실에 ID 카드를 대야 출입할 수 있는 거야."

```
>>> def g(a):
...     if a=="female":
...         print("open")
...     else:
...         print("close")
...
```

화면에 새로 나타난 코드는 조건 하나가 바뀐 것을 빼면 아까의 코드와 동일했다. 마리아는 별다른 추가 정의 없이 방금 정의된 함수에 함장과 나의 약어를 대입하였다.

```
>>> g(CO['sex'])
open
>>> g(HM1['sex'])
close
```

"자, 이것으로 의무장의 여자 화장실 출입을 막을 수 있어."

"너는 어째서 내가 여자 화장실에 들어가려 한다고 생각하는… 아니다, 됐어. 물어보는 내가 바보지."

나는 한숨을 내쉬며 머리를 긁적였다.

문득 화면 위로 눈길을 돌리니 방금 쳐 넣은 코드들이 낮은 광도로 점멸하고 있었다. 나는 처음부터 코드를 천천히 읽어 내려가며 다시 한 번 그 구조를 속으로 곱씹어보았다.

…아직도 프로그래밍이라는 개념은 이해하기 어려웠지만, 그녀가 말한 '미리 약속을 해두면 잊지 않는다.' 라는 말만큼은 무슨 뜻인지는 어렴풋이나마 알 것 같았다.

"그래, 그렇게 어렵지는 않네."

내가 고개를 끄덕이며 그렇게 말하자, 마리아는 또 무슨 심기가 뒤틀렸는지 혀를 차며 나를 놀렸다.

"나한테는 덧셈 예제 문제를 하나 풀어놓고, 수학이라는 학문 자체가 쉽다고 으스대는 얼간이의 말처럼 들리지만."

"…너는 나한테 자신감을 주려고 하는 거니, 아니면 남아있는 자신감마저 빼앗으려고 하는 거니?"

빈정거리는 어투를 쓰고 있기는 했지만, 마리아는 모처럼- 아니, 내가 이 배에 승선한 이후로 보았던 것 중에 가장 즐거워 보이는 표정을 짓고 있었다.

그동안은 줄곧 사교성이 부족한 음침한 꼬맹이일 뿐이라고 생각했는데, 이렇게 환히 웃는 모습을 보니 새삼 제 나이 또래 아이들처럼 보여 훗훗한 기분이 들었다.

나는 마리아의 어깨를 가볍게 토닥이며 짐짓 잔소리를 늘어놓았다.

"그래. 가끔은 이렇게 다른 수병들하고도 프로그래밍 이야기를 하면서 어울리라고. 컴퓨터 좋아하는 수병들도 꽤 많잖아?"

하지만 '다른 수병들' 이라는 말을 듣자마자, 마리아는 평소처럼 새치름한 표정을 지으며 뒤로 물러섰다.

"그건 싫어."

"나한테는 잘도 알려줬으면서, 왜?"

"그야… 의무장은 **예외**니까."

"예외?"

"응. 'throw new Exception' 같은 거라고."

"무슨 소리인지."

무슨 소리인지는 모르겠지만 마리아가 내게만 특별대우를 해주었다는 것만큼은 확실히 이해했다. 하지만 예외를 두어야 할 만큼 잡담을 나누는 게 어려운 일인가 싶었다.

내 생각을 읽은 것처럼 마리아가 혼잣말을 했다.

"사람의 관계를 읽는 건 어려워."

그녀는 백스페이스 버튼을 눌러 모니터에 표시된 코드를 하나씩 지워나가며 중얼거렸다.

"사람의 관계에는 어떤 변수가 있는지 검색할 수도 없고, 수시로 조건이 바뀌잖아."

그리고 처음에 말했던 것처럼 1+1 이라는 간단한 수식을 화면 위에 적어 넣었다.

"하지만 컴퓨터는 언제나 똑같이 대답해 준다고."

```
>>> 1+1
2
```

"기분이 나쁘다고 갑자기 1+1이 3이 되지는 않아."

"…그런가."

'열 길 물속은 알아도 한 길 사람의 마음은 알지 못한다'는 말도 있지만, 사회의 인간관계라면 대체로 어느 정도는 정형화되어있다. 적당히 사회의 규칙에 따라 상황에 걸맞은 문법을 뱉어주면 되는 것이다.

그걸 외우는 게 그렇게 어려운가— 하는 생각이 들 무렵. 나는 나도 모르게 실소를 터트리고 말았다. 그 질문이 어쩐지 아까 마리아가 프로그래밍을 두고 한 말과 똑같이 겹쳐졌기 때문이었다.

"프로그래밍만큼 간단한 것도 없는데."

누구나 잘하는 일은 서로 다르다.

"그래. 세상에 쉬운 일은 없는 법이지."

내가 보안 프로그램의 코드를 어려워하는 것처럼, 그녀는 타인의 감정을 읽는 것을 어려워한다. 하지만 코드도, 사람의 마음도 노력하다 보면 언젠가는 읽을 수 있게 된다.

'입항하면 프로그래밍 책을 하나 사둘까.'

나는 그런 생각을 하며 가만히 마리아를 불렀다.

"마리아."

"왜?"

"다음번에는 다른 코드도 또 알려줘."

마리아가 대답 대신 크게 고개를 끄덕였다.

-4-

>>> 192.168.XXX.XXX/home/Alice_in_wonderland/> cat Chapter_1.txt

>>> Loading Chapter_1.txt…… Done

앨리스는 친구와 함께 긴 일자형 책상에 앉아 있었다.

아무 것도 하고 있지 않자니 몹시 지루해졌다. 앨리스는 한두 번 친구들이 읽고 있는 책을 슬쩍 들여다보았지만, 그 책에는 사고할 거리도, 질문도 없었다.

'뻔한 교훈밖에 도출해 낼 수 없는 책을 뭐가 좋아서 읽는담?' 앨리스는 생각했다.

그래서 앨리스는 책을 읽는 것보다 학교 네트워크의 패스워드를 복호화하는 게 낫겠다고 생각하고는 공개키의 오일러 함수 값을 구하기 시작했다. 서로소를 구하는 일은 매우 지루한 작업이었기 때문에 졸리고 멍한 상태가 한동안 계속 되었다.

그 때, '산쥐'라는 고유 문자열을 쓰는 유저 하나가 앨리스의 서버 앞을 뛰어서 지나갔다. 그 일 자체는 그렇게까지 이상하지는 않았다. 심지어 그 '산쥐'가 지저분한 로그를 남기는 것을 보았을 때도 앨리스는 이상하다는 생각을 하지 못했다.

하지만 산쥐가 포크 밤(Fork bomb)을 꺼내들었을 때, 앨리스는 자리에서 벌떡 일어섰다. 앨리스는 학교 네트워크에서 지저분한 로그를 남기거나 포크 밤을 쓰는 산쥐를 한 번도 본 적이 없었기 때문이었다.

물론 토끼(RABBIT)는 본 적이 있지만.

앨리스는 산쥐를 쫓아서 웹을 가로질렀다.

그리고 곧 개인이 운영하는 작은 네임 서버에 도달했다. 앨리스는 산쥐에게 자신이 주로 접속하는 IRC 채널 주소를 알려주며 대화를 시도했다.

"오, 생쥐야. 네가 갖고 있는 트로이산 말을 어디에 쓰려는지 알려주지 않을래?"

산쥐는 이 낯선 불청객에게 흥미가 동했는지 핑을 한 번 날렸지만, 채팅에는 응해주지 않았다.

앨리스는 생각했다.

'영어를 모르는지도 몰라. 북미에서 접속한 것처럼 보이지만 어쩌면 몽레알에서 IP를 우회하고 있을지도 모르지.'

그래서 앨리스는 다시 프랑스어가 들어간 코드를 산쥐에게 보냈다.

```
int main(void) {
    puts("Où est ma chatte?");
    return 0;
}
```

그 문장은 프랑스판 C 교본에 나오는 첫 문장이었다.

그러자 산쥐는 사나운 기세로 마구 핑을 날려 왔다. 그것은 마치 화가 나서 마구 고함을 지르는 것처럼 느껴졌다. 앨리스는 급히 사과했다.

"이런, 쥐가 고양이들을 좋아하지 않는다는 사실을 깜박 잊었어. 미안해."

산쥐가 채팅창으로 날카롭게 쏘아붙였다.

"당연히 좋아하지 않고말고. 그런 이집트인 같은 괄호를 누가 좋아하

겠어?"

앨리스는 그제야 산쥐가 예문이 아니라 중괄호를 표기하는 방법에 대해 화를 내고 있다는 사실을 깨달았다.

"아니야. 너도 내가 짠 K&R 스타일 코드를 보면 이런 포맷팅을 좋아하게 될 거야. 내가 짠 코드는 줄 수를 더 많이 절약할 수 있거든."

코드를 풀어나가며 앨리스는 계속해서 말했다.

"게다가 수평으로 빽빽하게 쓸 수 있기 때문에 줄 바꿈을 할 수고를 덜 수 있어. Allman 스타일 코드가 엔터키를 두 번 눌러야 할 때, K&R 스타일은 엔터키를 한 번만 누르고 탭 키를 두 번 누르면… 이런, 미안해!"

앨리스는 깜짝 놀라서 소리쳤다.

이제 산쥐는 매크로를 사용하여 엄청난 속도로 핑을 날리고 있었다. 그제야 앨리스는 자신이 큰 잘못을 했음을 깨달았다.

"미안해. 너무 편의주의적인 방법을 떠올리느라 내 코드가 네 에디터에서 어떻게 보일지 미처 생각하지 못했어. 앞으로는 제대로 스페이스 바를 두 번 누를게."

"스페이스 바 두 번이라니!"

산쥐가 화난 이모지(emoji)를 첨부하며 소리쳤다.

"스페이스는 네 번을 누르는 게 원칙이라고! 나는 그런 코드는 딱 질색이야! 멍청하고, 야만적이고, 이기적인 것들! 다시는 내 GitHub에서 그런 코드를 보지 않게 해줘!"

"다시는 그러지 않을게."

앨리스는 상냥한 목소리로 약속했다.

생쥐는 그 말을 듣자 앨리스에게 처음 보는 주소 하나를 내밀었다. 생쥐가 말했다.

"내가 있는 포럼으로 가자. 그런 다음 자기소개를 할게. 그러면 내가 왜 K&R 코드와 탭 키를 싫어하는지 이해할 수 있을 거야."

생쥐는 자신만만한 투로 으스댔지만 앨리스는 포럼에 도달하고 나서도 산쥐가 왜 그렇게 불편한 코드를 쓰는지 알 수가 없었다.

3. 테 타릭

말레이시아, 사바 주 산다칸 시

산다칸 항, 제 3 부두

-1-

스프래틀리 군도에서 피서를 했을 때만큼은 아니었지만, 산다칸 항에 입항하는 날에도 폭염은 계속되었다. 운 나쁘게도 그 날의 입항 유도는 경의부에서 맡게 되었던지라. 나는 따가운 볕을 그대로 맞아가며 잿빛 10월이 제대로 부두에 접안할 수 있도록 수병들을 지휘하고 있었다.

아무리 접안 시설이 첨단화되었다지만, 부두에 사람의 손이 필요한 일은 아직까지도 꽤 남아 있었다. 현문으로 통하는 가교를 놓거나, 부두에 엉킨 계류삭을 사리는 것 역시 아직도 사람의 손으로 해결해야 하는 일이었다.

특히 계류삭은 커다란 배를 고정시킬 수 있을 정도의 단단한 삭도(索道)인 만큼 그 굵기가 어린아이 몸통만 했다. 수병들과 힘을 모아 계류삭을 걸리지 않게 한쪽으로 몰아놓고 예식 갑판에 가교를 올리고 나니, 온 몸이 비라도 맞은 것처럼 땀으로 흠뻑 젖었다.

'그러고 보니 오늘 오후 당직도 나였던가?'

이 상태로 곧 현문 당직을 서야한다고 생각하니 벌써부터 정신이 아찔해졌다. 함께 지원을 나온 수병들도 더위에 지쳤는지 곡주에 앉아 숨을 가쁘게 몰아쉬고 있었다. 지원을 나온 경의부 수병들의 대부분은 조리병들이었는데, 입항을 마치자마자 또 찜통 같은 부엌에 들어가야 한다는 사실이 믿기지가 않았는지 인상을 팍 찌푸리며 연신 불만을 토로하고 있었다.

"어휴, 더워. 이것 봐. 나일론 셔츠인데 다 젖었어."

"어차피 안에 들어가도 더울 텐데 뭘 새삼스럽게."

"푹푹 찌는 솥 앞에서 또 한 시간이나 있어야 한다니, 벌써부터 머리가 아파."

"입항하는 날에 지원 나왔으면 식사는 한 두 시간 정도 미뤄주면 안 되나?"

"이해인 셰프가 그걸 잘도 허락해주겠다."

수병들의 말을 듣고 있노라니 어쩐지 딱하다는 생각이 들었지만, 내게는 조리부에 관여할 권한도 직책도 없었다. 그나마 할 수 있는 일은 빨리 입항 업무를 끝내고 그녀들에게 조금이나마 쉴 시간을 주는 것뿐이었다. 나는 가볍게 박수를 쳐 수병들의 주의를 환기했다.

"자, 다들 수고 많았어. 거의 다 끝났으니 조금만 힘내자. 세 명만 여기에 남아서 현문 설치하는 것 도와주고, 나머지 인원들은…."

"의무장님, 목말라요!"

앞으로의 일에 대해 설명하고 있는데, 갑자기 칸나 수병장이 손을 번쩍 들며 말 사이에 끼어들었다. 조리병 중에서도 유난히 자기주장이 심한 아가씨라 평소부터 별나다는 생각은 하고 있었지만, 이렇게 갑자기 뜬금없는 타이밍에 치고 들어오는 바람에 나는 어안이 벙벙해졌다.

내 말을 기다리기도 어려울 정도로 갑자기 목이 말라진 건가?

"어… 그럼 잠깐 10분간 쉴까? 그 사이에 목이 마른 사람은 식당 정수기에 다녀와."

하지만 칸나 수병장은 내 답을 듣자마자 노골적으로 싫은 표정을 지으며 고개를 가로저었다.

"아뇨. 그게 아니라…."

"뭘 기대한 거야, 칸나. 이 사람, 둔치라니까."

"맞아. 괜히 이해인 셰프가 속병을 앓겠어?"

여기서 왜 해인의 이름이 나오는지는 알기 어려웠지만, 수병들의 반응을 보아하니 방금은 내가 오답을 말한 모양이었다.

나는 수병들의 시선을 좇아 등 뒤를 돌아보았다. 그곳에는 부두에 드나드는 선원들이 이용하는 커다란 항만 시설이 자리 잡고 있었다. 편의시설도 꽤 입점해 있는 모양인지 건물 앞에는 유명한 국제 체인 카페의 간판이 내걸려 있었다.

'아하, 그거로군.'

그제야 나는 수병들이 무얼 말하려고 했는지 깨달았다.

"…그래. 더운데 다들 음료수라도 한 잔 사줄까?"

"네에—!"

그제야 수병들이 쿡쿡 웃으며 입을 모아 합창을 했다.

옆구리 찔러 절 받기지만, 다들 고생을 했으니 음료수 한 잔 사주는 것쯤이야 어렵지 않다. 다만 모든 승조원들에게 공평해야 할 의무 부사관이 자기 부서의 수병들만 편애한다는 소문이 돌았다가는 또 싫은 소리를 들을 테니, 나는 목소리를 살짝 낮추며 함구령을 내렸다.

"…다른 부서원들한테는 비밀이다?"

"네!"

칸나 수병장이 입에 지퍼를 채우는 시늉을 해 보이며 배시시 웃었다. 나는 당직 사관에게 현문 설치에 필요한 케이블을 구해온다는 핑계를 대고, 수병들을 이끌고 항만으로 향했다.

잿빛 10월이 기항한 산다칸 항의 제 3 부두는 평소에는 화물선을 접안시키는 용도로 쓰이고 있었던지라, 항만 시설 가까이 다가가자 우락부락한 모습의 뱃사람들이 한데 모여 있는 게 보였다.

잿빛 10월에 오래 있다 보니 종종 잊는 사실이지만, 뱃일이라는 것은 원래 이 정도로 체격이 건장한 사내들이 아니라면 버텨낼 수 없을 정도로 궂은 일투성이다. 그런데 그 사이를 뱃일과는 전혀 무관해 보이는 어린 소녀들이 꺄꺄거리며 떼를 지어 몰려다니니, 사람들의 이목이 집중되는 것도 당연했다.

나는 혹 싫은 소리라도 들을까 걱정되어 다른 수부들의 눈치를 살피며 조심스럽게 걸었지만, 정작 수병들은 이런 시선을 받는 게 익숙했는지 아랑곳하지 않은 채 수다를 떨며 앞으로 나아갔다.

잠시 후, 나는 항만 건물의 가장 안쪽에서 말레이어 간판이 내걸린 체인 카페 하나를 찾아냈다. 기세 좋게 들어선 것은 좋았지만 카페의 메뉴판에 적힌 메뉴들은 기본적인 커피 몇 가지를 제외하고는 모두가 생소했다.

"음, 어디보자… 저 테 타릭이라는 건 뭐지?"

함께 따라온 말레이시아 출신 조리병인 아이나 일등수병이 내 대신 메뉴를 읽어주며 설명을 했다.

"테 타릭은 일종의 밀크티에요. 말레이시아에서는 커피보다는 주로 밀크티를 마시거든요. 이 시기에는 아이스티처럼 얼음을 넣어 마시기

도 해요."

"음, 그럼 다들 그걸로 할래?"

내 제안에 수병들은 쾌히 고개를 끄덕이며 점원에게 테 타릭을 주문했다. 이 근방에는 처음 오는 나와는 달리 남중국해에서 오랫동안 작전을 해왔던 수병들에게는 꽤나 익숙한 음료였던 모양이었다.

오래 지나지 않아 점원은 사람 머릿수대로의 테 타릭을 내어주었고, 나도 잔을 하나 받아든 채 그 낯선 밀크티를 한 모금 맛보았다.

"…달다."

밀크티라고 해서 부드러운 단맛을 기대했는데, 혀끝에 느껴진 첫 맛은 슈가 하이(Sugar High)가 올 정도로 강렬한 단 맛이었다. 게다가 끈적끈적하게 입안에 달라붙는 특유의 식감을 보니, 우유 대신 연유를 쓴 모양이었다.

그러고 보니 예전에 마셔본 베트남 커피도 설탕이나 시럽대신 연유를 썼었지.

처음에는 특유의 단 맛 때문에 두어 모금 마셔보고 질릴 거라고 생각했지만 신기하게도 입맛을 다시고 나니 나도 모르게 재차 잔을 들이키고 있었다. 중후한 홍차의 향과 쌉싸래한 끝 맛이 입안을 개운하게 씻어주는데다가, 땀을 흠뻑 흘리고 난 후였던지라 지나치게 단 음료의 맛도 그리 부담이 되지 않았다. 무엇보다도 더운 여름에 마시는 시원한 음료는 그 자체로 매력적이다.

나는 컵을 집어든 지 수 분도 지나지 않아 20 온즈짜리 컵을 깨끗이 비워냈다. 고개를 돌려보니 다른 수병들은 아직 반도 마시지 못한 모양이었다.

그나저나 얌전히 카페에 앉아 있는데도 몇몇 사내들은 여전히 우리를 유심히 지켜보고 있었다. 한 무리의 여자아이들이 항만에 줄지어 나타나는 것이 흔한 일은 아니라 해도 뭔가 이상했다. 간혹 어떤 뱃사람들은 우리를 쳐다보며 낮게 수군거리기까지 했다.

"bahawa gadis-gadis… Betul kan?"

"Ya. Itu betul."

사내들은 그렇게 말하고 재미있는 장난감이라도 발견한 것 마냥 헤죽거리며 손가락질을 해댔다. 물론 그 시선은 내가 아닌 주변의 수병들을 향하고 있었지만, 어쩐지 그들의 미소에는 **끈적끈적하고 불쾌한 무언가**가 섞여 있어 기분이 절로 나빠졌다.

"…기분 탓인가?"

솔직한 심정으로는 달려가서 왜 사람을 그렇게 쳐다보느냐고 따져 묻고 싶은 기분이었지만, 쓸데없는 싸움을 피하기 위해 나는 그들의 시선을 부러 못 본 척 피했다.

그 사이 음료수를 다 마신 아이나가 내게 쪼르르 달려오더니, 주변의 사내들을 잠깐 훑어보며 내게 조심스레 말을 걸었다.

"…의무장 님."

"무슨 일이야?"

그녀는 잠깐 주저하더니 내 귀에 대고 작은 목소리로 소곤거렸다.

"저 사람들, **저희가 누구인지** 알고 있어요."

"뭐? 그게 무슨 소리야?"

"정확하지는 않지만… 저 사람들의 입에서 '광명학회'라는 단어를 들은 것 같아요."

나는 그 말을 듣자마자 흠칫하며 몸을 사렸다.

산다칸 항의 관계자들이라면 우리가 오늘 제 3 부두에 입항한 보급

함의 승조원이라는 것은 알고 있겠지만, 그들도 광명학회와 잿빛 10월이라는 이름까지는 알지 못한다. 입항 허가서에도 광명학회가 애용하는 페이퍼 컴퍼니의 가명이 적혀 있을 뿐이다. 그런데 어떻게 저들은 함장도 아니고, 수병들의 얼굴만 보고 우리가 잿빛 10월의 승조원이라는 것을 알아차렸던 걸까?

"이상한데. 혹시 전에 본적 있는 사람들이야?"

아이나는 고개를 세게 가로저으며 내 말을 부인했다.

"아니요. 잿빛 10월이 산다칸 항에 기항하는 건 이번이 처음이에요. 전에 마주쳤을 리가 없어요."

"그럼 어딘가의 스파이인가…?"

걱정스러운 마음에 잠깐 터무니없는 추측을 입 밖으로 꺼내 보았지만, 바로 현실적인 대답이 돌아왔다.

"저렇게 노골적인 스파이들이 세상 어디에 있겠어요?"

"…그렇겠지?"

목표물에 가까이에 다가가서 들으라는 식으로 비밀을 떠벌리는 스파이라니. 말이 되지 않는다. 하지만 그들이 어디서 우리에 대한 정보를 얻었는지 생각을 하려고 해도 도무지 답이 떠오르지가 않았다.

"뭔가 엄청나게 찜찜한 기분인데…."

찜찜한 기분을 채 떨쳐내기도 전에 뒷주머니에 쑤셔 넣은 전화기가 울렸다. 착신 버튼을 누르자마자 상대의 노성이 수화기 밖으로 쩌렁쩌렁 울려 퍼졌다.

[야, 의무장! 현문 설치 하다말고 어딜 간 거야?]

포술장이었다.

나는 희미하게 밀려오는 말썽의 향기를 맡으며 공색한 목소리로 변명을 쥐어짜냈다.

"아… 죄송합니다. 잠깐 항만 시설 안의 찻집에서 음료수를 마시고 있었습니다만."

[뭐? 지금 이 와중에 음료수 마실 여유가 있냐? 나중에 돌아와서 두고… 아니다. 일단 빨리 돌아와서 사관실에 집합해. 긴급 상황이야.]

포술장의 입에서 긴급 상황이라는 단어가 나오는 일은 흔치 않았기 때문에 나는 직감적으로 배에 무슨 일이 생겼음을 알아차렸다.

"네, 알겠습니다. 바로 돌아가겠습니다."

그리고 나는 모자를 눌러쓰며 수병들을 일으켜 세웠다.

"모처럼의 땡땡이를 방해해서 미안하지만, 바로 배로 돌아가야겠다. 포술장님이 부르고 계셔."

"네—."

수병들은 아쉬운 목소리로 마지못해 자리에서 일어났지만 포술장이 부른다니 어쩔 수 없다는 표정으로 남은 음료를 깨끗이 비웠다.

항만 시설을 벗어나기 전에 나는 다시 한 번 고개를 돌려 아까 우리를 지켜보던 뱃사람들을 쳐다보았다. 그들은 이제 완전히 우리에 대한 흥미를 잃었는지 담배를 피우며 저들끼리 떠들어대고 있었다.

'역시 우연이었나…?'

오래 생각을 하고 있을 시간은 없었다. 나는 곧 고개를 가로저으며 잿빛 10월이 기항해 있는 제 3 부두를 향해 발걸음을 재촉했다.

사관실의 문을 열고 들어가자마자 이미 자리에 착석해 있던 사관들로부터 따가운 시선이 쏟아졌다. 보아하니 내가 제일 늦은 모양이었다. 땡땡이를 치다가 회의에 늦었다는 게 새삼 민망스러워 나는 괜한 변명을 늘어놓았다.

"죄송합니다. 수병들이 덥다고 해서요. 사기 진작 차원에서 음료수를 사주러…."

말이 길어지자 상석에 앉아있던 포술장이 성가시다는 표정으로 바로 말을 잘랐다.

"지금 그 문제 때문에 부른 거 아니거든? 빨리 자리에나 앉아."

"넵."

나는 잠자코 입을 다문 채 해인의 옆 자리에 조심스럽게 앉았다. 그리고 해인에게만 들릴 정도의 작은 목소리로 오늘의 의제를 물었다.

"무슨 일 때문에 갑자기 모인 거야?"

"저도 갑자기 불려 나와서 아는 바가 없습니다. 하지만 각 부 직별장까지 모두 불러 모은 걸 보니… 평범한 일은 아닌가 보군요."

그러고 보니 평소에는 회의에 거의 참석하지 않던 함장도 오늘은 무슨 바람이 들었는지 드물게 굳은 표정을 지은 채 엘레나 소교의 옆에 앉아 있었다.

사람이 모두 온 것을 확인하자 포술장은 스크린 프로젝터를 조작해 화면에 영상 하나를 띄웠다. 그 영상은 마리아가 외부에서 실시간으로 조작하고 있는 PC의 화면이었다. 마리아는 웹 브라우저를 켜 주소창에 도메인을 입력하더니, 낯익은 문서 하나를 화면에 띄웠다.

"자, 이걸 좀 봐."

그 문서는 잿빛 10월 승조원들의 인사 정보가 담긴 인사 명부였다.

내게 다른 승조원들의 인사 명부를 볼 권한은 없었지만 그래도 양식만큼은 눈에 익었다.

"이건 잿빛 10월의 인사 명부잖습니까? 이게 왜요?"

"이 인사 명부가 올라와 있는 사이트의 주소를 보라고."

나는 다시 한 번 문서가 올라와 있는 웹 사이트의 주소를 읽었다. 또다시 낯익은 단어가 눈에 들어왔다.

VC INSIDE.

"어엉…?"

놀랍게도 잿빛 10월의 인사 명부가 게재되어 있는 그 사이트는 연방의 네티즌들이 자유롭게 드나들 수 있는 유명 포탈 사이트였다. 분명히 광명학회의 DB나 비슷한 곳이라고 생각했는데.

"어째서… 이게… 여기에…?"

내가 얼빠진 목소리를 내며 화면을 가리키자 포술장이 못 참겠다는 투로 화를 버럭 냈다.

"그걸 모르니까 모이라고 한 거잖아, 반편아!"

"자자, 레나. 진정해. 성을 낸다고 해결되는 일은 없다고."

엘레나 소교가 물어뜯을 기세로 이를 드러내며 성질을 내자 함장이 중간에 끼어들어 그녀를 말렸다. 하지만 함장의 표정도 평소와는 달리 썩 유쾌하지 못했다.

"제가 지금 진정하게 생겼습니까? 이건 단순한 기밀 유출 수준을 한참 벗어났다고요!"

"그래, 그래. 알고 있다고."

포술장의 말처럼 이를 단순한 기밀 유출 사태로 치부하기에는 사건의 규모가 너무 컸다. 그동안 목적도 정체도 거의 알려지지 않았던 비

밀 결사, 광명학회의 인명부가 웹상에 공연히 노출된 것이다. 그것도 아주 무참한 형태로.

스레드 아래에 달린 댓글을 확인해보니 VC의 유저들도 자료의 신빙성을 의심하고 있었는지, 수천 건에 달하는 댓글을 달아가며 치열하게 갑론을박을 벌이고 있었다.

▶ 밀면한그릇 : 야, 이거 합성 아니냐? 정말로 광명학회의 병사들이 이런 여자애들이었다고?

▶ 익명 4312 : 당연히 합성이지. 뉴비처럼 왜 그래?

▶ 쾨니히스티거 : 하지만 이상하게 국방부에서 말이 없네. 평소 같았으면 유언비어에 현혹되지 말라고 성명을 냈을 텐데… 이 자료 진짜 아니야?

▶ 촉수수 : 오, 그럼 학회에 들어가면 저 여자애들 옆에 끼고 놀 수 있게 해주는 거야? 회원 복지 쩌네요.

▶ 이완용 : 지금 광명학회에 입회 원서 넣으러 갑니다.

▶ 고라니 : 그럼 무진함은 이런 계집애들한테 얻어터진 거야? ㅋㅋㅋ 처음에는 불쌍하다고 생각했는데, 지금 보니 죽어도 싸네. ㅋㅋㅋ

▶ 애보국수 : 어휴 댓글에서 감자 타는 냄새 나는 거봐. 저 비국민 새끼 차단 못하냐?

▶ 익명 2499 : 비국민은 너겠지. 위대한 연방 해군이 쪽팔리게 저런 계집애들에게 졌는데, 너는 자존심 때문에 그런 쉴드나 치고 있을 거야?

▶ 밀면한그릇 : 너희들 전쟁이랑 UFC랑 착각한 거 아냐? 총

맞으면 여자나 남자나 똑같이 죽어.

마리아가 스레드를 확인하는 사이에도 새로운 댓글은 계속 올라오고 있었다.

어쩐지 VC의 유저들은 자료상의 군인들이 적대 집단인 광명학회 소속의 병사들이라는 사실보다 일견 평범해 보이는 여자아이들이라는 사실에 더 주목하는 것처럼 보였다. 그도 그럴 것이 VC는 정부 관계자들이 상주하는 커뮤니티도 아니고, 그저 흥미로운 소재를 찾아 헤매는 네티즌들이 모이는 대중 커뮤니티였기 때문이다.

사관들도 해커가 이런 대중 커뮤니티를 고른 이유가 잘 이해가 가질 않았는지, 화면을 노려보며 저마다의 의견을 한 마디씩 내놓기 시작했다.

"도대체 어떤 녀석이지? 연방군 해커의 짓인가?"

"아니… 연방군이 이렇게 중요한 정보를 손에 넣었다면 기밀로 지정해 나중에 협상할 때 패로 썼겠지. 고급 정보를 과시하듯이 떠벌리는 걸 보니 아마추어의 짓이라고 밖에 볼 수가 없어."

"하지만 아마추어 따위가 광명학회의 보안을 뚫을 수 있을 리가 없잖아요?"

"그럼 이런 짓거리를 해서 연방군이 얻는 게 뭔데?"

사관들의 목소리가 충분히 달아올랐을 무렵, 마리아가 화면 너머에서 엉거주춤하게 손을 올린 채 말을 덧붙였다.

[저기… 이 글의 최초 게시자인 '헤이즐'이 이 밑에 추가로 올린 글이 또 하나 있어.]

"확인해 봐."

포술장이 채근하자 마리아는 키보드를 눌러 그 아래의 또 다른 스레드를 열어보였다. 그 내용을 확인하자마자 사관들은 미간을 찌푸리며 낮게 탄식을 내뱉었다.

다음 스레드에 올라와 있는 사진들은 잿빛 10월의 내부를 찍은 사진이었다. 대부분이 일과 중의 수병들을 찍은 사진이었는데, 사진에 찍힌 수병들은 자신이 찍히고 있다는 사실조차 알아차리지 못한 채 천진한 표정으로 업무를 수행하고 있었다.

뜨거운 볕을 맞아가며 묵묵히 페인트칠을 하는 갑판병들, 점심시간에 식탁에 둘러앉아 살갑게 담소를 나누는 기관병들, 그리고 열심히 땀을 훔쳐가며 음식을 만드는 조리병들까지…

매일 눈으로 마주하던 일상의 모습들이었지만, 그 시선은 너무나도 낯설게 느껴졌다. 시선을 마주치지 않고 외진 곳에서 촬영된 그 사진들은 보는 사람으로 하여금 관음병자가 된 기분마저 느끼게 했다.

나는 순간적으로 누군가가 함 내에 몰래 잠입하여 수병들을 찍고 달아난 게 아닌가, 하는 생각까지 했다. 하지만 질문을 꺼내기도 전에 마리아가 그 의문에 대해 부연설명을 달아 주었다.

[이 사진들, 전부 함 내 CCTV로 찍힌 거야.]

자세히 보니 사진의 앵글은 모두 천장 구석이나 사람이 올라갈 수 없는 외진 곳에 맞혀져 있었다. 유난히 화질이 나쁜 점도 그제야 이해가 갔다. 하지만 마리아의 그 대답은 사관들에게 더 큰 공포를 불러일으켰다.

"설마… 함 내 CCTV를 통해 누군가가 우리를 실시간으로 감시하고 있는 건 아니겠지?"

포술장이 드물게 소름끼친다는 표정으로 사관실 구석에 위치한

CCTV를 바라보며 몸을 부르르 떨었다.

[그건 아니야. CCTV로 촬영된 영상은 기본적으로 함 내 DB에 임시 저장되었다가 광명학회 클라우드 서버와 1주일 간격으로 동기화되거든. 그 과정에서 탈취 당했으면 모를까, 지금 배 안의 서버는 안전해.]

"그렇다고는 해도 기분 나쁘기는 마찬가지인걸."

포술장은 턱을 괸 채 스크롤을 내려 스레드에 올라와 있는 나머지 사진들을 확인했다. 의도한 바는 아니었지만, 사진을 넘길 때마다 그 아래에 달린 네티즌들의 저질스러운 댓글도 모니터에 함께 표시되었다.

▶ 물곰 : 우아, 쩐다. 이거 진짜 군함 내부에서 찍은 사진이잖아? 아까 그 자료, 거짓말이 아니었나봐.

▶ 촉수수 : 봐봐. 여기 찍힌 여자아이는 인명부에 포술장이라고 나와 있던 그 러시아 애야.

▶ 익명 4312 : 이런 인형 같은 금발 꼬맹이가 포술장이라고? 나는 그냥 이 사진들이 어딘가의 코스프레 AV라는 썰을 계속 밀란다.

▶ 익명 2018 : 포술장이든 갑판장이든 어떻습니까. 맛만 좋으면 그만이지.

▶ 고라니 : 페도필리아 새끼야, 지금 너희 집으로 경찰차 한 대 보냈으니까 기다려라.

▶ 익명 1113 : 그나저나 목욕하는 사진 같은 건 없나요? 하악하악—

▶ 익명 4312 : 그 헤이즐이라는 업로더가 치사하게 그런 사진

은 빼놓고 올렸더라고. 간잽이 새끼 같으니라고.

▶ 물곰 : 잠깐만 기다려봐. 여기에 다른 사진도 있어.

"병신 새끼들…."

포술장은 쉴 새 없이 육두문자를 지껄이며 사진을 휙휙 넘겼다. 그리고 마지막 사진이 펼쳐진 순간, 사관실에 있던 사람들은 모두 할 말을 잃고 말았다.

그곳에 올라온 화상은… 다름 아닌 스프래틀리 군도에서 임시 수영장을 만들었을 때 찍힌 사진이었다.

▶ 익명 4312 : 우아… 쩐다!

▶ 익명 1113 : 야, 이 여자애 가슴 죽이는데!

▶ 촉수수 : 흑흑, 감사합니다. 헤이즐 형님.

▶ 고라니 : 아니, 진짜 이게 컨셉 그라비아 촬영이 아니라고? 이렇게 귀여운 아이들이 우리 군의 주적이라니….

▶ 미트스핀 : 그 점이 더 흥분되는 거라고!

▶ 색무새 : 금발 로리 포술장님이 욕하면서 발로 밟아주셨으면 좋겠다.

▶ 애보국수 : 비국민 새끼들….

아니나 다를까, 수영복을 입은 승조원들의 모습이 화면 위로 떠오르자 유저들은 그 아래에 대고 온갖 성적인 조롱들을 가득 늘어놓았다. 스크롤을 내릴 때마다 조롱의 수위는 점차 높아지더니, 마지막 장에 이르러서는 입에 담기도 어려울 정도의 음담패설이 쓰여 있었다.

엘레나 포술장은 눈싸움을 하는 것처럼 한참동안 댓글들을 주시하더니, 숨을 가늘게 내쉬며 간신히 한 마디를 내뱉었다.

"…역겨워…."

평소와는 다르게 빠르게 상황을 판단한 함장이 모니터를 가로막으며 마리아를 불렀다.

"미안, 마리아. 화면 좀 꺼 줄래?"

[…응.]

마리아도 이번만큼은 분위기를 읽었는지 되묻지 않고 바로 브라우저를 화면에서 꺼 버렸다. 패설들로 끓어오르는 브라우저가 화면에서 사라지자마자 함장은 한숨을 푹푹 내쉬며 얼굴을 감싸 쥐었다.

"…이거야 원. 수병 애들이 알았다가는 완전히 난리 나겠는데. 어떻게 하지? 사이트 접근을 차단하고, 일단 이 사실을 비밀로 하는 게…."

"틀렸어요. 이미 다른 국외 사이트까지 퍼져있어요. 수병들에게서 핸드폰을 빼앗고, TV를 모두 깨부수지 않는 이상 숨길 수는 없을 거예요."

함장은 조심스럽게 대책을 입 밖으로 읊조려 보았지만 모두가 무의미한 일이었다. 이러는 사이에도 사람들의 손을 타고 그 사진들이 계속 퍼져나갈 거라고 생각하니 짐짓 마음이 초조해졌다.

다른 사관들도 포술장만큼은 아니었지만, 모두가 조용히 화를 삭이며 분개하고 있었다. 익명의 다수가 자신의 사진을 올려놓고 천박한 농담을 던져가며 시시덕거리는데, 좋아할 사람이 세상 어디에 있겠는가.

남자인 나조차도 몸 위로 벌레가 기어가는듯한 기분을 느끼는데, 여성인 사관들은 더할 것이다.

"젠장, 눈을 좀 씻어야겠어."

"X 같은 새끼들…."

사관들이 씨근덕거리는 사이, 약간이나마 냉정을 되찾은 포술장이 마리아를 노려보며 싸늘한 말을 쏟아냈다.

"마리아, 이 헤이즐인지 헤즐넛인지 하는 녀석은 어디 사는 놈팡이냐? 당장 알아내. 직접 가서 죽여 버릴 테니까."

갑작스럽게 포술장의 분노를 마주한 마리아는 곤란하다는 표정으로 손을 내저었다.

[그건 곤란해. 이 유저는 글이 확산되자마자 게시글과 로그를 싹 지운 채 잠적해버려서 추적할 방법이 현재로서는 없거든. 지금 볼 수 있는 건 사이트에 남아있는 아카이브 파일 뿐이야.]

마리아는 지극히 정론을 늘어놓았지만, 그 말도 포술장을 위로하지는 못했다.

"그럼 무슨 수를 써서라도 알아내야 할 거 아니야!"

[나도 가능한 알아보고 있으니까 기다려 줘. 진흙도 없이 벽돌을 구울 수는 없다고.(make bricks without clay.) 나는 엔지니어지 전능한 신이 아니야.]

마리아가 거듭 불가의 의견을 표시하자 화가 머리끝까지 뻗친 포술장은 애꿎은 마리아를 향해 욕설을 내뱉었다.

"빌어먹을 스키디(skiddie) 같으니라고."

[…그거 나한테 하는 소리야?]

사관실의 분위기가 다른 의미로 험악해지자, 그동안 잠자코 앉아 있던 샤오지에 갑판장이 나서서 포술장을 뜯어 말렸다.

"자자, 저희끼리 싸울 때가 아니잖아요? 포술장도 좀 머리를 식히세요."

"하지만…!"

엘레나 소교가 아랫입술을 꽉 깨물며 항의를 하려들자 샤오지에는 사뭇 진지한 표정을 지으며 목소리에 힘을 주어 말했다.

"포술장. 표적을 착각하지 마세요."

"…."

샤오지에의 그 말에 포술장도 조금은 냉정을 되찾았는지, 그녀는 돌아서서 짧게 한숨을 내쉬었다.

"미안, 마리아. 실언을 했어."

[…괜찮아.]

"잘 참으셨어요."

샤오지에는 어린 아이를 달래는 것처럼 엘레나 소교의 어깨를 가볍게 토닥여 준 다음, 차를 한 잔 따라 그녀에게 내밀었다. 포술장이 말없이 차를 받아들자 사관실은 갑자기 미묘한 침묵에 휩싸였다. 다들 속불이 채 꺼지지 않은 상태였지만, 여기서 진지하게 화를 냈다가는 도리어 이상한 사람 취급을 받을 것 같은— 그런 분위기였다.

나는 분위기를 바꾸어 볼 겸 조심스레 다른 화제를 입에 담아보았다.

"그나저나… 가족들은 괜찮을까요."

"가족(familly)?"

내 발음이 퍽이나 이상했는지 함장이 눈썹을 치켜뜨며 내 말을 따라 읊었다.

"네. 이렇게 얼굴이 팔렸으니 뭍에 두고 온 친지들도 곤란할 거 아녜요? 자식이나 형제가 범죄 조직에 몸을 담고 있다는 소문이 퍼지면 마을 내에서도 곤란해질 테고…."

"아, **그 가족** 말이지. 크크…."

함장은 내가 재미없는 농담이라도 꺼낸 것처럼 억지로 웃는 시늉을 해 보이더니, 가볍게 어깨를 으쓱거렸다.

"걱정 마. 어차피 이 배의 승조원 중에 **땅 위에 가족을 남겨두고 온 사람은 없거든.**"

"아…."

불현듯 함장이 일전에 내게 해 준 이야기가 떠올랐다.

'이 배의 승조원들은 다 관계를 잃어버린 사람들로만 이루어져 있어.'

아직 모든 승조원들의 이야기를 들어본 것은 아니었지만, 잿빛 10월의 승조원들은 대부분이 고아거나 혹은 피치 못할 사정으로 고향을 떠나야만 했던 소녀들로만 이루어져 있다. 그런 와중에 가족의 안위가 대수이랴.

"혹에나 살아있는 친지가 남아있다 하더라도 서로의 처지에 관심을 가져 줄 정도로 좋은 관계도 아니야. 오히려 자신의 정체를 드러내서 우리에게 한 방 먹여줄 수 있다면 좋다며 자원하고 나설걸?"

함장은 그리고 바로 화살 끝을 돌려 역으로 내게 질문을 던졌다.

"그보다 의무장의 가족은 정체가 드러나면 곤란한가?"

"아, 뭐…. 글쎄요…."

그러고 보니 내가 먼저 말을 꺼내긴 했지만, 내가 죽지 않고 (타칭) 해적단에 가담하여 일하고 있다는 사실을 알게 된다면 부모님은 무슨 표정을 지을까- 궁금해졌다.

게다가 내가 살아있다는 걸 대중이 알게 된다면 곤란해지는 건 연방 정부일 텐데…. 함장도 같은 생각을 했는지 이상야릇한 미소를 지어 보이며 인터넷에서 내 이름을 찾았다.

"어라? 이상하네…."

하지만 이상하게도 해커가 공개한 잿빛 10월의 인명부에는 정작 내 이름이 없었다. 함장은 잠깐 고민하는 시늉을 해 보이더니 손뼉을 치며 가볍게 탄성을 내질렀다.

"아, 맞다. 그러고 보니 아직 등록을 안 했었네."

"네에?"

"그 저번에 말했잖아. 의무장은 비정규직이었다고. 전에 입회 신청서를 작성하고 본부에 제출한다는 걸 까맣게 잊고 있었어."

그럼 아직까지도 나는 공식적으로는 부외자 취급을 받고 있었단 말인가. 물론 그 덕분에 정보가 유출되는 일은 없었지만 기분이 뭔가 묘했다.

이걸 싫어해야할지, 좋아해야할지.

그리고 나는 인명부에서 이상한 점을 하나 더 찾아냈다.

"그러고 보니 마리아 수병장의 자료도 없네요."

"정말이네. 이게 어떻게 된 일이지?"

포술장이 의심스럽다는 표정으로 모니터를 흘겨보자, 마리아는 부정도 하지 않고 바로 그 이유를 순순히 털어놓았다.

[아, 내 자료는 전에 학회 DB를 조작해서 지워버렸어.]

"얌마!"

아군 사령부의 DB를 마음대로 해킹하다니, 가능한지를 떠나서 그게 말이 되는 소리인가. 하지만 마리아는 그게 무슨 문제가 되느냐는

투로 천연덕스럽게 되물었다.

[개인정보를 **아무 데나** 저장해두는 건 위험하잖아?]

"너는 학회 DB를 **아무 데**라고 생각하는 거야?"

"뭐, 이번 일로 **아무 데**라는 게 증명되긴 했지만."

"…지울 거면 다 같이 지워주든가 하지."

사관들이 못마땅한 표정으로 한 마디씩 거들며 툴툴거렸다. 하지만 이로서 정보 유출이 사령부 DB를 통해 이루어졌다는 것이 조금 더 확실해졌다.

사관실의 분위기가 조금 더 누그러지자 함장은 다시 웹 브라우저를 켜 사이트의 상황을 살피더니, 머리를 세게 긁적거리며 마리아에게 의견을 구했다.

"마리아. 앞으로 이 사이트에 올라오는 사진들만이라도 강제로 지울 수 있는 방법은 없을까?"

[단순히 관리자 권한을 빼앗아 스레드를 지우는 것뿐이라면 어렵지 않지만… 섣불리 움직였다가는 오히려 불 위에 기름을 붓는 꼴이 되고 말거야.]

"하기야 한창 맛있게 물어뜯던 고깃덩어리가 갑자기 사라지면 더 광분하겠지."

유저들도 바보가 아닌 이상 갑자기 특정 주제의 글들이 동시에 삭제된다면 눈치를 챌 것이다. 그럼 사진에 대해 잊기는커녕 정부의 개입이라느니, 음모론이라느니 이야기를 덧붙이며 되레 더욱 관심을 가질 것이다. 그건 우리가 원하는 바가 아니다.

마리아는 씁쓸한 표정을 지으며 시선을 내리깔았다.

[지금은 사람들이 흥미를 잃을 때 까지 기다리는 수밖에 없어.]

흥미를 잃는 시점이라. 언제가 될지 모르는 미래를 기약하는 건 괴로운 일이었다. 포술장은 여전히 그 안이 마뜩잖았는지 책상을 손가락으로 거칠게 두들기며 이를 갈았다.

"하지만 그 헤이즐이라는 놈이 사람들의 흥미가 식어가는 꼴을 잠자코 지켜보고만 있을까? 녀석의 목적은 관심을 받는 데 있잖아. 흥미가 식으면 다시 나타나 새 장작을 넣어 사람들의 주의를 끌지도 몰라."

[걱정 마. 이미 DB에 저격수를 깔아놨거든. 다시 머리를 들이미는 순간이 그 녀석의 제삿날이 될 거야.]

마리아는 믿음직스러운 미소를 지으며 엄지손가락을 들어 보였다. 그 미소를 보고 있노라니 일이 완전히 해결된 것은 아니었지만, 십분 마음이 놓였다.

카밀라 대교도 마찬가지의 생각이었는지, 한숨을 내쉰 다음 주의를 환기할 겸 가볍게 뺨을 두들겼다.

"좋아. 일단 온라인의 일은 마리아에게 일임하고 우리는 현실의 일에나 집중하자."

함장은 창밖의 부두를 눈으로 훑어보며 앞으로 계획에 대해 브리핑했다.

"일단 학회 본부에 연락해서 보안 병력을 추가로 요청하고, 정박 부두 위치도 바꾸자. 제 7 부두가 외진 곳에 있으니 그곳을 이용하기로 하면 될 거야. 그리고 현 시각부로 모든 승조원은 초병 임무를 수행할 때를 제외하고는 갑판 상의 출입도 엄금이야. 일이 해결될 때까지는 다들 함 내에 죽은 듯이 처 박혀 있으라고."

아무리 안전을 위한 일이라지만 부두에 바람을 쐬러 나오는 것도 금

지라니… 나는 조금 과하다는 생각이 들어 손을 들고 진언했다.

"그렇게까지 하실 필요가 있겠습니까?"

내 질문에 함장은 가볍게 코웃음을 치더니, 양팔로 턱을 괸 채 느릿느릿한 어조로 답변을 해 주었다.

"의무장. 잊었나본데, 우리는 연방 정부가 수배한 국제 범죄자야. 우리들 중 한 사람만 잡아서 연방에 넘겨줘도 족히 수만 달러는 받을 수 있어."

카밀라 함장은 손가락으로 돈을 세는 시늉을 해보이며 말을 이었다.

"물론 말레이시아 정부는 학회와 협약을 맺고 있기 때문에 말레이 경찰이 우리를 잡아 송환하는 일은 없겠지만… 민간 현상금 사냥꾼 차원에서의 납치가 이루어지지 않으리라고 장담할 수는 없겠지."

그녀의 말처럼 작년에 연방이 우리를 주적이라 천명한 이후로 잿빛 10월은 여러 곳에서 습격을 당했다. 대부분은 연방군이나 그 관계자들이었지만… 얼굴이 팔린 이상 이제는 민간 업자의 습격도 대비해야 했다. 현상금 사냥꾼들에게 수만 달러의 현상금이 붙은 채 시내를 어슬렁거리는 소녀들만큼 손쉬운 먹잇감도 없을 테니까.

하지만 출입을 봉쇄한 채 배 안에 틀어박히자니 당장 아쉬운 일이 한 두 가지가 아니었다. 예를 들자면 아직 우리는 산다칸 항에 입항 신고조차 하지 않았다. 포술장도 그 사실이 떠올랐는지 나를 힐끗 쳐다보며 말을 받았다.

"하지만 입출항 신고나 수매한 식료품을 취소하는 건 서면으로 할 수 없습니다. 적어도 내일 저녁이 되기 전에는 직접 가서 얼굴을 마주보고 사인을 해야 하는데, 그 때까지 추가 병력을 기대할 수는 없잖습니까?"

"음, 그건 그렇네…."

함장은 잠깐 뺨을 긁적이며 잠깐 생각에 잠기더니 갑자기 나를 지목했다.

"그럼 그 문제는 웹상에 얼굴이 팔리지 않은 의무장이 해결하는 걸로 하자."

"…알겠습니다."

평소라면 불평이라도 한 마디 늘어놓았겠지만, 상황이 상황인지라 나는 함장의 지시를 군말 없이 달게 받아들였다. 그런데 함장은 무슨 생각이 들었는지 모니터를 쳐다보며 이번에는 마리아를 불렀다.

"그리고 마리아."

[…응?]

"너도 다녀와."

함장의 갑작스러운 명령에 마리아는 잠시 그녀의 말을 곱씹는 것처럼 벙찐 표정을 지었다가, 이어서 큰 목소리로 비명을 질렀다.

[뭐어어어어?!]

갑작스럽게 큰 목소리가 튀는 바람에 스피커가 듣기 싫은 잡음을 냈다. 하지만 카밀라 함장은 눈 하나 깜빡하지 않고 그 이유를 담담히 설명했다.

"너도 웹상에 얼굴이 팔리지 않은 유이한 승조원이잖아? 아무리 민간인에게 정체가 알려지지 않았다 하더라도 의무장 혼자만 밖에 보내는 건 위험해. 너도 같이 다녀와."

함장의 말에 마리아는 얼굴을 새하얗게 물들이며 고개를 마구 가로저었다.

[아, 아, 안 돼. 나, 나, 나는 밖에 못 나가.]

평정을 잃고 마구 말을 더듬는 마리아의 표정은 다른 수병을 보는 것처럼 생경하게 느껴졌다. 그렇게 평정심을 잃고 당황하는 마리아의 모습은 처음 보았다. 아마도 그 만큼이나 밖에 나가는 것이 두려운 모양이겠지. 하지만 함장이 마리아의 광장 공포증을 모를 리가 없는데…

나는 의아한 기분을 느끼며 함장을 불렀다.

"함장, 하지만 마리아는—."

"알고 있어."

함장은 단호하게 내 말을 자르며 모니터를 노려보았다.

"마리아. 평상시라면 모르겠지만, 이런 긴급한 때까지 네 떼를 받아줄 수는 없어. 여기는 군대고, 나는 네 유모가 아니니까."

[우으….]

마리아는 거의 울기 직전의 표정을 지어보이며 입술을 꽉 깨물었다. 평소에 감정을 거의 드러내지 않는 마리아였던 만큼 그 모습은 더욱 딱하게까지 느껴졌다.

하지만 함장은 여전히 그녀를 봐주지 않고 단호하게 다시 한 번 명령을 확인했다.

"상관의 명령은?"

[…절대적이다.]

'어디서 많이 본 상황이군.'

나는 묘한 기시감을 느끼며 관자놀이를 꾹꾹 눌렀다.

그녀는 어두운 방 안에서 모니터 화면을 노려보며 잠시 생각에 잠겼다.

그녀가 전에 머물렀던 온라인 커뮤니티에는 달콤한 향기를 풍기는 **먹잇감**이 보란 듯이 올라와있었다. 그 먹잇감의 자태가 너무나도 황홀했던지라 저도 모르게 손을 댈 뻔했지만, 곧 그 주위에 깔린 덫을 눈치채고 뒤로 물러섰다.

"아차차, 실수할 뻔 했네."

그리고 그녀는 덫을 놓은 방식을 찬찬히 관찰했다.

대담하면서도 독창적인 그 공격 수법은 그녀가 이번에 **사냥감**으로 점찍은 상대의 특징이었다.

'…뻔히 보이는 얄팍한 수를 쓰고 있군요.'

역으로 덫을 놓아볼까 하는 생각도 들었지만, 상대가 순순히 거기에 잡혀줄 것처럼 보이지도 않았다. 이런 싸움에서는 먼저 초조해지는 사람이 지는 법이다.

"으으…."

그녀는 힘껏 기지개를 켠 다음, 손을 뻗어 컴퓨터 옆에 올려놓은 살미아키(Salmiakki) 캔을 집어 들었다. 마름모 모양의 검은 사탕을 입에 던져 넣자 무어라 형용하기 어려운 강렬한 감초향이 입 안에 훅 퍼져나갔다. 사탕이라고 하기에는 지독히도 맛이 없었지만 계속 입 안에서 사탕을 굴리고 있노라니 조금이나마 **잠이 달아나는 기분**이 들었다.

그녀에게 살미아키를 소개해 준 것은 일전에 포럼에서 만났던 핀란드 출신 해커로, 지독한 카페인 예민증을 앓고 있던 그녀에게 잠을 깨는 데 도움이 될 거라며 추천해 준 물건이었다. 확실히, 커피를 마시지

못하는 그녀에게 살미아키의 지독한 맛은 잠을 쫓는데 큰 도움이 되었다.

밤샘 작업을 밥 먹듯이 하는 해커에게 카페인 예민증은 생각 외로 치명적인 질병이었다. 실수로라도 커피를 한 잔 마시면 그 이후로 하루 종일 잠을 자는 것도, 깨어 있는 것도 아닌 상태가 계속 되었다.

꾸벅꾸벅 졸아가며 코딩을 하던 그녀를 두고 같은 포럼의 해커들은 '도마우스'라는 닉네임을 붙여주었다. 명예로운 별명은 아니었지만, 그녀는 그 별명이 퍽이나 귀엽다고 생각했다.

"하암…."

그러고 보니 **공작**을 마친지도 벌써 하루가 지났다. 도마우스는 하품을 하며 거칠게 눈두덩을 문질렀다.

얼굴을 비추고 있는 유일한 광원— 푸른색의 모니터 빛 때문에 그녀의 안색은 실제보다 훨씬 더 나빠 보였다. 얼굴뿐만 아니라 그녀의 피부는 전반적으로 섬뜩할 만큼 창백하여 손목에도 핏줄이 희미하게 비쳐 보이고 있었다. 외모에 신경을 쓴다면 제법 미인처럼 보일 수도 있는 상이었건만 그녀는 자신의 외모가 망가지는 것을 조금도 개의치 않아했다. 그런데 신경을 쓸 시간이 있으면 코드에 주석이라도 한 줄 더 다는 편이 낫다.

그녀가 살미아키를 한 개 더 먹을까 말까 고민하고 있는 사이, 누군가가 문을 열고 어두운 방 안으로 들어섰다.

"실례하겠습니다, 도마우스 중위."

"…어서오세요."

그녀는 뒤도 돌아보지도 않고 손을 들어 대답했다. 이미 질릴 정도로 자주 들은 목소리다. 그녀는 그다지 반갑지 않다는 투로 마음에 없는 인사를 건넸다.

"오랜만이네요, 체셔 소령."

연방 정보부 제 4과 소속의 이 육군 소령은 언제나 생글거리는 미소를 입가에 띠고 있어서 체셔 캣이라는 별명이 붙어 있었다. 보통은 줄여서 체셔라고 부른다.

하지만 그 체셔의 미소도 어쩐지 오늘은 조금 빛이 바랜 것처럼 보였다. 체셔는 의자 하나를 끌어와 도마우스의 옆에 앉은 다음, 능청스럽게 운을 떼었다.

"제가 왜 왔는지는 알고 있겠죠?"

"…아뇨?"

도마우스는 정말로 모르겠다는 표정으로 체셔를 물끄러미 올려다보았다. 그 천진한 표정에 소령은 한숨을 푹 내쉬며 머리를 긁적였다.

"당신이 어젯밤 인터넷에 벌여놓은 축제에 대해 물으러 왔습니다만."

"아…."

그녀가 어젯밤 인터넷 커뮤니티에 잿빛 10월의 정보를 뿌린 일을 말하는 모양이었다. 제 4과의 요원들에게만 공유했던 자료를 가공 없이 그대로 노출시켰으니 수일 내로 알아차릴 거라고 생각했지만… 체셔의 눈치는 예상보다 더 빨랐던 모양이었다. 도마우스는 칭찬을 바라는 개처럼 머리를 들이밀며 생긋 미소를 지었다.

"하는 김에 가볍게 장난을 좀 쳐봤죠. 어때요?"

하지만 체셔의 입에서 돌아온 것은 칭찬이 아닌 엄격한 질책이었다.

"도마우스 중위. 당신은 1급 군사 기밀을 상부의 허가도 받지 않고

온라인에 멋대로 풀어버렸습니다. 아무리 작전을 일임했다고는 하지만 이는 너무 지나칩니다."

"어차피 **상대**의 군사 기밀이잖아요?"

군법을 전혀 이해하지 못하고 있는 그녀의 대답에 기가 찼는지, 체셔 소령은 미소를 약간 더 누그러트렸다.

"**우리**가 첩보해서 얻어낸 군사 기밀이기도 합니다."

"**우리**…? 말은 똑바로 하셔야죠. 그 정보는 **제가** 탈취한 거예요."

자신의 전공을 빼앗으려 한다고 생각했는지, 도마우스는 이를 드러내며 체셔를 노려보았다.

"당신의 전공을 깎아내리려는 것은 아닙니다. 다만…."

소령은 어제 그녀가 올린 스레드를 따라 작성된 몇 개의 댓글을 가리켰다. 그 댓글의 작성자들은 하나같이 입을 모아 연방군의 무능함을 질책하고 있었다.

"그 정보가 퍼졌을 때 연방군이 입을 손실에 대해 생각해보신 적이 있으십니까?"

잿빛 10월의 사관들이 여자였다고 해서 갑자기 전과가 달라지는 것도 아니었지만, 어제의 소동 이후 연방 해군은 사기가 푹 꺾여버렸다. 특히 해병대원들은 해병의 정예인 마귀상어 부대가 이런 계집애들에게 진 것이냐며 크게 분개하고 있었다.

하지만 도마우스는 역시나 그게 무슨 상관이냐는 표정으로 고개를 가로저었다.

"아뇨."

"그럼 이 행동에 무슨 유의미한 의미가 있습니까?"

"그냥— 은 아니고… 물론 의미가 있지요."

도마우스는 농담을 하려다 체셔의 얼굴에서 미소가 완전히 가시려고 하자 재빨리 손을 내저으며 변명을 덧붙였다.

"이 여자애를 아시나요?"

도마우스가 모니터에 띄운 것은 어딘가 초췌해 보이는 10대 소녀의 사진이었다. 물론 체셔는 그녀가 누구인지 알고 있었다.

"잿빛 10월의 작전관이군요. 얼굴은 알고 있습니다."

"저는 마리아라는 이 여자애한테… 아니, '앨리스'라는 아이디를 썼던 이 해커에게 빚이 좀 있거든요."

도마우스는 그림판을 열어 마리아의 사진을 불러온 다음, 그 위에 빨간색 페인트 브러시로 장난스러운 표식을 그려 넣기 시작했다. 머리 위에 뿔을 그리거나, 얼굴 위에 소용돌이를 그려 넣거나….

"이 아이는 저의 모든 것을 빼앗아갔어요. 제 경력, 제 이름… 심지어 저의 존재까지도."

사진 속의 얼굴이 낙서로 가득 찼는데도, 그녀는 페인트 브러시를 놀리는 것을 멈추지 않았다. 곧 마리아의 얼굴은 붉은색 물감으로 가득 덧칠해져 잔혹한 고어 사진을 연상케 하는 수준으로 변모해버렸다.

"그런데 우연찮게도 이번에 광명학회의 DB를 뒤지다가 이 아이의 흔적을 발견한 거예요. 그런걸 보면 신이라는 게 정말 있는지도 모르겠네요. 하하하!"

체셔는 주머니에 손을 찔러 넣은 채 그녀가 장난을 치는 꼴을 묵묵히 쳐다보기만 했다. 곧 도마우스가 질린 표정을 지으며 마우스를 손에서 놓자, 체셔는 그녀를 질책하는 것처럼 낮은 목소리로 물었다.

"당신은 그럼 사적인 복수 때문에 군사 기밀을 풀었다는 겁니까?"

"에이, 설마요. 저한테도 애국심은 있다고요. 국가의 주적을 해치우

는 일만큼이나 보람된 일도 없지요."

그리고 도마우스는 가볍게 국가(國歌)를 흥얼거리며 가슴에 손을 얹는 시늉을 해 보였다. 그 모습에서 국가에 대한 경의 같은 건 거의 느껴지지 않았지만, 어쩐지 체셔는 전에 서보라 대위가 했던 말을 떠올려냈다.

'서 대위는 애국심이라고는 조금도 없나보군요.'

'그건 체셔 아저씨도 마찬가지잖아?'

그가 생각을 하는 사이, 도마우스는 저 혼자서 앞으로의 계획에 대해 주절주절 떠들어댔다.

"…이 계획이 성공하면 잿빛 10월은 손 하나 대지 않고 자연스럽게 내부에서 무너질 거예요. 뭐, 겸사겸사 개인적인 복수도 함께 하면 좋고."

"당신은 좋겠군요. 애국심이 남아 있어서."

"응? 그게 무슨 소리인가요?"

"아닙니다. 그럼 이번 일은 계속 맡기겠습니다."

체셔는 얼굴에 난 흉터를 가볍게 긁적이며 고개를 천천히 앞으로 내밀었다.

"다만… 성공하지 못한다면 다음번에는 문책만으로 끝나지 않을 겁니다."

생글생글.

체셔는 여전히 시원스러운 미소를 짓고 있었지만, 도마우스는 그 표정에서 섬뜩한 무언가를 느꼈다. 문책만으로 끝나지 않는다— 라는 그의 말은 분명 단순한 으름장이 아니리라. 하지만 그녀에게도 성공에 대한 확신은 있었다.

도마우스는 밀려오는 불안을 애써 감추려는 것처럼 짐짓 유쾌한 표정을 지어보였다.

"걱정 마세요. 토끼 굴은 충분히 깊게 파두었으니까—."

그리고 그녀는 얼룩덜룩하게 낙서가 된 마리아의 사진을 다시 한 번 쳐다보며 살미아키를 입에 던져 넣었다.

"앨리스가 손을 쓰기 전에 확실하게 끝내버리죠."

-4-

>>> 192.168.XXX.XXX/home/Alice_in_wonderland/> cat Chapter_2.txt

>>> Loading Chapter_2.txt…… Done

포럼 속에는 여러 다양한 유저들이 머물고 있었다.

도도새의 사진을 아이콘으로 쓰는 유저와 앵무새의 사진을 쓰는 유저, 그리고 처음 보는 신기한 동물 사진을 쓰는 유저들도 있었다. 물고기의 머리를 한 수장룡을 이미지를 쓰는 유저는 스스로를 일컬어 재버워크(Jabberwock)라고 불렀는데, 말장난을 싫어하는 것으로 보아 포럼에서 쓰는 아이콘과 실제 성격 사이에는 별 상관이 없는 모양이었다.

해커 포럼에서 가장 많이 입에 오르내리는 화제는 당연하게도 '기존에 잘 알려진 보안 솔루션들을 어떻게 해제할 수 있느냐'였다. 포럼의 회원들은 좋은 의견만 내놓는다면 상대가 신입인지 아닌지를 가리지 않고 대우해

주었고, 그러다보니 앨리스는 그들과 평생 알고 지냈던 것처럼 자유롭게 어울릴 수 있게 되었다.

하지만 모두가 그런 것은 아니었다. 앨리스는 앵무새 아이콘을 쓰는 유저(이하 앵무새)와 자주 싸웠는데, 앵무새가 "내가 너보다 나이가 많으니까 내가 더 잘 알아." 라는 말만 되풀이했기 때문이었다. 온라인에서의 나이는 얼마든지 조작이 가능했기 때문에 앨리스는 그 말이 진짜인지 아닌지 확신할 수 없었지만, 앵무새는 여하튼 그 말만 계속 되풀이했다. (사실 대부분의 회원들은 자기가 하고 싶은 말만 쏟아내는 경향이 있었기 때문에 앨리스는 앵무새가 그렇게 말했을 때도 특별히 놀라지 않았다.)

그 날도 마찬가지였다.

유명 포털 사이트의 클라우드 시스템에 심각한 보안 취약점이 있음이 발견되었을 때, 포럼의 회원들은 이를 버그 바운티* 플랫폼에 신고해야 할지 말아야 할지를 두고 말씨름을 벌이고 있었다.

"서버에서 뭘 발견했다고?" 오리가 물었다.

"**그걸** 발견했다고." 독수리가 대답했다.

"당연히 그게 무얼 뜻하는지는 알고 있겠지."

"오, 물론 그것이 무엇인지는 잘 알지. 네 스파게티 같은 코드 내에서 발견할 수 있는 것은 대부분 곤충(bug)이니까."

오리가 답했다.

좀처럼 말씨름이 끝날 기세를 보이지 않자, 산쥐가 나서서 회원들을 중재하기 시작했다.

"잠깐만 내 말을 들어봐. 그러면 너희들도 모두 원하는 것을 얻을 수 있

* 버그 바운티 (Bug Bounty) : 특정 회사의 제품이나 사이트에서 보안 취약점을 찾아내고 이를 통보하여 포상금을 받아내는 제도.

을 거야."

산쥐는 포럼의 회원들 중에서도 가장 권위를 갖고 있는 것처럼 보였다. 왜냐하면 산쥐가 입을 열어 말을 하기 시작하자 다른 회원들이 그 목소리에 귀를 기울였기 때문이었다.

"에헴."

산쥐는 헛기침을 하는 시늉까지 해보이며 으스댔다.

"모두 준비됐어? 이게 바로 내가 아는 문제를 푸는 가장 멋진 방법이야. 다들 잘 알고 있다시피 MIT의 철도 동아리 TMRC에서 출범한 우월하고도 고결한 1세대 해커들은 관료주의적 사고에 찌들어 있는 IBM의 기술자들을 혐오했어. 그들은 직접 해보기 강령(Hands-On-Impreative)을 언제나 준수하였으며…."

"콜록."

앵무새가 기침을 하며 산쥐의 말을 끊었다.

마침 포럼의 회원들도 산쥐의 말에 지루함을 느끼고 있던 참이었던지라, 그들은 산쥐의 말문이 끊기는 것과 동시에 제멋대로 이야기를 늘어놓았다.

"저 이야기가 딱히 지금 문제를 해결하는 데 도움이 되지는 않는 것 같아."

"그냥 예정대로 버그를 신고하는 게 어때?"

"하지만 지금 시점에서 제보하면 포상금으로 천 달러도 받지 못할 걸. 녀석들은 하반기에 공개할 검색 러닝 시스템의 개발에 집중하느라 피드백도 제 때 주고 있지 않다고."

이 때, 도도가 자리에서 일어서며 엄숙하게 말했다.

"그럼 저는 포털의 SE(System Engineer)들이 좀 더 경각심을 가질 수 있도록 '칠면조 사냥'을 할 것을 제안합니다."

"도도. 알아듣기 쉽게 말해. 난 네가 하는 말의 절반은 뜻도 모르겠다고."

어린 독수리가 화를 내자 다른 새 아이콘을 쓰는 유저 몇이 키득거렸다. 도도는 약간 언짢은 기색으로 말을 이었다.

"나는 플랫폼에 신고를 하는 대신 이 버그를 악용해서 직접 돈이 될 만한 정보를 빼오자고 말하는 겁니다."

"어떻게?"

앨리스가 물었다.

사실 앨리스는 도도의 말에 그다지 관심이 없었다. 그러나 도도는 다른 새들이 말하기를 기다렸다가 제 입으로 이야기를 다시 시작하였다.

"가장 좋은 설명은 직접 해 보는 겁니다."

그리고 도도는 텔넷을 시행하고 포트에 다가갔다. (여러분이 이 해킹을 직접 시도하려 할 수 있으므로, 여기서는 도도가 한 행동을 구체적으로 설명하지 않는다.)

포럼의 유저들은 마음 내키는 대로 포털의 메인 서버에 들어가 은밀한 폴더를 뒤적거렸다. 그 행위가 언제 끝날지는 아무도 알 수 없었다.

그리고 30분 뒤, 서버에서 트레이서가 발동되자 도도가 갑자기 소리쳤다.

"경기 끝!"

도도의 선언과 동시에 유저들은 제각기 로그를 지우고 서버와의 접속을 끊었다. 그들은 다시 포럼에 몰려들어 도도에게 물었다.

"누가 이겼지?"

도도는 잠깐 고민하는 시늉을 하다 입을 열었다.

"여러분 모두가 이겼습니다. 그러니 모두들 상을 받아야합니다."

"그러면 누가 상을 주는데?"

"그야 물론, 앨리스가 상을 주어야지요."

도도새가 앨리스를 지목하자 유저들이 순식간에 앨리스를 에워싸고 마구 떠들어댔다.

"상을 줘! 상을 줘!"

앨리스는 어찌할 줄 몰라 하며 로컬 폴더를 뒤졌다. 다행스럽게도 그녀의 컴퓨터에는 쓸 만한 SQL 포트용 공격 프로그램이 남아 있었다. 앨리스는 해당 프로그램을 다른 유저들에게 상으로 나누어주었다.

"앨리스에게도 상이 있어야지." 생쥐가 말했다.

"물론이야. 네 컴퓨터에 다른 프로그램은 없니?"

"단순한 '시계' 밖에 없어."

도도의 질문에 앨리스가 서글프게 답했다.

도도는 앨리스로부터 '시계' 파일을 전달받은 다음, 그녀에게 이를 엄숙하게 다시 수여했다.

"이 아름다운 프로그램을 받아주시기 바랍니다."

도도의 짧은 연설이 끝나자, 유저들이 일제히 박수를 치는 시늉을 했다. 앨리스는 이 상황 자체가 매우 우스꽝스럽다고 생각했지만, 무어라 할 말도 없었기에 최대한 엄숙한 흉내를 내며 프로그램을 받았다.

…포럼에서의 생활은 적어도 지루하지는 않았다.

4. 미 고렝

-1-

다음 날.

약속한 시간이 되었는데도 마리아는 여전히 갑판 상에 코빼기도 비치지 않고 있었다. 혹시나 싶어 CIC실에 가보았더니… 아니나 다를까. 마리아는 CIC실의 문을 굳게 걸어 잠근 채 농성을 하고 있었다.

문 앞에 걸린 'DO NOT DISTURB' 문패를 걷어내고 손잡이를 돌려보았지만 문은 꿈쩍도 하지 않았다. 나는 다소 거칠게 문을 노크하며 마리아를 불렀다.

"마리아. 업무 나갈 시간이야. 게으름부리지 말고 빨리 나와."

잠깐의 침묵이 흐른 뒤, 문 앞에 설치된 스피커를 통해 마리아의 목소리가 작게 흘러나왔다.

[…싫어.]

"뭐?"

[나는 안 나가. 절대로 안 나가! 밤새 생각해 봤지만 역시 못 하겠어. 이 배 밖으로 나가느니 차라리 죽을 테야!]

"그럼 그렇지…."

나는 머리를 긁적거리며 한숨을 내쉬었다.

아무리 함장의 명령이 있었다고는 하지만, 말 안 듣기로는 둘째가라면 서러워 할 마리아가 고분고분 명령에 따를 거라고 기대했던 내가 바보였다.

다시 한 번 어깨로 문을 세차게 밀쳐보았지만 전자식 도어락이 달린 격문은 꿈쩍도 하지 않았다. 한참을 끙끙거린 끝에 나는 결국 문을 강제로 여는 것을 포기하고 마리아와 교섭을 시작했다.

"마리아. 그저 잠깐 시내에 다녀오는 일이라고. 어려운 일도 아니잖아? 뭐가 걱정 되어서 그래?"

가볍게 꺼낸 질문이었건만, 마리아는 무어가 그리도 걱정스러운지 숨도 쉬지 않고 우려하는 바를 입 밖으로 줄줄 쏟아냈다.

[하지만 혹시라도 미행을 당하면 어떻게 해? 누군가가 시내에 설치된 CCTV로 우리를 알아보면 어떻게 해? 몰래 드론을 날려서 우리가 가진 핸드폰에 부하를 걸어 배터리를 폭파시키면 어떻게 해? 난간에 찍힌 지문으로 계좌를 추적당하면 어떻게 해?]

"…정말 걱정을 사서하는 타입이군."

나는 한숨을 내쉬며 우리가 가야하는 곳이 그렇게 위험한 공간이 아니라는 것을 설명하기 위해 애를 썼다. 그러고 보면 마리아가 배 밖으로 나온 적이 아예 없는 것도 아니었다.

"그보다 너, 전에 바비큐 파티 할 때는 자루비노 항 안에서는 제 발로 걸어 다녔잖아?"

[그야 자루비노 항의 보안 시스템은 내가 관리할 수 있었으니까. 하지만 시내는 달라.]

묘하게 이해가 갈듯 말 듯한 기준이었다.

하지만 여기서 계속 마리아와 말씨름을 벌이고 있을 수는 없었다. 오늘 내로 항만관리 사무소에 가 입출항 허가서를 떼지 않는다면 잿빛

10월에 엄중한 벌금이 부가될 테고, 전례 상 그 벌금은 내 사비로 충당될 게 뻔했다.

"안 그래도 요새 저금이 간당간당한데…."

나는 머리를 굴리며 주위를 돌아보았다.

'무언가 마리아를 문 밖으로 끌어낼 만한 당근이 없으려나?'

그런 생각을 하고 있는데 복도 맞은편에서 금발의 포니테일을 길게 늘어뜨린 소녀가 이쪽으로 다가오는 것이 보였다. 기관부의 악동, 루나였다.

그녀는 나를 보자마자 무언가 재미난 놀잇감을 발견한 표정으로 쪼르르 달려와 물었다.

"의무장님, 그 앞에서 뭐하세요? 여자 화장실은 거기가 아닌데요."

"어째서 너희들은 내가 여자 화장실에 들어가고 싶어 환장을 했다고 생각하는 거야? …그나저나 마침 잘 왔어. 바쁘지 않으면 나 좀 도와줘."

"저한테 화장실 열쇠는 없어요."

"그러니까 화장실 이야기가 아니라니까!"

나는 루나에게 지금의 상황을 간략하게 설명한 다음, 마리아를 끌어낼 무슨 좋은 방법이 없겠냐고 물었다. 평소에 마리아와 막역하게 어울리는 몇 안 되는 수병이니 무슨 좋은 수라도 있지 않을까 싶어서였다. 하지만 루나도 이런 상황에는 별 방도가 없었는지 턱 끝을 긁적이며 애매하게 운을 떼었다.

"음… 맛있는 걸 사준다고 하면 어떨까요?"

"그래, 마리아. 먹을 걸로 꾀어내려는 건 아니지만 시내에 나가면 뭔가 맛있는 걸 사줄게. 그… 세계 10대 진미라는 나시고렝을 한 번 먹어

보는 건 어떨까?"

말이 떨어지기가 무섭게 문 아래에 달린 캣 플랩이 달각하고 열리더니, 레토르트 용기 하나가 밖으로 굴러 나왔다. 루나는 용기를 집어 들고 그 위에 인쇄된 문구를 읽었다.

"레토르트 나시고렝. 전자레인지에 3분이면 OK."

[인터넷만 있으면 방 안에서도 전 세계의 음식은 다 먹어볼 수 있다고. 혹시 다른 요리도 필요해?]

"해인이 들으면 격노할 소리지만… 여하튼 먹는 걸로 꾀어내는 건 어렵겠는데."

인스턴트 음식을 사랑해 마지않는 이 아가씨에게는 3성급 셰프의 요리도 그저 배를 채울 수 있는 한 끼 식사에 불과한 것이다.

음식으로 꾀어내자는 작전이 실패로 돌아가자 루나는 귀엣머리를 만지작거리며 진지한 표정으로 입가를 훔쳤다.

"음… 그럼 너구리를 잡는 것처럼 CIC실 안에 연막탄을 던져 넣는 건 어떨까요? 분명 마리아 수병장도 견디지 못하고 뛰쳐나올 거예요."

"함 내 전자전 장비를 모두 망가트릴 셈이냐? 폭력적인 수단은 관둬."

"그럼 북유럽 신화에 나오는 것처럼 의무장님이 고환에 염소수염을 묶고 나체로 춤을 추시는 건 어때요? 아, 물론 이 배에 염소는 없으니 대신 고양이 수염으로…."

"갑자기 또 무슨 헛소리를 하는 거야!"

루나가 갑자기 성희롱을 하는 바람에 나는 당황하여 말을 더듬었다. 하지만 루나는 여전히 얼굴 하나 붉히지 않은 채 담담히 음담패설을 늘어놓았다.

"왜요? 분명히 의무장님이 이 앞에서 반나체로 춤을 추고 있으면 마리아 수병장님도 궁금해서 보러 나올 거예요. 자, 우선 바지부터 벗어 보시죠."

나는 바지에 손을 대려는 루나를 반강제로 뜯어 말리며 이를 드러냈다.

"집어 쳐. 내가 배 안에서 반나체로 활보하고 있으면 마리아만 뛰쳐나오겠냐? 그 이외에 여러 사람도 같이 뛰쳐나올걸. 조리장이라든가, 헌병대라든가—."

말을 마치기도 전에 문 안 쪽에서 마리아의 장난기 섞인 목소리가 흘러 넘어왔다.

[걱정 마. 나는 이 안에서도 CCTV로 바깥 상황을 볼 수 있으니까. 의무장은 안심하고 바지를 벗어.]

"안 벗는다니까!"

[쳇, 아쉽게시리….]

마리아는 무어가 아쉬운지 못마땅한 어투로 혀를 찼다.

계속 말장난을 치던 루나도 농성이 반 식경 넘게 이어지자 슬슬 따분해졌는지, 거두절미하고 직설적인 질문을 던지기 시작했다.

"마리아 수병장님. 왜 배 밖으로 안 나오려 하시는 거예요? 수병 간에도 개인사는 묻지 않는 게 우리 배의 불문율이라지만 이러면 모두가 곤란하다고요."

루나가 진지하게 질문을 던지자 마리아도 더는 말을 흘리기가 어려웠는지 주뼛거리며 조심스럽게 대답을 했다.

[하지만… 누가 내 얼굴을 알아보면 곤란해.]

"수병장님이 그렇게 유명한 사람이었나요? 저도 기억력이 꽤 좋은

편이지만 수병장님 얼굴은 매스컴에서 본 기억이 없는데요."

[내가 유명하다는 소리가 아니야.]

마리아는 낮게 한숨을 내쉬며 말을 이었다.

[…보이고 싶지 않는 사람이 있는 것뿐이야.]

하지만 그 말을 듣자마자 루나는 얼굴 가득 환한 미소를 띄워 보이며 양 손을 맞잡았다.

"아하, 그럼 얼굴이 보이지 않는다면 괜찮은 건가요?"

[누구나 못 알아볼 정도라면.]

"그럼 헤자브를 쓰고 나가면 되잖아요? 말레이시아는 이슬람 국가니까 헤자브를 쓴 사람이 돌아다니더라도 주의를 끌지는 않을 거예요. 전에 보니 함장님이 하나 갖고 계시던데… 그걸 빌려올게요."

하지만 루나의 말이 끝나기도 전에 즉답이 돌아왔다.

[싫어, 더워, 귀찮아.]

계속 말이 겉도는 꼴을 보고 있노라니. 나도 서서히 인내력이 바닥나기 시작했다. 나는 문 위에 달린 CCTV를 노려보며 인상을 팍 찌푸렸다.

"그럼 어쩌라는 거야? 얼굴 가리는 건 답답해서 싫다, 얼굴 드러내는 건 부끄러워서 싫다. 그럼 변장이라도 하던가!"

[이 배에 변장도구가 있을 리가 없잖아. 위장크림이라도 바르고 나가라는 거야?]

마리아가 그렇게 답하자 갑자기 루나가 무언가를 떠올렸는지 손가락을 딱하고 튕기며 나를 불러 세웠다.

"…아, 좋은 방법이 있어요! 잠깐만 기다려주세요."

그리고 루나는 함미 방향으로 총총 뛰어가더니, 곧 커다란 보스턴백

을 하나 짊어지고 돌아왔다.

도대체 저게 다 뭐람?

내가 묻기도 전에 루나는 다시 한 번 문 앞으로 다가가 가볍게 노크를 했다.

"루나 수병장님, 문 좀 열어주세요. 제가 아무도 못 알아보도록 확실하게 꾸며드릴게요."

[···그런다고 문을 열어 줄 것 같아?]

"뭐, 열어주시지 않아도 상관없어요. 고장 난 문의 개폐 정도야 기관병에게는 손쉬운 일이죠."

그리고 루나는 보스턴백에서 기다란 크로스 바 하나를 꺼내들더니 문틈에 갈고리 끝을 쑤셔 넣고 막무가내로 힘을 주기 시작했다. 도어락이 새된 소리를 내며 비상등을 켜자 마리아는 드물게 당황한 목소리를 내며 말을 더듬었다.

[자, 자, 잠깐만! 진짜로 고장 난다고! 여, 열어 줄게!]

"처음부터 그러실 것이지."

루나야 말로 저런 방법이 있었으면 처음부터 써먹을 것이지. 문이 열리고 초췌한 표정의 마리아가 모습을 드러내자, 루나는 그녀가 도망가지 못하도록 어깨를 꽉 붙잡았다.

"후후··· 전부터 기회가 있으면 한 번 해보고 싶었는데, 이제야 한 번 시도할 수 있게 되었네요."

"루, 루, 루나···. 눈이 무서워···!"

루나는 마리아의 등을 밀어 CIC실 안으로 거칠게 떠밀어 넣고는 다시 밖을 내다보며 내게 주의를 주었다.

"의무장님. 혹시라도 훔쳐보시면 안 돼요?"

"너희들 장난질에는 별 관심도 없거든?"

그리고 다시 CIC 실의 문이 닫혔다.

무어라도 해볼까 싶었지만, 루나가 마리아를 데리고 들어간 이상 할 수 있는 일도 없었던지라. 나는 얌전히 바닥에 주저앉아 안에서 새어나오는 소리에 귀를 기울였다.

"자, 잠깐만. 그런 곳까지 발라야 하는 거야?"

"당연하죠! 안 그러면 자연스럽지가 않다고요. 자, 손 치우세요."

"거, 거기는… 으, 으히힛! 가, 간지러워!"

소리만 들어서는 안에서 무슨 일이 일어나고 있는지 영 짐작이 가질 않았다. 변장이라고 하기에 나는 코주부 안경이라도 씌워서 나오려는 건가 했는데, 생각보다 본격적인 작업이었나 보다.

그리고 얼마의 시간이 지났을까. 다시 CIC실의 문이 열리고 루나와 마리아가 밖으로 나왔다.

"으으… 그보다 정말 이 꼴로 나가야 해?"

"걱정 마세요. 제가 보장한다니까요. 이렇게 꾸미면 아무도 수병장님을 못 알아볼 거예요. 그렇죠, 의무장님?"

"야, 너희는 안에서 무얼 하느라 이렇게 오래—."

나는 말을 하다 말고 숨을 깊게 삼켰다.

청초한 느낌의 새하얀 원피스, 곱게 빗겨진 매끄러운 백금발, 잡티 하나 없는 깨끗한 피부, 그리고 맑은 푸른빛으로 일렁이는 커다란 눈망울까지…

눈앞에 처음 보는 미모의 금발 미소녀가 앞에 서 있었다. 뒤이어 나타난 루나는 의기양양한 표정으로 그녀의 어깨를 두들기며 미소를 씩 지어 보였다.

나는 한동안 고장 난 로봇처럼 입만 빠끔거리다 간신히 입을 열어 질문 하나를 던질 수 있었다.

"…너, 누구야?"

"거봐요. 성공이죠, 마리아 수병장님?"

루나의 말에 나는 입을 딱 벌리며 경악했다.

"정말로 이 **미소녀**가 마리아라고?"

"무슨 말씀을 그렇게 하세요? 마리아 수병장님도 원판은 원래부터 좋았거든요? 다만 평소에 꾸미지를 않으시니까 부스스해 보였을 뿐이에요."

"아니, 화장만으로 사람이 이렇게 바뀐다고? 도무지 믿겨지질 않네."

"…부끄러우니까 그만해."

마리아는 드물게 부끄러워하며 손으로 얼굴을 가렸다.

하지만 나는 여전히 그녀에게서 시선을 떼지 못했다. 그만큼이나 루나의 화장술은 놀라운 수준이었다. 루나도 자신의 결과물이 퍽 마음에 들었는지 마리아를 계속 요모조모 뜯어보며 말을 이었다.

"화장을 통한 변장은 여자의 기본 소양 중 하나죠. 후후, 제 실력도 아직 죽지는 않았네요."

기본 소양이라고? 나는 루나의 얼굴을 빤히 바라보며 질문을 던졌다.

"…너도 화장 했었냐?"

"네에? 설마 이걸 쌩얼이라고 생각한 거예요?"

루나는 검지로 턱을 가볍게 훑어 내게 내밀어 보였다.

확실히 그녀의 손가락 끝에 무언가 반들거리는 화장품이 묻어있기

는 했지만… 이런 방면에 문외한인 나로서는 알아보기 어려울 정도로 루나의 화장은 안 한 것 마냥 자연스러웠다.

"하지만 전에 온수를 뒤집어썼을 때도 이 모습 그대로였잖아?"

"그야 워터 프루프(Waterproof, 방수처리) 기능이 있는 걸 발랐으니까 그렇죠. 설마 바다에 일하러 나오는 수병이 수성 화장품을 바르겠어요?"

"그래도 내 눈으로는 차이를 모르겠는데…. 로션 말고 뭘 바른 거야?"

내가 질문을 던지자마자 루나가 기다렸다는 듯이 길게 암호 같은 소리를 늘어놓았다.

"토너로 한 번 닦아내고 모이스처 라이저와 에센스, 선크림 정도는 기본으로 바르죠. 파운데이션은 안 바르는 날도 있지만… 로션 하나로는 이런 피부를 못 유지한다고요."

"…고생이 많네."

나로서는 그렇게까지 화장품을 발라야 할 필요가 있을까 싶었지만, 누구나 자신만의 전장이 있는 법이다.

한편 마리아는 나와 같은 생각이었는지 고개를 가로저으며 질린다는 표정을 지었다.

"난 로션 하나만 쓰는데."

"말도 안 돼! 로션 하나만 발랐는데 이런 피부가 유지된다고요?"

루나는 호들갑을 떨며 마리아에게 달려가 그녀의 뺨을 수차례 세게 잡아당겼다. 루나의 손아귀 안에서 마리아의 뺨이 찹쌀떡처럼 늘어났다 돌아가기를 반복했다.

"우으, 루나… 아파."

하지만 루나는 여전히 손을 놓지 않은 채 진지한 표정으로 마리아의 눈을 노려보았다.

"…나중에 무슨 로션 쓰는지 알려주세요."

"아, 알았으니까 이것 좀 놔."

루나가 손을 놓아주자 마리아는 울상을 지으며 뺨을 세게 문질렀다. 평소라면 신경도 쓰지 않았겠지만, 오늘의 마리아는 얼굴을 잔뜩 찌푸린 그 표정마저도 어딘가 애수에 젖은 것처럼 보여서 나는 좀처럼 시선을 떼지 못했다.

"후후… 입으로는 아니라고 해도 역시 의무장님도 예쁜 여자라면 사족을 못 쓰시네요."

"아니, 그렇다기보다는 이게 마리아라는 사실이 계속 믿겨지질 않아서."

"에이, 부끄러워하실 필요 없어요. 확실히 오늘의 수병장님은 지나가는 사람 열이면 열 모두가 시선을 뺏길만한 미소녀니까요!"

"아."

갑자기 그 말을 듣자마자 떠오르는 생각이 있었다.

나 역시도 이렇게 꾸민 마리아의 모습을 다른 사람들에게 보여주고 싶기는 했지만… 그래도 지금 이 모습으로 나가는 데에는 한 가지 큰 문제가 있었다. 나는 고개를 가로 저으며 다시 마리아의 등을 CIC실 안쪽으로 떠밀었다.

"생각해보니 역시 이건 안 되겠어. 마리아, 내 쉬마그(Shemagh)를 빌려 줄 테니 그걸로 얼굴을 가리고 와."

"왜요? 이렇게 귀여운 걸요!"

"오히려 그게 문제야. 너무 눈에 띄어."

루나의 말마따나 지금의 마리아는 지나가는 사람의 이목을 모두 끌

정도의 화려한 미소녀였다. 다른 서양의 도시라면 모를까, 안 그래도 백인 여성의 출몰이 드문 산다칸 시내에 이렇게 화려한 금발벽안의 미소녀가 갑자기 나타난다면 분명 다른 의미로의 소동이 벌어질 게 분명했다.

가급적 세간의 주목을 피해야하는 작금의 상황에 이런 화장은 정체를 숨기는 데에는 도움이 될지 모르겠지만, 잠행을 하는 데에는 별반 도움이 되지 않을 것이다.

루나도 결국 어쩔 수 없다는 것을 받아들였는지 한숨을 내쉬며 내게서 쉬마그를 받아들었다.

"끄응… 하는 수 없죠. 하지만 이렇게 예쁘게 꾸미고도 가려야 한다니. 뭔가 마뜩찮네요."

"…저기, 어째서 내 의견은 자꾸 무시되는 거야?"

"수병장님, 가만히 계세요. 머리카락이 자꾸 밖으로 삐져나오잖아요."

마리아가 짧게 불만을 내비쳤지만 루나는 그녀를 타박하며 인형을 다루듯이 마리아를 주저앉혔다.

루나는 쉬마그를 최대한 스타일리쉬하게 감아보려 노력했지만, 천을 몇 겹으로 두르고 나니 화장을 한 보람도 없이 얼굴 대부분이 가려지고 말았다. 하지만 마리아는 의외로 그 차림이 마음에 드는 눈치였다.

"생각한 것만큼 답답하지는 않네."

"군용이니까. 통기성은 나쁘지 않아."

루나는 다른 의미로 알아보기 어렵게 된 마리아를 내려다보며 한숨을 내쉬었다.

"그나저나, 이렇게 얼굴을 가릴 거였으면 애초에 다른 수병이 나가도 상관없었잖아요?"

루나가 지극히 정론인 의문을 내놓았지만, 나는 짐짓 못들은 체 했다.

-2-

그리고 일이 순조롭게 진행되었더라면 얼마나 좋았을까. 마리아는 얼굴을 꽁꽁 싸매고 있었음에도 불구하고 그 이후로도 계속 칭얼거리며 틈만 나면 배로 돌아가려고 했다. '아무도 너를 쳐다보지 않는다'며 몇 번이고 확인해 주어도 마리아는 겁을 잔뜩 먹은 채 내 등 뒤에서 좀처럼 떨어지려고 하질 않았다. 세 발자국 걷고 한 번 달래는 고행의 반복 끝에 나는 결국 점심때가 다 되어서야 산다칸 항의 중앙에 위치한 항만관리사무소에 도달할 수 있었다.

관리사무소가 위치한 항만 건물은 개축된 지 얼마 지나지 않았는지 외벽이 새하얀 것이 퍽 깨끗해 보였다. 점심시간이 거의 다 되어서 그랬을까, 다행스럽게도 사무소 안은 인적 없이 한산했다. 창구에는 수염을 덥수룩하게 기른 사무원이 홀로 앉아 신문을 읽고 있었다.

나는 그에게 다가가 서류를 내밀며 말을 걸었다.

"입항 신고를 하러 왔는데요."

"…엉? 제 7 부두에 들어온 그 배 말인가?"

사무원은 내가 건넨 서류를 보자마자 약간 놀란 표정을 짓더니, 곧 미간을 찌푸리며 사납게 나를 훑어보았다. 낯선 사내에게 갑자기 험악한 시선을 받고 있으려니 당혹스러웠다. 전에 무슨 일이라도 있었던 걸까?

사내는 툴툴 거리며 불평하듯이 혼잣말을 건넸다.

"선주의 국적은 미국인이라고 들었는데…."

"잠깐 문제가 생겨서 선원인 제가 대신 왔습니다. 서류도 제대로 챙겨 왔어요."

"…."

그는 불만스러운 표정으로 나를 한참 쳐다보더니 대뜸 뜬금없는 질문을 던졌다.

"자네, 화교(華僑)인가?"

"아뇨. 일단은 연방 출신입니다만."

"아… 그런가. 괜한 걱정을 했군. 그렇다면 괜찮네."

내가 화교가 아니라는 소리를 듣자마자 사무원의 얼굴이 환하게 펴졌다. 나는 그의 태도가 여전히 이해가 가질 않아 엄지로 가슴을 가리키며 되물었다.

"제가 중국인이면 무슨 문제라도 있습니까?"

"응? 뭐, 문제라기보다는… 기분의 문제지."

그는 머쓱한 표정을 지으며 머리를 긁적거리더니 차별에 찌든 발언을 한껏 늘어놓았다.

"자네도 알잖나. 중국인 녀석들이 얼마나 기분 나쁜지. 언제나 저들끼리 몰려다니고, 시끄러운 소리나 내고, 마늘 냄새나 풀풀 풍기고."

"음…."

나는 그의 말에 무의식적으로 갑판부 승조원들을 떠올렸다. 몰려다니는 것이야 타지에서 말 통하는 사람을 만나면 자연스럽게 하는 일이라지만, 중국인들이 시끄럽다거나 마늘 냄새가 나기 때문에 싫다는 건 잘 이해가 가질 않았다. 오히려 연방인들이 음식에 마늘을 더 많이 쓸 텐데.

"중국인처럼 무례한 족속들은 그냥 얌전히 대륙에서 전쟁이나 치르고 있는 게 더 좋을 텐데 말이야. 자네도 연방인이면 잘 알 테지. 그렇게 생각하지 않나?"

사내가 동의를 구하듯 물어왔지만, 나는 의례적으로 고개를 끄덕이는 시늉도 하지 않았다. 대신 손가락으로 서류를 가볍게 두들기며 일의 처리를 독촉했다.

"…서류, 확인 부탁드리겠습니다."

"응? 아, 알겠네."

내가 말을 받아주지 않자 민망해졌는지 그는 혓바닥으로 입술을 훔치며 다시 서류를 읽는 데 집중하기 시작했다. 하역한 물건과 신고한 내용이 다르지 않다는 것을 확인하자 사내는 엉성한 자세로 신고한 내용을 컴퓨터에 쳐 넣더니, 어색한 미소를 지으며 손을 내저었다.

"잠시만 기다려주게. 새로 도입한 시스템이 아직 익숙하질 않아서 말이야."

"괜찮습니다."

사무실 한쪽에 위치한 커다란 서버가 윙윙거리는 소리를 내며 돌아가는 사이, 사내는 냉장고에서 커다란 티 포트를 가져와서 차이를 한 잔씩 따라 내주었다. 그는 계속 요란한 소음을 내고 있는 서버를 애물단지처럼 쳐다보며 푸념을 늘어놓았다.

"전에는 도장만 찍어주면 그만이었는데, PMIS인지, PSS인지 하는 관리시스템이 도입된 이후로는 서면으로 문서를 받아도 서버에 데이터를 올려야 하거든."

"그런가요.. 꽤 편리해졌네요."

"이게 편리하다고? 나는 모르겠어. 공문서는 수기로 써서 라벨을 붙여두고, 캐비닛에 넣어두는 게 더 안전하고 찾기 쉽지 않나? 전기만 뽑으면 먹통이 되는 이런 기계 따위를 믿는다니. 높으신 분들이 하는 일은 이해하기가 어렵군."

'기계 따위—' 라는 사내의 말에 등 뒤에서 마리아가 꿈틀거리는 게 느껴졌다.

낯선 곳에서 사람을 만나는 건 무서우면서도, 문외한이 컴퓨터에 대해 아무런 소리나 늘어놓는 건 참을 수 없었나보다. 사무원도 쉬마그 아래에서 마리아가 씨근덕거리는 걸 알아차렸는지, 고개를 돌려 그녀를 훑어보았다.

"그보다 그 뒤의 아가씨는 애인… 치고는 너무 작군. 여동생 같은 건가?"

"아, 네. 뭐… 비슷한 겁니다."

나는 적당히 핑계를 둘러대며 화제를 돌리려고 했다. 하지만 사내는 마리아가 쓰고 있는 쉬마그에 지대한 관심을 보이며 계속 말을 걸었다.

"어쩐지 말레이인처럼 보이지는 않는데 말이야. 요새 처자들과는 달리 코란의 계시를 잘 지키고 있군. 정숙해보여서 아주 매력적이야."

마리아가 독실한 무슬림이어서 얼굴을 완전히 가리는 머릿수건을 쓴 건 아니었지만, 여기서 다른 핑계를 대기도 어려웠기에 나는 적당히 고개를 끄덕이며 그의 말을 수긍해주었다.

"아, 이건… 네. 뭐, 그렇습니다."

"자네도 이 근처에서 보았겠지만, 요새 말레이 여자들은 고분고분한 맛이 없어서 영 매력적이지 않단 말이야. 헤자브도 화려한 문양이 들어간 것만 쓰고. 이렇게 꼭꼭 싸매고 다니면 얼마나 보기 좋아?"

사내는 그렇게 말하면서도 머릿수건 아래의 얼굴을 보기 위해 고개를 이리저리 돌려댔다. 그 행동에 마리아는 바람 빠지는 소리를 내며 뒤로 물러섰다.

“힉….”

“응? 그런데 이 아이, 눈이 파란 것 같은데. 혹시—.”

“입항 절차가 다 끝났으면, 이만 가도 괜찮을까요?”

나는 모니터를 가리키며 그의 말을 중간에 끊었다.

타이밍 좋게도 마침 데이터가 모두 업로드 되어 입항 처리가 완료된 참이었다. 사내는 잠깐 찜찜한 표정을 지었지만, 곧 어쩔 수 없다는 듯 어깨를 으쓱거렸다.

“음… 그래. 가도 좋네.”

나는 그가 도장을 찍어준 입항 확인서를 집고 도망치듯 관리사무소를 빠져나왔다. 뒤를 돌아보니 얼굴에 두른 쉬마그가 뛰는 데 방해가 되었는지 마리아가 숨을 거칠게 몰아쉬고 있었다. 나는 멈춰 서서 그녀의 땀을 닦아주며 장난스럽게 사무원의 흉을 보았다.

“아, 진짜 말 많은 아저씨네. 너도 귀찮았지?”

하지만 마리아는 여전히 아무 말도 하지 않은 채 고개를 푹 숙이고 몸을 부들부들 떨고 있었다. 어쩐지 아까보다 더 상태가 심각해보였다. 나는 그녀가 두른 쉬마그를 뒤로 조금 젖혀주며 다시 한 번 말을 걸었다.

“괜찮아?”

“…문제없어.”

입으로는 문제가 없다고 말했지만, 그녀는 금방이라도 토할 것 같은 표정을 짓고 있었다. 나는 마리아를 시야가 잘 닿지 않는 외진 골목 쪽

으로 데려가 물을 마시게 했다.

낯선 사람의 시선이 줄어든 덕분이었는지, 아니면 물을 마신 덕분이었는지 마리아는 조금 진정된 표정을 지어보였다.

'낯선 장소라도 사람의 시선이 닿지 않는 곳이라면 안심할 수 있는 건가?'

나는 손가락으로 턱을 긁적이며 그녀가 며칠간 보여주었던 증상들을 가볍게 정리해보았다.

마리아는 일견 다른 광장 공포증 환자들과는 달리 증상이 옅은 것처럼 보이기도 하지만, 이는 광장 공포증의 특징 때문에 생기는 착각이다. 광장 공포증 환자들은 통제 불가능한 변수가 넘쳐나는 상황- 예를 들면 사람이 너무 많은 광장에서는 공황 상태에 빠지게 된다. 하지만 마리아는 다른 환자들과는 달리 **본인이 통제 가능하다고 생각하는 상황의 범위**가 비교적 넓은 편이었다.

예를 들자면 CCTV를 통해 언제나 내부를 훤히 살펴볼 수 있는 잿빛 **10월은 마리아에게 통제 가능한 환경**이다. 때문에 그녀는 함선 내부에서는 평범한 사람처럼 행동했다. 물론 함 내에서도 사람들이 많은 곳은 피하고, 갑판 위로는 절대 나가려 하지 않지만, 그래도 배 안에서 마리아는 언제나 당당했다.

…오히려 너무 오만해 보여서 문제가 되었다면 모를까.

하지만 지금처럼 낯선 장소, 정체를 알 수 없는 사람들 사이에서는 마리아도 다른 광장 공포증 환자들처럼 공황 장애를 일으킨다. 낯선 건물에 달린 CCTV나 이름을 알지 못하는 모르는 사람은 그녀에게 **통제할 수 없는 변수**다.

'이 주변에 학회제 CCTV를 가득 달고 통제 코드를 넘겨준다면 대로변에서도 안심할 수 있으려나.'

나는 잠깐 쓸데없는 생각을 했다가 그만두었다.

이 공포증을 치료하기 위해서는 통제할 수 없는 상황에 익숙하게 만들어야지, 주변 상황을 통제할 수 있도록 억지로 환경을 뜯어고쳐봤자 병세는 악화되기만 할 것이다.

나는 다시 고개를 돌려 마리아를 내려다보았다. 그녀는 물을 마시는 중에도 모르는 사람이 오지 않을까 걱정이 되었는지 연신 고개를 두리번거리고 있었다.

일반적으로 광장공포증은 예상치 못한 상황에서 큰 공포를 느꼈을 때 발병한다. **절대로 해가 되지 않을 거라고 생각했던 존재**가 공포의 존재로 돌아섰을 때, 사람은 변수를 최대한 줄이려 한다.

—그럼 마리아에게 그 공포의 존재는 무엇일까?

"왜 그래?"

너무 생각에 깊게 잠긴 탓에 나도 모르게 무서운 표정을 짓고 있었는지 마리아가 불안한 표정으로 나를 올려다보았다.

"아무것도 아니야. 잠깐 일 생각을 하느라고."

언젠가는 찾아내야겠지만… 지금은 아니다.

나는 지끈거리는 골치를 꾹꾹 누르며 함장이 맡긴 다음 임무를 찾았다. 분명 다음 일은 중앙 시장에 가서 해인이 전에 수매한 식료품들을 취소하는 일이었다. 그 자체로는 어려운 일이 아니었지만….

꼬르륵.

벌써 점심때가 꽤 지나있었던지라 뱃가죽이 우는 소리를 냈다. 나는

마리아를 곁눈질로 쳐다보며 물었다.

"배고프지 않아?"

"조금."

"그럼 이 앞의 스퀘어에 들려서 밥을 먹자."

나는 핸드폰으로 지도를 꺼내 주변의 식당을 찾았다.

지도상의 관광객들은 맛집으로 번화가에 위치한 런치 카운터를 추천해주었지만, 마리아는 외진 곳에 있는 노천 식당을 꼽았다.

"노천 식당 쪽이 좋아."

"하지만 노천 식당은 음식 종류도 다양하지 않은데다가 위생도 나쁜데…."

나는 거기까지 말했다가 곧 마리아의 의중을 알아차렸다. 번화가에 위치한 런치 카운터는 마리아에게 모르는 변수가 많은 공간인 것이다. 누군가에게 감시당하는 기분 아래에서 밥을 먹느니, 차라리 인적이 드문 노천 식당으로 가겠다는 것이겠지.

나는 핸드폰을 돌려 마리아가 찍어준 식당의 로드 뷰를 살펴보았다. 사진에 나와 있는 그 노천 식당은 포렴도 제대로 씻기지 않은 더러운 곳이었지만, 나는 최대한 긍정적으로 생각하기로 했다.

"…뭐, 가끔은 나쁘지 않겠지. 의외의 맛집을 찾을 수 있을지도 모르고."

다만 거리가 제법 있어서 식료품점에 들리는 건 꽤나 늦어지겠구나 싶었다.

전에 해인이 그런 말을 한 적이 있다.

손님이 많은 음식점은 대부분이 비슷한 이유로 사람이 북적이지만, 손님이 없는 음식점은 모두 저마다의 이유를 갖고 있다고.

이 노천 식당의 경우에도 그랬다. 식당의 입지나 메뉴 자체는 나쁘지 않았지만, 정작 식당 주인에게 장사를 할 마음이 없어보였다. 주문을 하고 나서 음식이 나오는 데 한 세월이 걸리는 건 물론이요, 낡아서 거스러미가 일어난 책상은 무언가를 엎지르고 닦지 않았는지 끈적거리는 촉감이 느껴졌다.

게다가 음식을 주문하기 전에 분명히 고수풀은 빼달라고 말했었는데, 내온 요리 위에 고수가 수북이 쌓여 나온 것을 보았을 때는 '주인이 내게 악의를 품고 있는 게 아닌가-' 하는 생각마저 들 정도였다.

하지만 다행스럽게도 음식의 맛 자체는 나쁘지 않았다. 나는 말레이시아식 볶음국수인 미고렝을 시켰고 마리아는 일종의 볶음밥인 나시고렝을 시켰는데, 센 불에 제대로 볶아낸 덕분인지 특유의 풍미가 잘 살아있었다. 채소도 숨이 죽지 않을 정도로 잘 볶여 식감도 살아있었고, 에그 누들에 어우러진 소스의 향미도 나쁘지 않았다. 물론 고수를 같은 그릇에 담아준 탓에 비누 향이 희미하게 나긴 했지만… 그래도 나 같은 외국인도 별 거부감 없이 맛있게 먹을 수 있는 맛 집이었다. 조금만 서빙에 신경을 써준다면 손님이 늘지도 모르겠는데.

국수를 세 젓가락 정도 먹고 나서 나는 마리아를 힐끗 쳐다보았다. 마리아는 밥을 먹는 중에도 주변에 사람이 오지 않을까 불안했는지 계속 쉬마그를 고쳐 쓰느라 수저조차도 제대로 놀리지 못하고 있었다.

계속 주변 사람들 신경만 쓰고 있는 건 여러모로 좋지 않은데. 나는

그녀의 주의를 돌리기 위해 가볍게 화제를 던져 보았다.

"그나저나 이번 유출 사태 때문에 이상한 반응을 보이는 수병은 없었어?"

"이상한 반응?"

"음, 뭐 사람들이 자신에 대해 이러쿵저러쿵 하는 것 때문에 너무 스트레스를 받아 일상을 영위하기 어렵다든지, 혹은 단순히 평소와는 달리 말이 많아지거나 적어졌다든지."

간부로서는 알기 어려운 점도 있으니 수병 사이의 네트워크를 조사해 볼 심산으로 던진 말이었는데, 의외로 밋밋한 반응이 돌아왔다.

"나 다른 수병들이랑 별로 이야기 안 해."

"…그렇겠구나."

내츄럴 본 히키코모리에게 주변의 분위기를 묻는 것부터가 아웃이었을지도 모르겠다. 무엇보다도 이번 사태로 인해 가장 극명하게 상태가 바뀐 수병은 내 눈 앞에 있지 않는가.

나는 머쓱하게 웃으며 국수를 입 안에 밀어 넣었다. 하지만 마리아는 잠시 무언가를 골똘히 생각하더니, 곧 머뭇거리며 다시 입을 열었다.

"그래도… 사관들이 걱정하는 것만큼 크게 충격을 받은 것 같지는 않아."

"그래? 신기하네."

남자인 내가 지레짐작하기는 어렵지만, 어지간히 평범한 소녀라면 자신의 신상이 인터넷에 떠돌아다니고 있다는 사실만 알아도 발작할 정도로 싫어할 텐데. 하지만 마리아가 이어서 한 말을 듣고 나는 어느 정도 납득을 할 수 있었다.

"어차피 타인의 시선을 신경 쓸 정도로 사회적인 사람이었더라면 애초에 잿빛 10월에 오지도 않았을 테니까."

"그건 그러네."

함장의 말마따나 고향과 과거를 버리고 학회에 들어올 정도로 주변의 시선에 무딘 사람들이 웹상에서 안 좋은 평판을 하나 들었다고 일상에 지장이 갈 정도로 낙담할 리가 없었다. 물론 기분이야 안 좋기는 하겠지만….

하지만 정작 그 말을 한 마리아 본인은 고향을 버리고 왔다면서도 타인의 시선에서 자유롭지 못한 것처럼 보였다. 나는 그 속내를 캐볼 겸 넌지시 직구를 던져보았다.

"마리아의 경우는 어때?"

"…."

하지만 마리아는 정색한 채 입을 딱 다물어버렸다. 역시 타이밍이 너무 일렀는가.

"미안. 싫은 이야기를 했나 보구나."

또 다시 분위기가 차갑게 얼어붙었다. 대화에 집중하나 싶었던 마리아는 다시 주변을 두리번거리기 시작했고, 나시고렝은 줄어들 기미를 보이지 않았다.

좀 더 마리아가 좋아할만한 화제를 꺼내보면 어떨까?

나는 지난번에 마리아가 해주었던 말을 인용하며 가볍게 운을 떼 보았다.

"그런데 전에 '기계는 한 번 가르쳐주면 절대로 잊어버리지 않는다.'고 말했었잖아?"

"응."

과연, 효과가 있었는지 마리아의 눈빛이 달라졌다.

여전히 불안한 기색은 약간 남아있었지만 마리아는 쉬마그 위로 얼굴을 빠끔히 내민 채 나를 진지하게 쳐다보았다.

"그럼 해킹이라는 건 어떻게 하는 거야? 주인 이외의 사람은 절대로 열람할 수 없도록 **가르쳤는데**, 외부에서 침입하는 게 어떻게 가능하지?"

"…컴퓨터를 착각하게 만드는 거지."

"착각?"

마리아는 수저를 내려놓고 손가락 끝에 살짝 물기를 묻히더니, 테이블 위에 무언가 복잡한 수식을 길게 써가며 설명을 늘어놓았다.

"컴퓨터에게는 지금 정보를 입력하는 사람이 주인인지 아닌지 판단할 만한 기준이랄 게 없잖아? 주인은 패스워드를 알고 있으니까— 패스워드를 입력하는 사람은 모두 주인이라고 인식하는 거지."

마리아가 해준 말 자체는 드물게 알기 쉬웠지만, 나는 여전히 궁금증에 대한 답을 얻지 못했다. 모르는 사람이 패스워드를 손에 넣어 주인 행세를 할 수 있다는 건 나도 알고 있다. 내가 말하는 '해킹'이란 그 패스워드를 알아내는 '수단'을 묻는 것이었다.

"애초에 학회의 DB에 접근할 수 있는 패스워드를 알고 있었다면 나 같은 문외한도 기밀에 접근할 수 있었겠지. 내가 묻는 건 제삼자가 어떻게 패스워드를 알아 내냐는 거야."

나는 영화 속에서 보았던 해커들을 떠올리며 마리아가 입력하는 즉시 자동으로 패스워드를 뱉어내는 마법의 코드라도 말해주기를 희망했다. 하지만 마리아의 입에서 나온 단어는 영 생뚱맞은 것이었다.

"뭐… 고무호스 암호 분석법이라던가?"

"고무호스?"

예상치도 못한 단어의 등장에 나는 어안이 벙벙해졌다. 하지만 그녀가 설명해 준 그 단어의 속뜻은 더더욱 어처구니가 없는 것이었다.

"암호를 아는 사람에게 폭력, 회유, 협박 등의 수단을 사용해서 암호를 알아내는 해독법이야. 암호를 불 때까지 두들겨 팬다던가, 가족의 일을 들먹이며 협박을 한다던가…."

"그런 것도 암호 분석으로 치는 거야?"

"원시적이긴 하지만 언제나 가장 잘 먹히는 방법이지."

마리아는 평소의 그녀처럼 낮게 히죽거리며 테이블을 가볍게 두들겼다.

"절차와 순서의 문제이긴 하지만, 암호를 알고 있는 사람에게 접근해서 블러프를 친다는 점에서 사람들이 생각하는 해킹도 그와 크게 다르지는 않아. 터미널에 'Porthack' 이라고 쳐 넣는다고 자동으로 비밀번호를 알려주는 친절한 프로그램은 아직 개발되지 않았으니까."

하기야 세상 일이 그렇게 쉽게 풀리는 것이었으면 전문가라는 사람들은 죄다 초저녁에 굶어죽었겠지. 내가 실망한 기색을 보이자 마리아는 전가의 보도를 슬쩍 내비치는 투로 다른 이야기를 풀었다.

"하지만 기계도 사람이 만든 물건인 만큼 취약한 부분은 존재하거든. 그 부분을 파고들면 버그를 유발할 수도 있어."

그녀는 전에 내게 가르쳐 주었던 코드를 다시 한 번 짧게 읊조리며 보충 설명을 해주었다.

"예를 들어 전에 만들었던 함 내 출입을 제어하는 프로그램에 아이디카드를 가져다대면 네 자리 수의 코드가 입력된다고 가정했을 때…."

나는 충실하게 수업을 듣는 학생처럼 의자를 끌어 당겨 마리아의

얼굴 가까이 고개를 들이밀었다. 하지만 그 거리감이 부담스러웠는지 마리아가 미간을 찌푸리며 나를 밀어냈다.

"가까워."

"넵."

내가 뒤로 한 발자국 물러서자 마리아는 복잡한 표정으로 주변을 둘러본 다음 다시 설명을 이어갔다.

"우리가 만든 프로그램은 보통 네 자리 수 내에서 출입 가능, 혹은 불가능을 판별해내겠지만 만약 해커가 억지로 다섯 자리 수를 집어넣으면 어떻게 될까?"

"넘쳐… 흐르려나?"

"그래. 신분을 판단하는 네 자리의 코드와는 별개로 마지막 숫자는 프로그램이 기억하는 버퍼의 범위를 초과해서 넘쳐흐르게(Overflow) 돼. 프로그램을 설계한 사람이 대비책을 세우지 않았다면 마지막 숫자는 호출 스택을 타고 상위 함수에 입력되지."

"혹시 그 상위 함수라는 건…."

"그래. 출입 여부를 판단하는 **첫 번째 함수**지. 원래대로라면 하위 함수가 계산해서 넘겨준 값이 들어가야 할 이 자리에 0 이외의 참 값이 입력되어버리기 때문에 컴퓨터는 결국 '출입은 불가능하지만 문은 열어라-'라는 모순된 반응을 보이게 되는 거야."

오히려 가르쳐준 대로 밖에 움직이지 않기 때문에 예외 상황에서는 의외의 반응을 보인다는 것인가. 문득 머릿속에 **가르쳐 준대로 밖에 움직이지 않는 외골수 기질의 한 소녀**가 갑자기 떠올라 나는 낮게 웃음을 터트렸다.

"…왜 그래?"

“아니, 그냥. 재미있는 게 떠올라서.”

굳이 누구와 닮은 것 같다는 이야기는 입 밖으로 꺼내지 않았다. 하지만 마리아는 내가 해킹을 쉽게 생각한다고 오해를 했는지 짐짓 엄격한 어투로 부연했다.

“혹시나 해서 말하는 건데 평범한 해커가 생각할 수 있을 정도의 오버플로 대책은 이미 다 세워져 있어. 취약점이 공인된 오픈소스를 노리는 게 아니라면, 어쭙잖은 실력으로 해킹을 시도했다가는 역공을 당하고 말걸?”

“아니, 그런 게 아니라… 그냥 프로그램이라는 것도 정말 사람 사는 모양새랑 비슷하다 싶어서.”

“그런가?”

마리아가 이해하기 어렵다는 표정으로 고개를 갸웃거렸다. 그 표정을 보고 있노라니 약간의 장난기가 도져 나는 방금 전의 마리아를 흉내 내며 거들먹거렸다.

“사람도 받아들이기 어려울 정도로 많은 정보가 한 번에 들어오면 저도 모르게 기억을 조작해버리거든.”

"그게 뭐야."

마리아가 여러 의미로 기분 나쁘다는 시선을 보내왔지만 나는 개의치 않고 설명을 이어갔다.

버퍼 오버플로처럼 일시적인 충격으로 기억이 갑자기 확 바뀌어 버리는 경우는 드물지만, 사람도 한 번에 너무 많은 정보를 입력받으면 저도 모르게 과거의 기억을 변조해버리기도 한다. 예를 들자면 첫사랑의 추억이 그렇다.

현실에서 쏟아지는 무수한 관계의 정보에 부하가 걸린 나머지, 사람

들은 저도 모르게 과거의 기억을 변조해버린다. '옛날에는 좋았었지-' 하는 자기 최면을 수없이 되까리며, 싫었던 기억은 지우고 부족한 부분에는 가짜 기억을 채워 넣어 자신의 과거를 아름답게 장식해버린다.

마리아가 첫사랑을 반추할 만큼 나이를 먹었다고 생각하지는 않았지만, 그래도 나는 넌지시 운을 떼 보았다.

"마리아 수병장은 혹시 그런 적 없어?"

그녀는 내 질문에 무언가 오래된 기억이 떠올랐는지 잠깐 멈칫했지만 곧 고개를 푹 숙인 채 말끝을 흐렸다.

"…잘 모르겠어."

"뭐, 아직은 알기 어렵겠지."

나는 마리아가 어째서 낯선 곳을 두려워하는지 모른다. 마리아에게 강박증을 안겨준 끔찍한 과거가 무엇인지도 알지 못한다. 하지만 세상을 살아가며 많은 기억이 그 위에 덧씌워진다면, 훗날 마리아도 언젠가는 과거를 기억하지 못하는 고장 난 컴퓨터처럼 즐겁게 살아갈 수 있을 것이다—

…적어도 그 때는 그렇게 생각했었다.

"시간이 지나고 더 많은 일을 겪으면 지금 고민하는 일도 언젠가는 아무렇지 않게 될 거야."

나이 든 어른들이나 할법한 식상한 조언이었지만, 나는 이보다 더 나은 말을 찾아내지 못했다. 그래도 내심 이 말이 그녀를 안심시킬 수 있을 거라고 기대하며.

하지만 마리아는 쓴웃음을 지으며 내 시선을 피했다.

"…그러게. 의무장 말처럼 **나 홀로 잊어서 해결되는 문제**였다면, 정말로 좋았을 텐데."

"그게 무슨 소리야?"

"응? 내가 뭐라고 했어?"

그리고 마리아는 접시를 들고 남은 음식을 해치우려는 것처럼 기계적으로 수저를 놀렸다. 그녀가 마지막으로 내뱉은 말에 나는 무어라 형언할 수 없는 찜찜한 기분을 느꼈지만 언제까지고 계속 이 화제로 잡담을 나눌 수도 없는 노릇이었다. 아직 가야할 곳이 많다.

나는 그녀를 따라 남은 국수를 포크 끝으로 돌돌 말아 올린 다음 한 입에 털어 넣었다.

국수는 조금 차갑게 식어 있었다.

-4-

발주한 식료품을 취소하고 다시 잿빛 10월이 기항해있는 제 7부두로 돌아왔을 때는 이미 해가 뉘엿뉘엿 지고 있었다. 원래대로라면 더 빨리 돌아왔어야 했는데 식료품상이 당초에 이야기 했던 것보다 수수료를 훨씬 더 높게 부르는 바람에 실랑이를 하느라 너무 시간을 잡아먹고 말았다.

나는 챙겨온 영수증을 마지막으로 훑어보며 짜증스레 툴툴거렸다.

"아니, 왜 들어갈 때랑 나올 때랑 말이 다른 거야? 분명히 계약서에 1할만 떼겠다고 써 놨었잖아."

"생돈을 내어주려고 하니 아까웠나보지."

“생돈은 무슨 놈의 생돈. 받기로 했던 물건은 손도 안대고 그대로 창고에 두고 나왔는걸. 솔직히 1%도 너무 많아. 내가 그렇게 호구처럼 보이나?”

“응.”

“마리아, 너 말이야….”

마리아와 이런저런 이야기를 하며 걷다보니 어느새 잿빛 10월의 현문이 눈앞에 나타났다. 그런데 어쩐 일인지 배 앞에는 처음 보는 한 무리의 사람들이 바글거리고 있었다.

“…응? 누가 왔나 보네.”

“함장이 어제 요청한 보안 병력 아닐까?”

“빨리도 왔네. 평소에는 굼벵이보다 조금 더 빠르게 움직이는 주제에.”

여태껏 학회가 약속한 날짜를 지켜 물건이나 사람을 보내준 적은 없었기에 나는 조롱을 반쯤 섞어 빈정거렸다.

가까이 와서 보니 과연 그 병사들은 옷깃에 두 개의 플린트락 피스톨이 교차된 병과 휘장*을 달고 있었다. 그런데 이상하게도 현문 앞에는 새로 온 헌병들뿐만 아니라 엘레나 포술장을 포함한 잿빛 10월의 사관들도 헌병들과 대치하듯 마주 서 있었다.

나는 이를 기이하게 여기며 헌병들 사이를 가로질러 가 포술장에게 복귀 신고를 했다.

“포술장님, 방금 돌아왔습니다. 시키신 대로 입항 신고서랑 발주 취소 서류를….”

---

* 헌병 병과의 휘장

하지만 신고를 마치기도 전에 갑자기 헌병들이 일사불란하게 모여들더니, 위협적으로 나와 마리아를 둘러쌌다. 그제야 나는 이 헌병들이 평범하게 보안 업무를 수행하기 위해 온 것이 아니라는 사실을 깨달았다.

"…이 사람들은 누굽니까?"

"음, 그게…."

하지만 엘레나 포술장은 이상하게도 머뭇거리며 헌병들의 눈치를 계속 살피고 있었다. 다른 사람도 아닌 포술장이 부외자가 현문 앞에서 이렇게 무례한 행동을 하도록 놔 둘 위인이 아닌데….

내가 입을 열어 무어라 물으려던 찰나, 헌병들 사이에서 정복을 입은 장교 한 사람이 내 쪽으로 걸어 나왔다.

서른 중후반쯤 되었을까. 함장보다 약간 더 나이가 많아 보이는 백인 여성이었다. 나는 그녀의 계급을 확인하기 위해 견장을 힐끗 보았다가 그 자리에 얼어붙었다.

그녀의 견장은 다른 장교들과는 달리 선명한 황색을 띠고 있었다. 황색의 견장을 쓰는 계급이 무엇이었더라? 답이 떠오르기도 전에 견장 끝에 달린 **두 개의 별**이 눈에 들어왔다.

"…피, 필승!"

나는 황급히 경례를 올려 붙었다. 너무 충격을 받은 탓인지 목소리 끝이 갈라져 나왔다.

소장이라니, 2성 제독이 도대체 이곳에는 왜…?

하지만 제독은 내 경례를 받아주지 않고 나를 그저 한 번 힐끔 쳐다본 다음, 바로 마리아에게 시선을 옮겼다.

"마리아 호퍼 수병장?"

"…어, 어?"

마리아는 당황한 목소리로 말을 더듬었다. 그녀의 성이 호퍼라는 것도 그 때 처음 알았다. 하지만 제독은 만족했다는 표정으로 고개를 끄덕이더니 함교를 가리키며 따라오라는 손짓을 해보였다.

"기다리고 있었네. 같이 들어가지. 아, 거기에 있는 그 **조난자(Castaway)**도 함께 데려오게."

"…아, 네."

나는 반사적으로 대답을 하고 난 뒤에야 그 '조난자'라는 단어가 나를 가리킨다는 것을 알아차렸다.

5. 초코민트 티

-1-

사관실에 불편한 적막이 길게 흘렀다.

나는 무어라 말을 꺼내 이 불편한 침묵을 깨보려고 애를 썼지만, 위압감 탓인지 좀처럼 입이 열리질 않았다.

고개를 들어 눈앞에 앉아있는 제독을 곁눈으로 쳐다본다. 푸른빛이 감도는 검은 머리를 반듯하게 틀어 올린 제독의 얼굴 위에는 표정이랄 게 떠올라있지 않아 도통 속을 읽을 수가 없었다. 그녀의 인상은 감정이 풍부하다 못해 개성적으로 느껴지는 잿빛 10월의 사관들과는 정반대였다.

'사실 군인이라면 이쪽이 기본 값이려나.'

나는 시선을 내려 제독이 입고 있는 정복에서 정보를 읽어내려고 했지만, 상의에 달려 있는 대부분의 약장은 내가 모르는 것인데다가 부대비표도 달고 있지 않아 소속조차 가늠하기가 어려웠다. 다만 왼쪽 가슴에 달린 항공병과 휴장이 그녀가 수상함 출신이 아닌 해군 항공대 출신이라는 것을 알려주고 있었다.

'저 이름은 무어라고 읽는 거지?'

그녀의 오른쪽 가슴에는 처음 보는 인명이 필기체의 금실 자수로 수

놓아져 있었다.

외모는 평범한 라틴계 백인 여성처럼 보이는데… 남미 출신이려나?

"…."

"…헉."

문득 정신을 차리고 보니 제독의 뒤에 서 있던 부관이 나를 쳐다보고 있었다. 뭔가 심기에 거슬리는 행동이라도 했나? 무슨 안 좋은 오해라도 받을까 싶어 나는 다시 고개를 푹 숙이고 좌우를 둘러보았다.

나의 왼편에는 현문에서 함께 끌려온 마리아가 앉아 있었고, 오른편에는 방금 당직사관의 연락을 받고 온 함장이 앉아 있었다.

"…쳇."

그나저나 평소에는 쓸데없는 소리를 잘도 재잘거리던 함장은 오늘따라 이상하리만큼 말이 없었다. 말이 없는 대신 카밀라 대교는 미간을 잔뜩 찌푸린 채 못마땅한 표정으로 연신 발을 구르고 있었다.

탁, 탁….

함장이 계속 거슬리는 소리를 내자 제독도 신경이 쓰였는지 시선을 흘겼지만 카밀라 함장은 여전히 개의치 않고 힘껏 발을 구르고 있었다.

탁, 탁, 탁….

시간이 지나자 발을 구르는 간격도 점점 빨라지기 시작했다. 태평한 표정으로 침묵을 고수하던 제독도 슬슬 무시하기 어렵겠다고 생각했는지 조심스레 입을 열었다.

"카밀라 함장. 무슨 안 좋은 일이라도 있나?"

상관이 먼저 살갑게 말을 거는데도, 함장은 배배 꼬인 표정으로 팔짱을 끼며 노골적인 불평을 늘어놓았다.

"…갑자기 올 거면 말이라도 하고 오던가."

"그 말은 본관한테 한 소리인가?"

"아뇨. 그냥 혼잣말입니다요, 제독 각하."

카밀라 대교가 혀를 차며 다시 한 번 발을 세게 굴렀다.

"그런가."

하급자의 무례한 언사와 행동에 역정을 낼 법도 하다만, 제독은 이상하리만큼 담담한 표정으로 함장의 말을 받아 넘겼다.

'카밀라 함장은 오늘따라 왜 저렇게 툴툴거리는 거람?'

나는 계속 제독의 눈치를 보며 카밀라 함장을 흘겨보았다. 나는 장성 앞에 앉아있다는 사실만으로도 심장이 멎을 것 같은데… 혹시 교관급 장교가 되면 장성 정도는 만만해 보이기라도 하는 건가?

'…아니, 그럴 리가 없지.'

나는 전단장이 온다고만 해도 경기를 일으키던 무진함의 함장을 떠올리며 고개를 살며시 가로저었다.

긴장감이 없는 것은 함장뿐만 아니라 마리아 수병장 역시 마찬가지라. 그녀는 자기 침실에라도 온 것 마냥 의자의 등받이에 등을 기댄 채 축 늘어져있었다.

잿빛 10월의 승조원들이 군기가 빠졌다는 것은 익히 알고 있는 사실이었지만, 이렇게까지 심한 줄은 오늘 처음 알았다.

"…휴우."

제독의 뒤에 서 있던 부관이 두 사람을 흘겨보며 짧게 한숨을 내쉬었다. 그 이유는 충분히 공감하지만 부디 조금만 더 참아주었으면 좋

겠다.

담담한 태도의 제독, 그런 제독이 못마땅한 함장, 태평한 마리아, 그녀를 흘겨보는 부관… 이 모든 상황이 어우러져 사관실은 금방이라도 폭발할 것만 같은 분위기를 시나브로 자아내고 있었다.

…어쩐지 속이 쓰리다.

불온한 공기의 농도가 최고조에 달했을 무렵, 누군가가 타이밍 좋게 사관실의 문을 두들겼다.

똑, 똑.

"들어가도 좋습니까? 갑판장입니다."

"음, 들어와."

함장의 답과 동시에 청량한 미소를 띤 샤오지에 갑판장이 사관실 안으로 조심스럽게 들어섰다. 동시에 사관실 안의 공기가 조금이나마 밝게 환기되었다.

분위기를 읽을 줄 아는 원군의 등장에 나는 가슴을 쓸어내리며 짧게 숨을 들이켰다.

갑판장은 사관실에 들어오자마자 손에 들고 있던 티 포트를 흔들어 보이며 제독을 향해 생긋 웃어보였다.

"마침 좋은 오룡차가 들어와서요. 한 잔 드릴까요?"

샤오지에는 자신만만하게 찻잔을 꺼내들며 제독에게 차를 권했지만, 제독은 손을 내저으며 뒤의 부관에게 신호를 주었다.

"아니, 나는 괜찮네. 내가 마실 것은 따로 가지고 다니니 뜨거운 물만 빌려주게."

Xiaojie

제독의 손짓과 동시에 부관이 가방에서 찻잎 티백이 가득 든 상자 하나를 꺼내왔다. 제독이 가져온 티백 상자를 보자마자 샤오지에는 눈을 크게 뜬 채 몸을 움찔거렸다.

"아, 하지만 이건 티백…."

"상관없네. 나한테는 이게 제일이야."

샤오지에는 제독이 찻잎으로 우려낸 자신의 차가 아니라 티백을 선택했다는 데 큰 충격을 받은 것처럼 보였다. 차에 관해서라면 언제나 자신이 제일이라고 믿는 사람이었으니 충격이라도 받은 걸까. 그러고 보면 그동안 잿빛 10월에서 샤오지에가 내준 것 이외의 다른 차를 마시는 사람은 아무도 없었다.

"그럼… 실례했습니다."

샤오지에는 풀이 죽은 표정으로 뜨거운 물이 담긴 포트를 내려놓은 채 뒷걸음을 쳐 사관실 밖으로 빠져나갔다.

갑판장이 나가자마자 아까보다 더 음습하고 불편한 공기가 사관실 안을 가득 메웠다.

아, 이런 분위기를 기대했던 건 아니었는데.

내 속내를 아는지 모르는지. 제독은 샤오지에가 두고 간 티 포르를 직접 들어 가져온 티백에 더운 물을 적시기 시작했다. 티백에서 찻물이 우러나자 곧 코를 찌르는 청량한 향이 그 위로 피어올랐다.

도대체 저건 무슨 찻잎이지?

내 시선을 알아차렸는지 제독이 상자에서 티백 하나를 더 꺼내 내게 내밀었다.

"자네도 들어보겠나?"

"아, 넵. 부디…."

어떤 차인지 호기심도 생겼거니와, 제독의 제안을 감히 거절할 수도 없는 노릇이라. 나는 티백을 받아들고 똑같이 그 위에 더운 물을 부었다.

차가 우러난 뒤, 가까이서 향을 맡아보고 나서야 나는 그 차의 정체를 어렴풋이 알 수 있었다.

'이건… 민트로군.'

일전에 연방에서 가끔 티백으로 나오는 애플민트 차를 마셔본 적은 있었지만, 제독이 방금 건네준 것만큼 향이 강렬하지는 않았었다. 나는 조심스럽게 찻잔에 입을 대고 차를 한 모금 들이켰다.

"…윽."

차를 한 모금 들이키자마자 강렬한 민트의 향이 코를 훅 찔렀다. 쌉쓰레하고 담백한 차의 맛 자체는 나쁘지 않았지만 민트의 향이 너무 강했던 탓에 못 먹을 음식을 입에 대고 있다는 생각이 계속 들었다.

굳이 비슷한 느낌을 찾자면 따듯하게 데운 양칫물이나 세정제를 들이키는 기분이랄까. 차를 목 뒤로 넘긴 이후에도 한동안 화한 청량감이 입안에 남아 오한이 들었다.

"어떤가? 티백치고는 향이 강렬해서 나쁘지 않지?"

"시, 신선한 맛이네요."

나는 접대용 미소를 지어보이며 고개를 연신 끄덕였다. 하지만 차를 더 마실 엄두는 조금도 나질 않아 찻잔을 슬쩍 밀어놓았다. 제독은 다시 한 번 차를 음미하여 그 향을 즐긴 다음, 이번에는 카밀라 함장에게 권했다.

"카밀라 함장도 한 잔 어떤가?"

"됐어. 그런 치약 맛 나는 괴식을 뭣 하러…."

나는 무의식적으로 함장의 말에 고개를 끄덕일 뻔 했지만 제독의 표정이 흐려지는 것을 보고 황급히 고개를 가로저었다.

"아, 아뇨. 그렇게 생각보다 나쁘지는 않았습니다만."

"…정말? 의무장이 그렇게 민트를 좋아하는지는 몰랐는데. 앞으로는 조리장한테 의무장의 국에는 민트를 섞으라고 해야겠어."

"…함장님이 어째서 갑자기 심술을 부리시는지는 이해하지 못했습니다만. 이해인 일조가 음식에 대한 그런 지시를 들을 리가 없잖습니까."

"하기야. 그 깐깐한 조리장이 치약 냄새 나는 향신료를 요리에 쓸 리가 없지."

한동안 나와 함장이 나누는 대화를 잠자코 듣고 있던 제독은 갑자기 어떤 부분에 스위치가 눌린 건지, 카밀라 대교를 노려보며 엄한 목소리로 주의를 주었다.

"카밀라 함장. 내 그대의 무례는 다 참을 수 있지만, 그 말 만큼은 가벼이 넘길 수가 없군. 민트가 치약향인 것이 아니라, 치약이 민트향인 것이네."

"그래봐야 치약과 같은 향이라는 건 달라지지 않잖아? 음식에 쓸 만한 게 아니야."

"그 말은 용납할 수 없군. 전언을 철회하게."

"싫습니다만."

"…그건 항명인가?"

"그렇다면 어쩌실 겁니까?"

목소리가 서서히 높아지며 긴장이 고조되었다.

아까와는 달리 제독은 진심으로 화가 났다는 표정으로 함장을 노려보고 있었다.

'버릇없는 하급자보다 민트의 취급이 더 중요한 거냐….'

어처구니가 없었지만 아무래도 이대로 두었다가는 민트 때문에 부대가 해체될 판국이다. 나는 무례인줄 알면서도 두 사람의 중재를 하기 위해 앞으로 나섰다.

"저, 함장님!"

"왜?"

"그, 그래서 이 제독님은 누구십니까? 아직 소개를 받지 못했습니다만."

내가 갑자기 끼어들어 얼빠진 질문을 던진 탓에 긴장이 한 단계 누그러졌다. 함장은 한숨을 푹 내쉬더니 의자에 등을 기대며 못마땅한 투로 말을 뱉었다.

"아는 언니."

"아는 언니라뇨. 그게 무슨…."

친자매처럼 보이지도 않는데….

내가 멍청한 표정으로 두 사람을 번갈아 보자 제독도 한숨을 내쉬며 뒤로 한 걸음 물러섰다.

"귀관은 여전하군. 카밀라 대교."

그리고 제독은 여전히 불친절한 태도로 일관하고 있는 함장을 대신해 자기소개를 했다.

"광명학회 서태평양 함대사령부 사령관, 아틀라후아 소장이네. 어려운 이름이니 '아틀'이라고 불러도 괜찮아."

"마, 만나 뵙게 되어서 영광입니다. 아틀 제독님."

나는 뻣뻣한 자세로 제독과 악수를 한 다음 다시 자리에 착석했다. 그제야 제독은 함장에게서 눈을 떼고 나를 위아래로 훑어보며 질문을 던졌다.

"이 사내가 그 조난자, 맞지?"

"응, 작년에 동중국해에서 주웠어."

사람을 두고 주웠다니… 함장의 말에 다소 어폐가 있었지만 상황만 두고 보자면 크게 틀린 말도 아니었거니와, 간만에 누그러진 분위기가 다시 깨질까 걱정스러워 나는 잠자코 입을 다물고 있었다.

"조난자를 구조 한건 치하할만한 일이다만…. 잿빛 10월에는 남성 승조원 TO가 없을 텐데?"

아틀 제독이 갑작스럽게 정곡을 찌르고 들어왔다. 나는 걱정스럽게 함장을 쳐다보았지만, 카밀라 대교는 눈 하나 깜짝 않고 어깨만 으쓱거렸다.

"내 마음이야. 승조원의 인사 처리 정도는 함장의 권한으로도 할 수 있는 일이잖아?"

"하지만 학회의 회원 자격을 부여하는 것은 또 다른 일이지. 자격이 없는 외부인을 배 안에 들이는 것은 심각한 군규 위반에 속하네."

"그 놈의 군규, 군규… 언니도 레나를 닮아가나. 그렇게 절차가 귀찮으면 그냥 10종 보급품 노획 처리하던가."

"카밀라 함장. 무언가 오해를 한 것 같은데 10종 보급품은 군대 외에서 쓰이는 대민지원용품을 이르는 말일세. 바다에서 의무장을 주웠다면 10종 보급품이 아니라 의료 계열인 8종 보급품을 노획한 것이지."

아틀 제독은 그렇게 말하고 우아하게 차를 한 모금 다시 들이켰다. 너무 진지한 어조로 말해서 순간 '정말로 그런가?' 하고 생각할 뻔 했지만, 곧 나는 두 사람이 농담을 주고받았다는 것을 알아차렸다.

함장은 그 농담이 제법 마음이 들었는지 피식 웃음을 흘리며 앞으로 상체를 내밀었다.

"그래서, 농담은 여기까지 하고…. 내 배에는 무슨 일로 온 거야?"

"무슨 일이긴, 귀관의 요청이 있었으니 온 것이지."

"나는 헌병대만 요청했어. 일개 함장인 내가 사령관을 오라 가라 할 권한이 있을 리도 없잖아?"

"뭐, 개인적으로 할 말도 있지만."

그리고 아틀 제독은 다시 한 번 손을 들어 부관을 불렀다. 부관이 하드케이스 서류 가방에서 빳빳하게 잘 다려진 종이 한 장을 꺼내주자, 아틀 제독은 검지를 퉁겨 종이를 탁탁 두들기며 말을 이었다.

"귀관이 작년 말부터 반복적으로 보고했던 학회 내의 **내통자**에 관한 조사 때문이네."

함장은 듣던 중 반가운 소리라는 기색으로 미소를 지어보이며 가슴을 쓸어내렸다.

"뭐야. 그런 일이라면 의무장은 이 자리에 필요 없잖아? 이만 돌려보내도—."

"아니, 이 사내도 동석하도록 하게."

"어째서?"

"사안이 사안인 만큼 내 직접 **용의자**들을 심문해보고 싶어서 말이지."

"…심문? 용의자?"

함장은 제독의 마지막 말을 천천히 되뇌더니, 곧 그 의미를 알아차리고 무서운 표정을 지었다.

"뭐야, 지금 우리 애들을 의심하고 있는 거야?"

"결과적으로는 그렇군. 단순한 소거법의 결과지."

"무슨 근거로?"

"그건 내 입으로도 설명하기가 좀 복잡한 이야기라 직접 말하기가 어렵네. 리타 소위. 부탁하지."

제독의 말에 리타라고 불린 부관이 그녀를 가리듯이 앞으로 걸어 나왔다. 그녀는 제독에게서 문서를 받아들고 기계처럼 딱딱한 어조로 조사한 바를 읊어 내려갔다.

"여러분도 알고 계시다시피 잿빛 10월에서 촬영된 영상이 학회의 DB로 옮겨오기 위해서는 이곳에서 암호화된 후 위성 서버를 거쳐, 다시 학회 본부의 DB에서 직접 복호화 됩니다."

리타 소위는 완벽한 퀸즈 잉글리쉬(Queen's English)를 구사하고 있었지만, 묘하게 목소리가 귀에 익었다. 어디서 만난 적이 있었던가?

하지만 그 고민은 갑자기 함장이 가시 돋친 말을 뱉는 바람에 중단되었다.

"그딴 건 나도 몰라. 요점만 설명해."

함장의 사나운 목소리에 부관이 잠깐 멈칫했다. 하지만 그녀는 개의치 않고 계속 말을 이어갔다.

"… 때문에 최초에는 서버를 거쳐 가는 과정에서 패킷이 탈취되었을 거라고 생각했지만, 분석 결과 그 가능성은 매우 낮다고 판단되었습니다."

전문 용어가 잇달아 튀어나오자 잠자코 입을 다물고 있던 마리아가 반응했다. 그녀는 눈을 반짝이며 리타 소위의 말에 반박을 던졌다.

"어째서? MITM(man in the middle attack, 중간자 공격)을 당했을 가능성

도 있잖아.”
“네트워크 트래픽을 캡처해서 포렌식 분석을 해보았지만 IP와 DNS, 증명서 모두 이상이 없었습니다.”
“…로그를 위조할 수 있을 정도로 유능한 해커라면?”
“설령 그렇다하더라도 서버에서 구할 수 있는 것은 암호화된 패킷뿐. 그것만으로는 아무것도 할 수 없습니다.”
“하지만 선내 CCTV 영상은 비교적 취약한 RSA 알고리즘을 통해 전달되고 있잖아? 공개키를 통해 개인키를 알아낼 수도 있을 텐데.”
“물론 **불가능하지는** 않습니다.”
리타 소위는 ‘불가능’이라는 단어에 힘을 주며 그 이유를 설명했다.
“하지만 평문도 아니고, 암호화된 사진과 동영상을 복호화하려면 최신형 슈퍼컴퓨터로 디코드를 해도 일주일은 넘게 걸립니다. 단기간에 이런 대량의 암호 패킷을 디코드 할 수 있을 정도의 컴퓨터를 가진 조직이 몇이나 될까요?”
“으음….”
마리아도 결국 그 말에 동감했는지 낮게 신음을 흘리며 고개를 끄덕였다. 부관은 중지로 안경을 가볍게 밀어 올리며 짐짓 즐거워 보이는 말투로 결론을 내렸다.
“설령 연방— 아니, **모 정부 조직**이 슈퍼컴퓨터를 동원해 대놓고 개입을 하려한다 해도… 하루 만에 암호 패킷에서 원본 자료를 뽑아낼 수는 없습니다.”
“그럼 남은 가능성은….”
“사회 공학적 해킹뿐입니다.”
대화가 끝나자마자 어색한 침묵이 사관실 안에 길게 흘렀다. 눈을

감고 한참동안 두 사람의 대화를 경청하고 있던 카밀라 대교는 눈을 가늘게 뜨며 불쾌한 표정으로 씨근덕거렸다.

"…잠깐. **너희별에서 쓰는 말로 수군거리지 말고 영어로 이야기 해.** 그래서. 지금 도대체 무슨 일이 일어난 거야?"

함장의 말에 마리아는 방금 부관과 나누었던 대화를 조금 더 쉬운 말로 바꾸어 설명해주었다.

"잿빛 10월에서 녹화된 모든 동영상과 사진은 이 배의 게이트를 빠져나가기 전에 철저하게 보안 처리를 해. 배송을 하기 전에 강철 상자에 담아 커다란 자물쇠를 다는 것과 같지. 도중에 강도가 택배를 빼앗아 봤자 쇠사슬로 꽁꽁 묶인 자물쇠 덩어리 밖에 보지 못한다는 거야."

"그 자물쇠를 깨는 방법은 없는 거야? 크로스바로 두들겨 부순다던가."

"방금 한 이야기가 바로 그거야. 하지만 학회의 최신 기술을 동원해도 자물쇠를 부수려면 일주일은 걸려. 그렇지만 그 게시판에는 촬영된 지 하루 밖에 안 된 따끈따끈한 신상이 올라왔잖아?"

문득 낮에 마리아가 내게 해주었던 말이 떠올랐다.

암호가 정교해지고 기술이 발전하더라도 언제나 잘 먹히는 암호 해석법은 '암호를 알고 있는 사람에게 직접 물어보는 것'이라고.

최신예의 기술로도 해독할 수 없는 데이터가 하루 만에 유출되었다면, 의심해 봐야하는 사람은….

"암호화되기 전의 장소. 즉, 이곳 잿빛 10월에서 데이터가 유출되었다는 뜻이야."

마리아는 자신의 죄를 고백하는 것 같은 어조로 천천히 결론을 읊었다. 하지만 함장은 여전히 노여운 표정을 지으며 고개를 가로저었다.

"아니, 영상을 빼돌릴 수 있는 사람은 하나 더 있잖아."

"또 누가 있습니까?"

"데이터를 받은 사람. 학회 본부의 DB를 담당하는 관리자가 데이터를 받고 나서 바로 유출시켰을 수도 있잖아! 왜 잿빛 10월에서만 데이터가 유출되었을 거라고 생각하는 거야?"

그 질문에 부관이 불편한 기색으로 헛기침을 하며 뒤로 물러섰다. 아무래도 정곡을 찌른 모양이었다.

확실히 시간상으로 조금 촉박하기는 해도 본부의 DB를 관리하는 담당자가 매수되었다면 얼마든지 그 쪽에서도 데이터를 유출시킬 수 있다. 그 질문에는 부관대신 아틀 제독이 직접 나서서 대답을 했다.

"학회 DB에 접근할 수 있는 사람은 한 손으로 꼽을 수 있을 정도로 적네. 물론 모두 하나같이 **신뢰할 수 있는 사람**이지."

이쪽의 일은 알려고 하지 마라— 라고 단언하는 듯한 제독의 태도에 함장이 발끈하며 자리에서 일어섰다.

"그렇게 치면 우리도 마찬가지—."

"배에 들어오게 된 경위조차 불분명한 조난자와 학회 DB에 인사 파일조차 남기지 않는 수상한 해커에 비하면 훨씬 믿을 수 있는 사람이지. 둘 중 어느 쪽을 먼저 조사해야 하는지는 자명한 일이 아닌가?"

그렇게 말하고 아틀 제독은 찻잔을 들어 다시 차를 한 모금 홀짝였다. 확실히 그녀의 말처럼 원칙을 따지기 시작하면 불리한 건 잿빛 10월 측이었다. 함장도 그 사실을 잘 알고 있었기에 더 이상 제독에게 항변하지 못하고 이만 바득바득 갈았다.

"…으으."

"자, 조난자. 이원일 일조라고 했나? 우선 질문을…"

아틀 소장의 말이 끝나기도 전에 갑자기 마리아가 입을 열고 중간에 끼어들었다.

"의무장은 데이터를 빼돌릴 수 없어."

그녀의 단언에 제독은 약간 놀랐다는 투로 눈썹을 들썩거리며 넌지시 되물었다.

"무슨 근거로 그렇게 확신을 하지?"

"자바와 자바스크립트의 차이조차 알지 못하는 컴맹이 무슨 수로 로그를 지우고 데이터를 반출해? 의무장은 게이트의 로그를 보더라도 무슨 일이 일어났는지 읽어내지도 못할걸."

그리고 마리아는 사관실의 입구에 비치된 당직 일지를 가리키며 나를 변호해주었다.

"게다가 어제부터 의무장은 항해당직 때문에 계속 함교에 있었어. 의심스러우면 함교의 열상 카메라를 확인해 봐. 그에게는 알리바이가 충분해."

갑작스러운 반론을 들었음에도 불구하고 제독은 그렇게 당황한 것처럼 보이지 않았다. 아니, 오히려 기다렸다는 듯 아틀 소장은 마리아를 노려보며 천천히 운을 떼었다.

"그럼 또 한 사람의 용의자인 마리아 수병장은 그 시간에 무얼 하고 있었지?"

"CIC실에서 대기하고 있었어."

"이 배에서 학회 네트워크에 접속할 수 있는 유일한 장소에서 말이지."

"…"

"그것도 감시 카메라의 완벽한 사각에서."

"…그래."

마리아는 이렇게 나올 걸 예상한 것처럼 아랫입술을 꽉 깨물었지만, 증거가 명확한 이상 어쩔 도리가 없었다. 제독은 만족스러운 표정으로 주위를 둘러보며 손깍지를 끼었다.

"신병을 확보해야하는 이유로는 충분하군. 그렇지 않나, 카밀라 함장?"

"처음부터 다 계획하고 왔으면서 서툰 연기나 하기는."

카밀라 대교가 씨근덕거리며 시선을 떨어뜨렸다.

나는… 아무 말도 할 수 없었다.

"마리아 호퍼 수병장."

어느새 제독의 손에는 수갑이 들려 있었다. 그녀는 연극을 하는 것처럼 우아하게 손을 흔들어 보인 다음, 앞으로 천천히 다가가 마리아의 가는 손목에 수갑을 '짤각'하고 채웠다.

"귀관을 업무상 배임 및 기밀 누설죄로 긴급 체포한다."

-2-

>>> 192.168.XXX.XXX/home/Alice_in_wonderland/> cat Chapter_3.txt

>>> Loading Chapter_3.txt…… Failed

>>> Disconnected

-3-

사람들이 특정한 화제에 열광하도록 여론을 조작하는 일을 '불을 놓는다(set on fire)' 라고 처음으로 부른 것이 누구인지는 모르겠지만, 도마우스는 그 표현이 퍽이나 적절하다고 생각했다.

인터넷 게시판의 여론을 조작하는 일은 캠프에서 모닥불을 지피는 것과 아주 비슷했다. 먼저 불이 붙기 쉬운 쏘시개를 준비한 다음, 불씨를 놓고 열심히 바람을 불어 넣는다. 불이 쏘시개에 옮겨 붙으면 이어서 낙엽과 잔가지를 밀어 넣고, 불이 충분히 커지면 그제야 장작을 집어넣는다.

오랫동안 뭉근하게 타오를 수 있는 장작에 불이 붙으면 그 다음부터는 더 이상 손을 쓸 필요가 없다. 가끔 불이 약해질 때마다 장작을 하나씩 더 넣어주면 된다.

인터넷의 생리도 마찬가지다. 처음에 여론을 지피는 과정이 어려울 뿐이지, 게시판이 한 번 타오르기 시작하면 소문은 따로 땔감을 던져주지 않더라도 주변의 모든 것을 집어삼키며 맹렬히 타오르기 시작한다.

도마우스가 자료를 올린 지 벌써 사흘이 넘게 지났지만 사람들은 여전히 잿빛 10월의 승조원들에 대해 떠들고 있었다. 승조원들에 대한 감상을 실컷 떠들어 놓고 나자 사람들은 이제 불길이 여러 방향으로 더 번져나갈 수 있도록 스스로 나서서 여러 방향으로 불을 놓기 시작했다.

▶ 익명 7314 : 나 이 금발 수병 알아! 얘 예전에 나랑 사귀었던 전 여친이야!

대부분은 진위를 확인할 수 없는 거짓이었고.

▶ 에피네프린 : 이 쇼우코라는 군의관, 예전에 케임브리지 의대 주보에서 본 것 같은데? 한 번 찾아볼게.

간혹 진실도 섞여 있었다.

하지만 도마우스는 그 위에 새로운 장작을 얹지 않았다. 아직 목표로 한 '사냥감'이 움직이지 않았다. 분명 사냥감은 굴 안에서 매캐한 연기를 견디며 어느 방향으로 도망가야 할지 타이밍을 재고 있을 것이다.

사냥감의 촉각 역할을 하는 봇(Bot)이 사이트 내에서 분주히 돌아다니고 있었다. 지금은 불길이 더 타오르도록 내버려두어도 괜찮다.

다만…

▶ 토미건 : 그나저나 최초로 사진을 올렸던 그 헤이즐이라는 녀석은 뭐하는 녀석일까? 같은 학회의 일원이려나?.

▶ 어조사 : 설마. 아무리 원한이 있기로서니 동료를 팔아넘길 리가 있겠어?

▶ 익명 4486 : 하지만 처음에 올라왔던 게시글은 어느새 다 지워졌는걸. 이것 참 수상하네.

▶ 스페이드 : 내가 한 번 찾아볼까?

가끔씩 쓸데없는 일에 관심을 갖는 방해꾼들이 튀어나올 때도 있었다. 이럴 때는 불길이 엉뚱한 방향으로 번져가지 않도록 가장자리에 맞불을 놓아줄 필요도 있다.

도마우스는 로그아웃을 한 채 익명으로 사이트에 들어가 새로운 정보 하나를 던져주었다.

▶ 익명 9134 : 야, 그저께 말레이시아 산다칸 항에서 이 계집애들 봤다는 목격담이 떴던데. 사이트 주소 남긴다.

과연, 새로운 쏘시개를 던져주자마자 사람들의 시선은 한순간에 그쪽으로 확 쏠렸다.

▶ 익명 2117 : 새로운 목격 정보 떴다!

▶ 익명 3417 : 레알? 그보다 산다칸 항이 어디에 있는 거냐?

▶ 북두칠권 : 검색해보니 말레이시아의 항구라고 뜨네. 코알라룸푸르 근처에 있는 건가?

▶ 고라니 : 쿠알라룸푸르, 병신아.

▶ 익명 2117 : 으엑, 이 깡촌 항구는 뭐야. 비밀결사라는 녀석들이 여기에는 뭣 하러 들어갔대?

▶ 볼트보이 : 식량이 떨어져서 멸치잡이라도 하러 들어갔나 보지, 뭐. ㅋㅋㅋ

▶ 익명 2499 : 생계를 잇기 위해 멸치잡이를 하는 빈곤계 미소녀라... 엄청 꼴린다. 하악하악~

▶ 너구리 : 아, 그러고 보니 내 친구가 산다칸에 있는 해운회사에서 일하고 있는데. 걔는 시내에서 이 여자애들을 봤을지도 모르겠네.

▶ 익명 2117 : 실황중계 부탁함

▶ 너구리 : 안 그래도 연락하고 있으니까 기다려봐. 회사 일이 바빠서 답신이 늦어지는 모양이야. 얘 말로는 그제 어떤 멍청이가 군용드론을 50개나 발주했다는데….

"으음…."

게시판의 사람들이 너무 의도한대로 쉽게 움직여주자 도마우스는 곧 따분함을 느꼈다. 확률에 맞춰서 작동하는 프로그램도 이것보다는 더 극적으로 움직여 줄 텐데.

그녀는 인터넷 브라우저를 끄고 터미널에 주소를 입력해 보안화 된 새로운 서버 하나를 불러냈다. 잠깐의 로딩 끝에 서버가 검은색 CLI 환경 위로 일련의 텍스트를 토해내기 시작했다.

ID : Domaus

Password : ********

– Identity information Confirmed –

> Welcome to Mazsec

간략한 환영 문구와 함께 아스키 아트로 조악하게 그려낸 해골의 이미지가 그 아래에 떠올랐다. 그녀가 방금 접속한 웹 커뮤니티- 매즈섹(Mazsec)은 연방의 웹사이트를 중심으로 활동하는 소규모 해커 집단이었다.

딥 웹에 발을 들일 일이 없는 일반인들에게는 낯선 이름이겠지만, 보안관계자들에게 매즈섹의 악명은 충분히 널리 퍼져 있었다. 금융 기관에 무단으로 침입하여 취약점을 알아내고 이를 미끼로 금전을 요구하는 것은 일상이요, 재미있다는 이유만으로 정치인들의 은밀한 사생활을 캐 언론에 뿌리는 것이 매즈섹의 해커들이 여태껏 해온 일이었다.

매즈섹의 멤버들은 '정보는 자유로워야 한다'는 1세대 해커들의 강령에 따라 충실하게 자신의 욕망을 사이트 곳곳에 투영하고 다녔었다.

체셔 소령이 처음에 도마우스에게 접근한 이유도 그들의 강력한 해킹 능력을 시험해보기 위해서였다. 도마우스는 그가 낸 문제를 하루만에 풀어 자신의 해킹 실력을 증명했을 뿐더러, 역으로 문제 사이트의 백도어를 타고 넘어가 국방부의 기밀을 빼오는 기행까지 보여주었다.

군대의 높으신 분들은 배후를 추적해 그녀를 체포하라며 길길이 날뛰었지만, 오히려 총통은 그녀의 기행을 재미있어하며 도마우스를 중용하였다. 명예 계급이기는 해도 총통이 그녀에게 공군 중위 계급장을 주었을 때는 도마우스도 꽤 놀랐었다.

'내가 시작한 일이긴 하지만, 그 총통이라는 작자도 참 괴짜란 말이지.'

멤버 전용 메신저 프로그램을 켜자 지연이 걸리며 PC 위에 올려둔 인터넷 접속기가 요란하게 울부짖었다. 그러고 보면 매즈섹의 커뮤니티에 접속하는 것도 군에 들어간 이후로 처음 있는 일이었다.

프로그램이 켜지는 것과 동시에 상태 창이 온라인으로 전환되자 몇몇 멤버들이 호들갑을 떨며 말을 걸어왔다.

> Saru : 뭐야, 도마우스잖아? 오랜만이네.

> Topaz : 도마우스! 진짜 오랜만이네, 그동안 뭘 하고 있었던 거야? 갑자기 몇 주 동안 행방이 묘연해져서 무슨 일이라도 생긴 게 아닐지 걱정하고 있었어.

> Domaus : ㅎㅎㅎ 걱정하게 해서 미안해. 하지만 그럴만한 사정이 있었다구.

> Saru : 뭐, 네가 하는 일이 다 그렇겠지만….

도마우스는 간이 채팅방을 열어 다른 멤버들까지 한데 불러 모았다. 무어라 인사를 꺼내기도 전에 그녀의 복귀를 환영하는 반응이 문자열을 타고 정신없이 올라가기 시작했다.

> Topaz : 타야. 도마우스가 왔어. P.J. 너도 전자레인지에 DOOM 포팅하는 건 나중에 하고 빨리 이리와 봐.

> P.J. : 돈 안 되는 일이면 나는 부르지 마.

> Taya : 와아, 오랜만이에요, 도마우스. 타야는 도마우스를 기다리다 지쳐서 버츄얼 아이돌로 전직할까 고민하고 있었어요.

> Saru : 버츄얼 아이돌이라. 나이든 아저씨들이나 혹할 법한 단어로군.

도마우스는 자신을 향해 쏟아지는 팡파레를 즐기며 느긋하게 창고에서 살미아키 캔을 하나 더 꺼내왔다. 그리고 감초 특유의 향을 음미하며 멤버들을 한 사람씩 찬찬히 돌아보기 시작했다.

> Saru : 그래서. 멤버들에게도 말하지 못했던 그 사정이라는 게 뭔데? 우리에게 해가 되는 일은 아니었겠지?
> Domaus : 그럴 리가. 가볍게 용돈 벌이 좀 하고 있었지. 다른 멤버들을 부르기에는 수지가 맞지 않는 싸구려 일이었던지라.

가장 먼저 입을 열은 이 '사루'라는 멤버는 대규모 사이버 공격을 지휘하고 자금 운용을 담당하는 매즈섹의 실질적인 리더였다. 소문에 따르면 매즈섹에 들어오기 전 국가 기반 시설을 공격해 대규모의 피해를 입힌 전적이 있다고 하는데, 본인이 입을 굳게 다물고 있는 탓에 해커로서 내세울만한 경력은 거의 없었다.

그래도 해킹 실력만큼은 도마우스에 버금갈 정도로 뛰어날 것이다. 최근에는 다른 멤버들과의 의견 차이가 심해져 그 권위가 흔들리는 중이었다.

> Topaz : 사루는 진짜 잔걱정이 많다니까. 도마우스가 설마 우리를 배신할 리가 있겠어? 오히려 말하는 걸 보면 요새는 사루가 더 의심스럽다니까.

사루에게 퉁명스럽게 대꾸를 하는 이 '토파즈'라는 유저는 매즈섹의 대외 선전을 담당하는 그래픽 디자이너로 사루만큼은 아니었지만 해킹 실력도 제법 뛰어난 편이었다.

원래는 사루의 열렬한 추종자였지만, 도마우스가 매즈섹에 들어온 이후로 어려운 해킹을 수차례 성공시키자 최근에는 그녀의 편으로 완전히 돌아선 상태였다.

> Taya : 타야는— 그런 건 아무래도 좋아. 그보다 도마우스, 전에 내가 부탁했던 방송용 툴은 찾았어?

> Domaus : 아, 그거 공개 드롭 서버에 올려놨어. 확인해봐.

> Taya : 고마워! 역시 타야 생각해주는 건 도마우스 밖에 없다니까. 감사의 의미로 타야의 애정 호감도를 10 포인트 올려줄게.

> Domaus : …별로 필요하지는 않지만.

어울리지 않는 3인칭 대명사를 써가며 귀여운 척을 하고 있는 이 '타야'라는 멤버는 수십만 명의 SNS 팔로워를 거느리고 있는 인기 스트리머로, 매즈섹에서는 여론을 조작하는 일을 맡고 있었다.

해킹 실력은 그리 뛰어나지 않았지만 이 바닥에서는 드문 (자칭) 여고생 해커라는 타이틀 덕분에 팬으로부터의 기부금이 쏠쏠하게 들어오기도 했다.

하지만 전에 도마우스가 슬쩍 뒤를 캐보니 실제의 타야는 여고생이 아닌 뚱뚱한 30대 중반의 성인 남성이었다. 하지만 도마우스는 크게 개의치 않았다. 현실이 어찌되었든 그의 허풍이 지금은 매즈섹에게 큰 도움이 되고 있으니까.

> P.J : 그보다 우리는 왜 부른 거야? 별 이유가 없으면 나는 다

시 DOOM이나 포팅하러 간다.

> Domaus : 뭐, 오랜만에 근황이나 듣자는 거지. 너무 딱딱하게 굴지 마.

마지막으로 아까 전부터 퉁명스러운 말투로 대답하고 있는 이 P.J 라는 멤버는 기계공학적 재능이 뛰어난 해커로 매즈섹의 해킹에 필요한 하드웨어를 보수해주는 엔지니어이기도 했다. 매즈섹의 다른 멤버들에 비하면 커뮤니티에 대한 소속감이 희박한 편이었지만, 돈만 제대로 지불한다면 일은 언제나 깔끔하게 처리해주었기에 도마우스는 내심 그를 제일 신뢰하고 있었다.

매즈섹은 필요에 따라 멤버들이 서로 협력하는 수평적 조직이었지만, 사실 도마우스는 매즈섹의 다른 멤버들을 필요에 따라 얼마든지 부릴 수 있는 자신의 수족이라 여기고 있었다.

…아니, 어쩌면 그 이하일지도 모른다. 생존에 꼭 필요한 진짜 팔다리와는 달리 멤버들은 필요가 없어지면 언제든 잘라낼 수 있으니까.

도마우스는 히죽거리며 살미아키를 씹어 삼켰다.

멤버들의 질문이 잦아들고, 새로운 메시지가 도착했음을 알리는 신호음도 잠잠해졌을 무렵. 갑자기 사루가 그녀에게 뜬금없이 질문을 던져왔다.

> Saru : 그나저나 도마우스. 어제 VC에 불 질러 놓은 거, 너지?

도마우스는 잠깐 키보드에서 손을 떼고 모니터를 노려보았다. 검은 바탕 위의 흰 글씨는 여전히 한 글자도 변하지 않고 여전히 또렷하게 점멸하고 있었다.

'…어디서 들킨 거지?'

도마우스의 관자놀이를 타고 식은땀이 한줄기 흘러내렸다. 물론 영원히 들키지 않을 거라고 생각했던 것은 아니었지만 이렇게 빠른 시일 내에, 그것도 자신보다 아래라고 생각하던 상대에게 꼬리가 붙잡힐 줄은 몰랐다.

하지만 흥분해서 좋을 건 하나도 없었다. 도마우스는 곧 평정을 가장하며 능청스럽게 그의 말을 받았다.

> Domaus : 이야, 그건 어떻게 알았어?

> Saru : 학회 DB를 털어 공개할 정도로 간 크고 실력 있는 해커가 국내에 몇 명이나 되겠어? 게다가 치고 빠지는 수법이 평소에 네가 즐겨 쓰던 것과 크게 다르지 않던 걸.

> Domaus : 흐음, 제법 창의성을 발휘했다고 생각했는데.

"첫. 사루답지 않게 오늘따라 눈치가 빠른걸…."

도마우스는 가볍게 혀를 차며 미간을 찌푸렸다.

하지만 그런 그녀의 속도 모르고 다른 멤버들은 그저 도마우스가 학회의 DB를 털었다는 사실에만 주목하며 그녀를 찬양하기 시작했다.

>Topaz : 우왓, 진짜로 학회 DB의 해킹에 성공한 거야? 그 난공불락의 성에 침입하는 데 성공하다니. 제법이잖아, 도마우스!

>Taya : 역시, 도마우스야. 이 타야는 감격했어요오ㅡ.

상투적인 칭찬이라는 건 알고 있었지만, 멤버들의 찬양을 듣고 있노라니 기분이 시나브로 나아졌다. 도마우스는 어깨를 으쓱거리며 짐짓 겸손을 떨었다.

>Domaus : 별 거 아니야. 조력자가 있었던 덕분이지.

하지만 사루는 여전히 계속 도마우스를 추궁하고 있었다. 마치 그녀가 **잘못이라도 했다는 것처럼**.

> Saru : 도대체 무슨 생각이야? 학회 군함의 인명부를 수면 위에 뿌려놓다니. 일이 엄청나게 커졌잖아.
> Dormous : 별 거 아니라니까. 언제나 그랬듯이 **단순한 재미**로 한 일이야. 우리가 하는 일에 그 이외의 다른 이유가 또 있겠어?
> Saru : 저기, 너 말이야….

사루가 다음 말을 고르는 사이 다른 멤버들이 난입해서 한 마디씩 질문을 던졌다. 순식간에 채팅 로그가 다시 위로 쭉 올라갔다.

> Topaz : 도마우스. 학회의 DB에서 뭐 다른 재밌는 거라도 찾았어? 뭔가 공개되지 않은 오버 테크놀러지의 청사진이라던가.
> P.J : 영구기관ㅡ 상온 핵융합로ㅡ
> Taya : 혹시 소문의 죽지 않는 좀비 병사라던가… 순간이동 장

치라던가?

멤버들의 질문에 도마우스는 의미심장한 미소를 흘기며 키보드를 두들겼다.

> Dormous : …**그딴 게 세상에 실제로 있을 리가 없잖아?** 게다가 내가 접근한 건 인사 자료뿐이었고, 그 외의 정보에는 손도 대지 않았다구.
> Taya : 쳇, 재미없게.
> P.J : 욕심이 과하면 화를 입나니.
> Topaz : 그나저나 용케도 학회의 방화벽을 뚫었네. 어느 쪽 백도어로 들어간 거야? 나도 좀 알려줘.
> Saru : 에이, 아서라. 학회 엔지니어들이 바보도 아니고. 이미 보안이 뚫린 개구멍은 모조리 막아뒀을걸.
> Topaz : 내가 보기엔 멍청이들 같은데. 승조원들 정보가 털린 지 벌써 사흘이나 지났는데, 녀석들은 아무런 대책도 못 내놓고 있잖아? 그게 녀석들이 바보라는 증거지.

이러쿵저러쿵.

영양가 없는 대화가 한 차례 지나가고, 곧 사루가 아까 했던 화제에 다시 한 번 불씨를 지폈다.

> Saru : 그래서. 이번 건도 그 정부와 연계되어 있다는 클라이언트가 시킨 일이야?

> Dormouse : 반은 맞고, 반은 틀려. 정보를 빼오라고 한 건 맞지만 그걸 웹에 뿌리라고는 안 했거든. VC에 자료를 올린 건 순전히 내 의사지. 공익 측면에서 여러 사람이 알면 도움이 될 만한 정보라고 생각했거든.
> Saru : 학회에 소속된 여자아이들의 정보를 웹에 뿌리는 게 연방의 공익에 무슨 도움이 되지? 내가 보기에 지금 웹에서 벌어지는 건 공익과 전혀 무관한, 그저 역겨운 축제일뿐이야.
> Dormouse : 그런 소리 하지 마. 연방의 충성스러운 시민으로서 불온 세력의 정체를 만천하에 공개하는 것은 국익에 도움이 되는 일이야.
> Topaz : 오오, 역시 애국자.

도마우스의 말이 끝나는 것과 동시에 토파즈가 채팅창의 바로 아래에 국가(國歌)가 녹음된 동영상의 링크를 달아놓았다. 도마우스는 링크를 열어 국가가 방 안에 울려 퍼지게 둔 다음 손을 휘저어 지휘자의 흉내를 냈다.

[♪ 그대는 듣고 있는가. 반만년 역사의 아침이 힘차게 날갯짓하는 소리를— ♪]

하지만 사루는 여전히 도마우스의 태도가 마음에 들지 않았는지 금세 장문의 불평을 늘어놓았다.

> Saru : 난 아직도 네가 그 클라이언트와 일을 하고 있다는 사실

이 좀 마뜩잖아. 정보의 자유를 위해 싸워야 할 해커가 자유의지주의에 반하는 연방 정부를 위해 일하고 있다니. 모든 정보는 자유로워야 하지만 타인의 권리를 침해해서는 안 된다는 해커 강령을 잊은 거야?

마지막 문장을 읽은 도마우스의 눈매가 날카로워졌다.

사루로부터 시답잖은 잔소리를 듣는 데에는 이미 충분히 익숙해져 있었지만, 그 문장만큼은 도마우스의 가슴 깊은 곳을 날카롭게 파고들었다. 도마우스는 미간을 더욱 깊숙이 찌푸리며 키보드를 거칠게 두들겼다.

> Dormous : 사루, 노인네 같은 소리 좀 하지 마. 이건 그저 아르바이트 같은 거라고. 내가 맥도날드에서 파트타이머로 일한다고 공격적인 프랜차이즈 마케팅을 옹호하는 건 아니잖아?

도마우스의 말이 끝나자마자 다른 멤버들이 웃는 소리를 마구 연타하며 그녀의 말에 동조하기 시작했다.

> P.J : ㅋㅋㅋ 사루가 한 방 먹었군

> Topaz : 도마우스 말이 맞지. 돈 되는 일 하는데 그렇게 대의명분을 시시콜콜 따질 필요가 있어?

> Taya : 사루 할배는 수단이랑 목적도 구분 못하나 봐.

> Topaz : 사실 공산주의자인 거 아니야?

> P.J : [링크 : 인터내셔널 가]

> Topaz : 사루, 그런 소리 할 거면 저번에 준 채굴기 내놔. 가상 화폐 가격을 떨어트리는 건 공익에 위배되잖아? (웃음)
> Saru : ….

갑자기 채팅방 안에 공격적인 여론이 형성되자 사루는 곧 자신의 의견을 피력하는 것을 그만두었다. 도마우스는 이 상황이 아주 마음에 들었다.

곧 채팅방의 화제는 다른 주제로 바뀌었다.

> Topaz : 도마우스. 그나저나 인터넷 종량제가 곧 실시될 거라는 소문이 진짜야? 너라면 조금 정보를 갖고 있을 것 같은데.
> Domaus : 아, 그건 진짜야. 최천중 총통이 야심차게 밀어붙이고 있거든.
> Taya : 야당 의원들이 기를 쓰고 막으려고 하던데, 그게 뜻대로 될까요? (웃음)
> Topaz : 여당이 정책 입안에서 실패한 적이 있어? 그냥 다 짜고 치는 쇼지.
> Saru : …그거 큰일이잖아.

사루가 다시 잔소리를 시작할 기세를 보이자 도마우스는 재빨리 멤버들의 대화에 끼어들었다.

> Domaus : 큰일이긴. **우리**에게는 아무런 상관도 없잖아? 통신비가 오를 게 두려우면 회선을 해킹해서 이용량을 속이면 되

고. 뭐, 설령 돈을 내야 한다 하더라도 그 정도 돈이 없는 건 아니잖아?

> P.J : 그래. 채굴기 한 시간만 돌려도 한 달 요금이야 충분히 뽑지.

> Topaz : 인터넷에 접속할 수 있는 사람이 선별된다면 우리로서는 아주 편리해질 거야.

> Taya : 팬이 줄어드는 건 아쉬운 일이지만… 헛소리하는 녀석들이 줄어드는 건 환영이에요.

> Topaz : 솔직히 아무나 인터넷을 할 수 있게 하니까 가짜 정보들이 넘쳐나는 거라고. 내가 처음에 인터넷 시작했을 때만 하더라도 이런 일은 없었는데.

> P.J : 올해 춘추가 어떻게 되시나?

> Topaz : 에헴, 에헴. 이 할애비가 네 녀석이 핏덩이였을 때부터 똥 기저귀 갈아주었는데, 그것도 기억 못하는 거냐? 고얀 놈 같으니라고—.

> Saru : 으음….

사루는 점점 더 불쾌한 기색을 노골적으로 드러내더니—

> Saru : 아무리 생각해도 너희들 요즘 이상해.

그 말을 끝으로 접속을 끊어버렸다.

하지만 **전(前)** 리더가 갑자기 사라졌는데도 다른 멤버들은 태연하게 농을 지껄이며 그를 계속 놀려댔다.

>Topaz : 사루는 오늘 따라 왜 저렇게 틱틱거리는 거야?

>Taya : 생리라도 하나보죠. 타야도 생리 주간일 때는 정말 괴롭다고요.

>Topaz : 뭐야, 갑작스럽게 여자라는 건 어필하고 싶어진 거야? 새삼스럽네.

>Taya : 토파즈한테는 델리케이트한 감성이 너무나도 부족하네요.

도마우스는 모니터 밖에서 히죽거리며 멤버들이 지껄이는 꼴을 가만히 바라보았다.

살미아키를 하나 더 꺼내려던 순간, 갑자기 그녀의 핸드폰이 요란하게 울렸다. 전원을 켜 메일함을 확인해보니 발신자 미상의 수상쩍은 메시지 하나가 화면 위에 떠올라 있었다.

[생쥐가 굴 밖으로 나왔다.]

다소 뜬금없는 단문의 메일이었지만, 도마우스는 만족스럽게 미소를 지어보였다. 이 메시지의 뜻은 말 그대로 그녀가 웹에 놓은 불길을 견디지 못하고 드디어 생쥐가 굴 밖으로 튀어나왔다는 뜻이었다.

도마우스는 콧노래를 흥얼거리며 모니터의 화면을 전환했다.

복수를 위한 준비는 모두 끝났다.

이제 먹음직스러운 치즈를 덫 위에 올려놓고 얌전히 기다리기만 하면 되는 것이다.

6. 치즈

-1-

연방 해군에 있었던 시절에도 보안감사는 몇 차례 받아본 적이 있지만, 이번만큼 부담이 된 적은 없었다. 연방군의 보안감사는 돌발적으로 근무 행태를 조사하는 감사라기보다는 직별장과 잘 아는 헌병단 간부가 일정을 고지하고 찾아와 형식적으로 문서를 훑어보고 담소나 떨다 가는 연례행사에 가까웠기 때문이었다. 중요 기밀은커녕 대외비조차 만져보지 못했던 과거의 나에게는 당일의 감사보다 전일까지 이어지는 지루한 대청소가 더 고역이었다.

하지만 오늘은 달랐다.

우리는 감사를 온 헌병들과는 일면식이라고는 조금도 없었던 데다가 헌병들은 우리가 외부와 내통했다는 증거를 찾아내기 위해 독이 바짝 들어있었다. 우선은 인트라넷에 접속할 수 있는 내부 컴퓨터와 그 사용자가 대상이 되었다. 의무 물자 수불을 관리하는 의무실의 컴퓨터도 예외가 될 수는 없었다.

제독과의 상담을 마치고 의무실로 돌아왔을 때, 이미 그곳에는 헌병 일등병조 한 사람이 내 자리에 앉아 컴퓨터를 만지작거리고 있었다.

비밀번호도 알려주지 않았는데, 그녀는 나보다 더 능숙한 솜씨로 컴

퓨터를 조작해 로그를 읽어내기 시작했다. 나는 어색하게 그녀의 옆에 서서 컴퓨터를 곁눈질로 힐끔거렸다. 이 컴퓨터로 수상쩍은 이력을 검색하거나 뒤가 켕길만한 일을 한 적은 없었지만… 그래도 남에게 업무 기록을 조사당하고 있노라니 기분이 시나브로 불쾌해졌다.

헌병은 랜을 꽂고 DEMIS(국방의료정보체계, Defence Medical Information System)에 접속한 다음, 그곳에 적혀있는 지난달의 의료물자 수불 기록을 가리키며 내게 물었다.

"지난달 13일 22시 경에 DEMIS에 접속해 붕대 외 의료물자 18종을 수불한 건 이원일 의무장 입니까?"

"네, 그렇습니다만."

의약품 재고를 파악해서 수불하는 것은 내가 그동안 해오던 일이었기에 나는 의심 없이 고개를 끄덕였다. 하지만 헌병은 미심쩍은 표정으로 고개를 가로젓고는 자신이 갖고 있던 수첩에 무언가를 끼적거리기 시작했다. 워낙 유려한 필체라 무어라 적는지는 알 수 없었지만, 표정을 보아하니 무언가 문제를 발견한 게 분명했다.

"부, 분명히 제 코드를 써서 접속했을 텐데요."

"그게 문제입니다."

내가 황급히 변명을 늘어놓자 헌병은 펜 끝으로 의료물자의 수불기록을 가리키며 그 이유를 설명해주었다.

"신청한 물자 중에 리도카인 3 BTL이 있던데, 리도카인은 전문의약품으로서 군의관 이외의 사람은 수불할 수 없도록 되어 있습니다. 의무장에게는 전문의약품 처방 자격이 없을 텐데요."

"아… 그야, 그렇지만…."

그녀의 지적에 나는 말문이 턱 막혀버렸다.

확실히 헌병의 말처럼 의·약사 자격이 없는 의무사나 의무병이 의료 행위를 하는 것은 불법이다.

하지만 군대, 특히 부대 인원이 부족한 해군에서는 의무병이 주사를 놓거나 의약품을 수불하는 등의 의료 행위가 공공연히 묵인되고 있었다.

물론 군내의 불문율이라고는 해도 따지기 시작하면 규율 위반인 것은 분명하기에 나는 황급히 변명을 찾으려했다. 하지만 헌병은 봐주지 않고 쐐기를 박듯이 다시 한 번 질문을 던졌다.

"어째서 군의관이 직접 물자 수불을 하지 않았습니까?"

"그건 군의관님이 너무 바쁘셔서 제가 대신…."

물론 이건 거짓말이었다. 군의관이 정말로 바쁜 날도 있었지만 대부분의 경우는 쇼우코 대위가 직접 하기 귀찮다는 이유로 내게 떠넘긴 것뿐이었다.

헌병은 내 얼굴에 드러난 거짓을 읽었는지 한동안 가만히 눈초리만 흘겼다. 그리고 짧게 한숨을 내쉬며 수첩 위에 단호하게 마침표를 찍었다.

"…군규 위반입니다."

"넵."

뭐, 어차피 괜찮겠지.

문제가 커지더라도 징계는 군의관이 받을 테고.

나는 어깨를 으쓱이며 그녀의 지적을 가볍게 흘려 넘겼다. 하지만 헌병은 곧 컴퓨터에서 또 다른 문제를 찾아낸 모양이었다.

"그보다 이 프로그램은 무엇 입니까?"

"아, 그건…."

그녀가 지적한 프로그램은 컴퓨터를 설치할 때 OS에 기본으로 딸려오는 단순한 슈팅 게임이었다. 조악한 그래픽과 단순한 게임성에도 불구하고 묘한 중독성이 있어 남는 시간을 죽이기에는 안성맞춤인 물건이었다. 전파가 닿지 않는 원해에서 항해를 할 때면 종종 소일거리삼아 플레이했었는데… 설마 태업을 했다고 생각하는 걸까?

하지만 그녀는 별말 없이 게임의 플레이 기록만 체크한 다음, 동의를 구하지도 않고 Delete 키를 눌러 프로그램을 삭제해버렸다.

"업무에는 불필요한 프로그램이군요. 삭제하겠습니다."

"앗, 잠깐—."

헌병이 손가락을 놀리는 것과 동시에 몇 달 동안 차곡차곡 쌓아왔던 누적 클리어 기록이 순식간에 사라지고 말았다.

으으, 대단한 건 아니지만 그래도 꽤 애착을 갖고 쌓아올린 기록이었는데.

"무슨 문제라도 있습니까?"

헌병의 싸늘한 눈초리를 보자마자 다시 제 정신이 돌아왔다. 그래, 지금은 고작 게임 데이터 때문에 아쉬워할 때가 아니었다. 징계를 받지 않은 것을 감사히 여기자.

"아뇨. 아무것도 아닙니다."

헌병은 곧 품에서 USB 하나를 꺼내 컴퓨터에 꽂은 다음 시계를 확인하며 내게 일정을 통보했다.

"지금부터 복원 프로그램을 돌려 이 컴퓨터에서 최근 삭제된 파일을 확인할 예정입니다. 소요 예상 시간은 약 1시간 반 입니다."

1시간 반 동안 이 로봇 같은 헌병과 같은 방에서 마주보고 있어야 한다고 생각하니 갑자기 숨이 콱 막혔다. 나는 가짜 웃음을 헤실헤실 지어보이며 자리에서 일어섰다.

"그동안 잠깐 나가 있어도 괜찮겠습니까?"

"네. 해명하고 싶으신 게 없으시다면. 다만 선외로 나가는 것은 금지되어 있습니다."

"네. 나중에 돌아오겠습니다."

나는 근무모를 챙겨 도망치듯 의무실 밖으로 빠져나갔다.

의무실 밖으로 나와 보니 수병들이 갈 곳을 잃은 채 복도에서 어슬렁거리고 있었다. 다들 나처럼 헌병의 검열을 피해 과업 장소 밖으로 도망쳐 나온 모양이었다.

정박 중이니 평소였더라면 핸드폰으로 웹서핑이나 게임을 하며 시간을 죽였겠지만, 정보가 유출될 수 있다는 이유로 헌병들이 핸드폰 앱에도 락(lock)을 걸어두었던지라 수병들은 갑자기 생겨난 시간을 어찌 다뤄야 할 줄 모르고 덫에 걸린 날짐승마냥 버르적거렸다.

고작 휴대전화 하나를 못 쓰게 된 것뿐인데, 이렇게나 답답한 기분이 들다니. 새삼 인터넷이 일과에서 얼마나 중요한 자리를 차지하고 있었는지 실감할 수 있었다.

'인터넷이 없던 시절의 사람들은 여가를 어떻게 보냈던 걸까? 하염없이 해바라기를 하는 데에도 한계가 있는데.'

그런 생각을 하며 수병들 사이로 걸어가고 있노라니, 복도 맞은편에서 갑자기 낯익은 목소리가 들려왔다.

"의무장님—!"

발걸음에 맞추어 망아지 꼬리처럼 흔들리는 기다란 금색의 머리칼. 기름때가 잔뜩 배인 꾀죄죄한 전투복. 목소리를 듣자마자 알아차리긴 했지만— 기관부의 수병, 루나였다.

그녀는 곧바로 내게 뛰어와서 내가 무슨 잘못이라도 한 것 마냥 멱살을 붙잡고 마구 흔들어댔다.

"뭔가요, 그 양서류*들은!"

"양서류라니…. 그래도 같은 해군인데, 말이 심하잖아."

그렇게 면박을 주기는 했지만, 나도 속으로는 루나의 말에 십분 동감하고 있었다. 외부인이 배 안 곳곳을 누비며 과업 공간을 망그러트리는 꼴을 보고 있노라면 우기에 집안으로 기어들어온 개구리를 보는 것처럼 기분이 불쾌해졌다. 나는 루나의 머리를 쓰다듬어주며 지나가는 헌병들에게 슬쩍 시선을 주었다.

"기관부에서도 무슨 문제가 있었어?"

"있다마다요. 제가 당직을 서는 동안 증거를 찾겠다면서 헌병들이 캐비닛을 통째로 들어놨다고요! 돌아와 보니 침상은 난장판이고, 파우치는 다 헤집어져있고…. 이거 완전히 사생활 침해 아니에요?"

"그렇게 생각할 수도 있지만 어차피 배 안에 들여오는 개인용품은 다 현문에서 한 번씩 검사하잖아? 뭔가 남 보여주기 어려운 물건이 있었던 것도 아닐 테고."

"그럴 리가 있겠어요? 그야 당연히—"

"당연히, 뭐?"

* 육상 근무를 하는 해군 병사들을 비하하는 속어. 유의어 : 드라이 네이비 (Dry navy)

"우으…."

루나는 무언가를 말하려다말고 갑자기 얼굴을 새빨갛게 물들였다.

"…말했다가는 시집 못 갈 거예요…."

"얌마. 도대체 뭘 몰래 들여놨던 거야?"

뭔지도 감이 안 오는데. 그보다 시집을 못 갈 정도로 부끄러운 물건을 왜 부대 안에 들고 오는데?

"여, 여자한테는 여자만의 사정이 있는 거라고요! 아실 필요 없어요."

루나는 말끝을 흐리며 황급히 화제를 돌리려했다.

"하여튼, 이건 너무하잖아요! 지금 저희가 조사를 받고 있는 이유는 정보 유출 때문이지 군기 위반 때문이 아닌데. 캐비닛을 뒤질 필요가 뭐가 있어요?"

"그 녀석들을 옹호하려는 건 아니지만, 군기 조사는 한 번 하긴 했어야 했어. 잿빛 10월이 괜히 당나라 해군 소리를 듣고 있겠냐? 이 기회에 쓸데없는 물건은 싹 털어버려."

"우으…."

내가 말을 맞춰주지 않자 루나는 뺨을 부풀리며 노골적으로 불만을 표시했다.

하지만 나도 심정이 복잡하기는 마찬가지였다. 아까 제독이 한 말이나 지금 루나가 해 준 증언으로 미루어볼 때 이번 조사는 확실히 감사라기보다는 보복의 성향이 짙었다.

'일단 용의자를 잡아놓고 증거를 찾는다—라.'

밖에서였더라면 비인권적인 처사라고 항의를 할 수도 있겠다만 이곳은 철저한 상명하복의 집단이었다. 더군다나 제독이 나서서 직접 의

혹을 제기하는데, 일개 군함 승조원들이 그걸 어찌 거부하겠는가.
"저기요, 의무장님. 듣고 계시는 건가요?"
"그래, 듣고 있어."
쫑알쫑알 불만을 늘어놓는 루나를 무시하며 한동안 복도를 걷고 있노라니, 곳곳에서 수병들이 불만을 늘어놓는 소리가 귀에 들려왔다.
"도대체 이게 뭐야, 바깥에 연락도 못하고."
"완전히 승조원 전원을 범죄자 취급하고 있잖아. 이래서 본부 헌병대 놈들은 믿을 게 못 된다니까."
대부분은 루나가 늘어놓은 것과 비슷한 헌병대에 대한 불만이었지만, 중간에 들려온 일갈을 듣고 나는 그 자리에 멈춰 섰다.

"이게 다 마리아 수병장 때문이잖아!"
마리아 때문이라고? 그게 무슨 소리야?
나는 발소리를 죽이고 조심스럽게 걸어가 모퉁이 너머에서 수병들이 하는 소리를 엿들었다.
"맞아. 나도 수상하다 싶었어. 수병장 모임에 얼굴도 안 비추고. 매일 음침하게 따로 행동하고."
"매일 얼굴을 마주했던 같은 배 수병이 내 신상정보를 팔아넘겼다고 생각하면 소름이 돋아."
"설마, 스파이 같은 건 아니겠지?"
"지금에 와서 그게 중요해? 어쨌든 기분 나쁜 건 마찬가지야. 으으…. 이 배에 애초부터 제대로 된 작전관이 있었더라면 좋았을 텐데."
"그러게. 정말 마음에 안 들어."
수병들은 누가 들어도 상관없다는 투로 대놓고 마리아의 흉을 보고 있었다. 나는 조금 더 모퉁이 뒤에 숨어 그녀들의 이야기를 엿들으려 했지만 뒤이어 다가온 루나 때문에 등을 떠밀리고 말았다.

"거기서 무얼 하고 계시는 거예요? …뭔가 음흉한 속내가 얼굴에 피어오르고 있는데요."

"그런 생각 안했거든!?"

"아."

순간, 모퉁이 너머에 있던 수병과 눈이 마주쳤다.

그 수병도 간부 앞에서 다른 승조원의 흉을 봤다는 사실이 켕겼는지 한동안 얼굴을 붉히며 말을 잇지 못했다.

"음, 저기…."

"필승. 실례했습니다."

내가 입을 열어 말을 꺼내려 하자 수병들은 바로 경례를 올려붙이고 물고기 떼가 퍼져나가는 것처럼 사방으로 흩어졌다. 뒤늦게 도착한 루나는 상황을 인지하고 쓴웃음을 지어보였다.

"이런, 괜한 이야기를 들어버렸네요."

하지만 나는 여전히 이해를 할 수 없었다.

"어째서 다들 마리아의 흉을 보고 있는 거야?"

이번 사태는 마리아의 탓이 아니다. 근본적인 원인을 따지자면 잿빛 10월을 해킹한 정체모를 해커의 탓이고, 부차적인 원인을 셈하자면 배를 조사하라고 지시한 아틀 제독의 탓이다. 하지만 루나는 아주 당연하다는 어조로 내 질문에 답했다.

"그야, 마리아 수병장이 지금 용의자로 지목된 상황이니까요."

"용의자와 범죄자는 달라."

"대부분의 사람은 그거 구분 못해요."

루나가 심드렁한 어조로 단언했다. 느긋한 말투와는 달리 그녀의 입가에 묘한 냉소가 떠올라 있었기에 나는 의아해졌다.

"무슨 안 좋은 경험이라도 떠올랐어?"

"뭐, 그리운 옛 추억이죠. 8 마일 도로* 아래에 사는 백인 여자애는 절도 범죄가 벌어지면 언제나 제 1의 용의자였으니까요."

"넌 디트로이트 출신이 아니잖아?"

"단순한 비유에요. 펜실베이니아에도 슬럼은 있거든요?"

루나는 싫은 과거를 떠올렸는지 입술을 비죽 내밀며 몸서리를 떨었다.

"차라리 용의자에서만 머무르면 다행이죠. 대부분의 사람들은 아예 사건이 터지자마자 저마다 마음속으로 범인을 정해버린다고요. '평소에 수상했었으니까 분명히 저 녀석이 범인일거야—.' 하고 말이죠. 거기다 귓가에 대고 한 마디만 속삭여주면 갈대처럼 마구마구 흔들리는 거예요."

그리고 루나는 발돋움을 해 내 귓가에 입을 가까이 가져다대고 귀엣말을 속삭였다.

"제가 보기에는 저 아이가 범인이에요오…."

"장난치지 마."

귓바퀴를 타고 벌레가 기어가는 것 같은 간지러운 촉감이 느껴지자 나는 몸서리를 치며 뒤로 물러섰다. 루나의 입가에는 다시 평소처럼 장난스러운 미소가 떠올라 있었지만, 그녀의 눈만큼은 여전히 아까와 같

---

* 8 mile Road, 미 디트로이트 시를 관통하는 간선 고속도로의 별명. 이 도로를 경계로 범죄율이 낮은 도시 외곽과 슬럼가인 다운타운이 나뉜다.

이 진지했다.

나는 한숨처럼 속내를 툭 털어놓았다.

"나는 마리아가 누명을 썼다고 생각해."

"지금 그게 중요해요? 사람들이 원하는 건 복잡하게 얽힌 사건의 내막이 아니에요."

루나는 살짝 격앙된 어조로 길게 반박을 늘어놓았다.

"그냥 이 괴로운 상황을 떠넘길 수 있는 책임자를 찾는 것. 그 뿐이에요. 그 상대가 하비 오즈윌드가 되었든, 잭 루비가 되었든 아무도 신경 쓰지 않아요."

"그러면, **왜 하필** 마리아가 희생양이 되어야했지?"

"그야 인간관계가 좁으니까요."

루나는 당연하다는 어투로 즉답했다.

"영향력이 큰 사람보다는 영향력이 작은 사람을 피해자로 몰아야 일상이 돌아왔을 때 후유증이 적죠. 사실 그 기준이라면 희생양은 의무장님이 될 수도 있었어요."

*'**배에 들어오게 된 경위조차 불분명한 조난자**에 비하면 훨씬 믿을 수 있는 사람이지.'*

나는 아까 사관실에서 아틀 제독이 했던 말을 떠올렸다. 그녀는 처음부터 나를 '조난자'라고 부르며 수상쩍게 여기고 있었다. 마리아가 마지막에 나를 두둔해주지 않았더라면 구속된 건 그녀가 아니라 나였을 것이다.

"그래. 하지만 내게는 알리바이가 있었지."

루나는 내 말에 답답하다는 투로 손가락을 휘둘러가며 아까 했던 말을 다시 되짚어주었다.

"다시 말하지만 범인으로 몰려고 작정했다면 알리바이 같은 건 아무짝에도 쓸모가 없다니까요.

그러니까 의무장님도 인간관계는 평소부터 돈독히 구축해두세요. 있으면 도움 되고, 없으면 아쉬운 사람이 되면 없는 죄도 남한테 뒤집어씌울 수 있다고요?"

"…너 정말 누명만 썼던 거 맞지?"

"후후, 비밀이에요."

나는 눈을 가늘게 뜨고 루나를 노려보았지만, 그녀는 알 듯 말 듯 한 미소만 지어보이며 내 시선을 피했다.

문득 나는 이 배에 처음 승선했을 때의 일을 떠올렸다.

잿빛 10월의 수병들이 남자라는 이유만으로 나를 적대시하고, 피하고, 두려워했던 시절. 마리아는 처음부터 나에게 격없이 대해주었던 몇 안 되는 수병 중 하나였다. 물론 단순한 흥미 본위로 다가왔던 것일 수도 있다.

하지만 그녀의 조언 덕분에 나는 외롭고 괴로웠던 승선 초기의 생활을 견뎌내고, 비로소 한 사람의 승조원으로서 인정받을 수 있게 되었다.

그런데 지금은 정반대의 상황이다. 모두가 마리아를 두려워하고, 적대시하고 있다. 이 상황에서 내 보신만 생각하고 그녀를 방관한다면, 그건 과연 옳은 일일까?

…나는 결심을 굳혔다.

"루나."

"네, 무슨 일이신가요?"

"그래도 나는 마리아를 도와주고 싶어."

"뭐, 그러실 거라고 생각했어요."

루나가 사람 좋게 씩 웃으며 주먹을 부딪혀왔다. 하지만 그녀는 곧 걱정이 가득한 표정으로 위아래로 나를 뜯어보며 한숨을 내쉬었다.

"하지만… 의무장님은 정보보안에 대해 거의 아무것도 모르시잖아요? 무슨 수로 마리아 수병장님의 무죄를 입증하실 건데요?"

"그야 그렇지만…."

루나에게서 뼈아픈 지적을 받자 현실의 준엄한 벽이 눈앞에 다시 나타났다. 그녀의 말마따나 의욕만 가지고는 아무것도 할 수 없다. 어떻게 해서 해킹에 쓰인 툴을 손에 넣는다 하더라도 나는 그 파일의 가치조차 읽어내지도 못할 것이다.

"음, 그럼 남은 방법은 하나네요."

루나는 남은 가능성을 가감하며 손가락을 꼽더니 대뜸 터무니없는 의견을 내놓았다.

"그럼 마리아 수병장에게 직접 물어보러 가죠!"

"좀 상식적인 이야기를 해라. 지금 마리아는 갑판 하부의 빈 격실에 감금되어 있잖아? 격실 앞을 지키고 있는 헌병들이 순순히 마리아를 만나게 해줄 리도 없고."

"물론 정문으로 당당히 들어가자는 뜻은 아니에요. 격실에 연결된 배관을 타고 몰래 잠입해야죠."

"이 격실에 사람이 들어갈 수 있을만한 크기의 배관이 있었던가?"

나는 복도 벽에 걸린 잿빛 10월의 설계도면을 보며 곰곰이 생각에 잠겼다.

마리아가 억류된 격실은 트윈 덱(Twin Deck)의 끝자락에 위치한 좁은 공간이었는데, 입구가 일직선 모양이었던지라 격실 안으로 들어갈 수 있는 통로는 한정되어 있었다.

나는 설계도를 한참동안 뜯어보았지만 해당 격실에는 상부 덱과 연결된 통기관이 딱 하나 있었을 뿐, 사람이 진입할 수 있을만한 통로는 그 어디에도 존재하지 않았다.

하지만 루나는 고개를 가로저으며 청사진 위에 손가락으로 가상의 통로 하나를 그려보였다.

“전에 이 위에 커다란 배수관을 하나 더 뚫어놨잖아요? 물론 얼마 전에 한 공사라 도면상에는 없지만… 사람 하나 정도는 넉넉히 지나갈 수 있는 통로가 여기에 있어요.”

“아니, 언제 그런 대공사를 했는데?”

루나는 정말로 기억이 나지 않느냐는 투로 내게 되물었다.

“자루비노 항에서 청수관이 터졌을 때요. 그 때 함장님 명령으로 이 격실을 목욕탕으로 개조했었잖아요?”

“아.”

그제야 나는 어째서 이 격실의 위치가 낯이 익는지 알아차렸다. 마리아가 억류되어 있는 이 하부 격실은 내가 작년 겨울에 알몸의 이비이조와 우연히 마주쳤다 죽을 뻔 했던 바로 그 목욕탕이었다.

-2-

"욱, 물비린내…."

나는 좁다란 배수관을 내려가며 코를 쥐어 막았다.

루나의 말과는 다르게 그 통로는 허리를 숙여야 겨우 지나갈 수 있을 만큼 협소했다. 체구가 작은 여성 수병들에게는 쉬울지 몰라도, 성인 남성인 내게 허리를 숙인 채 가파른 배관을 타고 내려가는 일은 꽤나 버거웠다.

'어두워….'

당연하다면 당연한 소리이겠지만 통로 안은 빛이 조금도 들지 않는 완전한 암실이었기 때문에 나는 발을 헛디디지 않도록 주의해서 발을 내딛으며 조심스럽게 사다리를 탔다.

한 발자국, 그리고 또다시 한 발자국….

그렇게 얼마나 오랫동안 배수관을 타고 내려갔을까.

반대 쪽 격실의 빛이 희미하게 배어들어오기 시작했을 무렵, 나는 갑자기 발밑에서 무언가 물컹한 것을 밟고 몸을 휘청거렸다.

"어, 어어?"

"크르르… 캬옹!"

어둠 속에서도 선명하게 울려 퍼지는 고양이의 앙칼진 목소리. 내가 밟은 것은 다름 아닌 오스카의 꼬리였다.

오스카가 왜 여기에— 하는 의문이 가시기도 전에, 나는 균형을 잃고 배관 아래로 미끄러져 굴러 떨어졌다. 복부를 강타하는 통증과 함께 강렬한 빛이 안면에 쏟아져 내렸다. 갑작스럽게 밝은 곳에 몸이 던져진 탓인지 한동안 시야가 제대로 확보되지 않았다.

"으으윽…."

"야옹."

몸을 아치 형태로 구부리고 신음하고 있는데, 오스카가 뒤이어 내 머리 위로 뛰어올라 머리를 잘근잘근 씹는 것이 느껴졌다.

"이 망할 놈의 고양이가… 저리 안 가?"

"야옹."

떼를 쓰는 오스카를 간신히 쫓아내고 눈을 비벼 앞을 바라보니 마리아가 어처구니가 없다는 표정으로 나를 내려다보고 있었다.

다행히 엉뚱한 격실로 들어온 건 아닌 모양이었다.

그녀는 손에 수갑을 찬 상태로 벽에 기대 앉아 있었는데, 기분 탓인지 어쩐지 평소보다 훨씬 더 부스스해 보였다.

"…."

마리아는 한동안 눈싸움을 하듯 나와 시선을 주고받다 천천히 다가와 발로 허벅지를 쿡쿡 찔렀다. 시체라도 확인하는 듯한 모양새였다. 아마 손이 묶여있었으니 그런 모양이지만… 당하는 입장에서는 기분이 그리 좋지 않았다.

"하지 마."

"뭐야, 의무장인가."

마리아가 새삼스럽게 놀란 시늉을 했다.

"그럼 뭐라고 생각했는데."

"오스카가 또 쥐를 잡아왔나 했지."

"…말이 심하네."

6피트나 되는 쥐가 세상에 있겠냐?

나는 몸을 일으키며 제복 위에 묻은 먼지를 힘껏 털어냈다. 새삼 다시 보니 먼지가 잔뜩 묻은 근무복의 색깔이 쥐색처럼 보이기도 했지만… 사람과 쥐는 근본적으로 골격부터가 다르다. 두발로 걸어 다니는 쥐라니, 어디의 공포물에 나오는 괴 생명체냐고.

"미○ 마우스?"

"그건 데포르망된 애니메이션 캐릭터잖아."

미○ 마우스는 귀엽기라도 하지. 게다가 그런 게 배 안에서 발견되었다가는 다른 의미의 재앙이 펼쳐질 거다. 저작권에 깐깐하기로 유명한 그 테마파크의 법무팀이 잿빛 10월에 찾아와 배를 압류해간다던가….

내가 툴툴거리는 사이, 마리아는 오스카를 끌어안고 턱을 가볍게 긁어주며 농담처럼 이상한 소리를 지껄였다.

"그럼 법무팀이 찾아오기 전에 함교에 쥐약을 놔서 '죽은 쥐(deadmaus)'를 만들어 놔야겠네."

"그게 무슨 소리야?"

제대로 이해하지는 못했지만 아마도 서양식 격언이나 농담 같은 거였나 보다.

그보다 지금은 만담이나 나누고 있을 때가 아니다.

나는 격실의 문가로 다가가 조심스럽게 바깥의 상황을 살폈다. 방금 내가 굴러 떨어지며 제법 큰 소음이 났는데도 문 밖에서는 위병의 기색이 조금도 느껴지지 않았다.

출구가 하나뿐이라고 너무 방심한 거 아닌가.

나는 밖을 계속 주시하며 마리아에게 손을 내밀었다.

"무슨 일인지는 모르겠지만, 초병이 안 보이는 틈에 빨리 도망치자.

배수관을 타고 올라가면 상부 덱으로 빠져나갈 수 있어."

하지만 마리아는 내가 손짓을 하는 데도 제 자리에 앉은 채 묵묵히 나를 올려다보고만 있었다. 마치 내가 무슨 말을 하는지 이해하지 못했다는 것처럼.

마리아가 천천히 눈을 껌벅이며 내게 물었다.

"빠져나가서 뭘? 제독에게 직접 풀어달라고 부탁이라도 할 셈이야?"

"아니, 증거를 찾아야지."

"무슨 증거?"

마리아의 태연한 목소리를 듣고 있노라니 다시 골치가 지끈거렸다. 나는 그녀가 일부러 시치미를 뗀다고 생각하고 벌컥 화를 냈다.

"네가 범인이 아니라는 증거 말이야!"

"…쉿."

이런, 너무 목소리를 키웠다.

황급히 격문 밖을 다시 살폈지만 여전히 초병의 인기척은 없었다. 나는 재차 숨을 가다듬고 당연한 사실을 가르치듯이 마리아에게 물었다.

"마리아, 너는 억울하지도 않아? 하지도 않은 일 때문에 욕을 먹고 있는데."

"아, 그건가."

마리아는 그제야 내가 무슨 말을 하는지 알았다는 투로 고개를 끄덕였다. 하지만 그녀의 태도는 여전히 심드렁했다. 마치 다른 사람의 이야기를 듣는 것 마냥.

마리아는 부스스한 머리칼을 양손으로 잡아 쓸어내리며 지나가는 말처럼 물었다.

"의무장, **왜 내가 범인이 아닐 거라고 생각해?**"

그녀의 말에 말문이 턱 막혔다. 설마, 지금 자신이 범인이라고 자백하고 있는 건가?

…아니. 기억을 더듬어보아도 마리아가 요 며칠 사이 보여준 모습에 범인으로 의심할만한 구석은 조금도 없었다. 물론 심증만으로 유 · 무죄를 가리는 것도 우스운 일이지만 내게는 내 나름의 확신이 있었다.

"같은 배 승조원하고도 어울리지 못하는 녀석이 잘도 적이랑 친분을 쌓아 내통을 하겠군."

빈정거리듯 놀리는 내 말을 듣고 마리아는 잠시 놀란 표정으로 눈을 껌벅거리더니 곧 쓴 웃음을 지으며 고개를 가로저었다.

"…정말 바보구나, 의무장."

그녀는 전에 한 번 보여주었던, 얼간이를 바라보는 표정으로 나를 죽 훑어보았다.

물론 바보 같은 소리를 했다는 건 내 자신이 더 잘 알고 있었다. 하지만 지금은 농을 쳐서라도 그녀를 일으켜 세워야 했다. 작금의 문제를 해결할 수 있는 건 이 배에서 마리아 수병장 본인밖에 없으니까.

다행스럽게도 마리아는 의욕이 조금이나마 돌아왔는지 자세를 고쳐 잡고 조금 더 길게 말을 풀어 답을 해 주었다.

"그래. 의무장 말대로 내가 나가서 무죄를 입증할 수 있는 증거를 찾는다고 쳐. 그리고 그걸 아틀 제독에게 내밀면 순순히 '그랬었구나—오해해서 미안하구나—' 하고 의심을 거둬줄까?"

"그건…."

"무의미한 일이야. 포기해."

루나의 말마따나 집단이 특정한 개인을 범인으로 몰기로 작정했다

면, 없는 알리바이도 지어낼 수 있는 법이다. 그런 의미에서 내가 하려는 일은 그녀의 말처럼 무의미한 것일지도 모른다.

하지만 나는 그래도 마리아를 돕고 싶었다.

"최소한 다른 승조원들의 의심은 거둘 수 있겠지."

같이 한솥밥을 먹고 생사고락을 함께 했던 전우들에게 신뢰할 수 없는 사람이라고 여겨지는 것만큼 괴로운 일은 없다. 전에 그런 취급을 당해본 나이기에 그 괴로움은 누구보다도 잘 알고 있다.

그렇지만 마리아는 내 응원에도 불구하고 무미건조하게 고개를 가로저었다.

"의심을 받아도 어쩔 수 없어. 그만큼 내가 믿을 수 없는 사람이었으니까."

"야옹."

오스카가 마리아의 품에서 빠져나오자 그녀가 차고 있던 수갑이 경쾌한 소리를 내며 달그락 거렸다. 경쾌한 소음과 대비되는 음울한 목소리로 마리아는 말했다.

"나는, 믿을만한 가치가 없는 사람이야."

마리아의 목소리가 점점 기어들어가는 것처럼 작아졌다.

"나는 내 죄를 숨기기 위해 친구에게 누명을 씌운 적도 있다고."

죄(Guilty)라고 말하는 부분에서 마리아의 목소리가 유난히 이상한 음색으로 튀었다. 마리아는 두려움을 숨기려는 것처럼 입술을 꽉 깨물었다.

"한 번 죄를 저지른 사람이 두 번은 못 저지르겠어? 여차하면 나는 내 죄를 의무장에게 뒤집어씌울지도 모른다고. 그러니까… '동류' 취급받기 전에 빨리 가."

마리아는 갈라진 음색으로 나를 밀어냈다.

친구에게 누명을 씌웠다…라.

그녀의 과거에 대해서는 처음 듣는 이야기였다. 마리아는 자신의 어떤 친구를, 왜 배신했는지 구체적으로 말해주지는 않았지만 그녀의 표정을 보아하니 거짓은 아닌 모양이었다.

아까 전부터 그녀는 지극히 옳은 정론만을 말하고 있었다. 집단이 개인을 핍박할 때는 거스르지 않는 것이 좋다. 타인과 제대로 어울리지 못하는 사람을 위해 보증을 서 줄 필요는 없다. 한 번 배신한 사람을 다시 믿어주는 것은 바보짓이다.

사회의 일원으로 살아가는 사람이라면, 현재의 안락한 생활을 영위하기 위해서라면 당연히 그렇게 해야 한다. 하지만 정작 **내가 아는 마리아**는 그렇게 살지 않았었다.

"…그러는 너는 왜 아까 나를 변호해주었던 거야?"

"윽."

내 말에 다시 허를 찔렸는지 마리아가 앓는 소리를 내뱉었다. 나도 다른 사람이라면 이렇게까지 하지는 않았을 것이다. 언제나 약자의 편에서 나를 도와주었던 마리아이기에 지나칠 수 없었던 것뿐이다. 비겁한 수라고 생각하면서도 나는 전에 마리아가 했던 말을 다시 인용했다.

"네가 지금 하고 있는 건 단순한 자기위안이야. 편해지기 위해서 최면을 거는 거라고."

나는 마리아의 과거를 모른다. 그녀의 배신이 어떤 것인지도 모른다. 하지만 이곳에서 궁상을 떤다고 과거의 일이 사라지는 것도 아니다.

세상은 쉴 새 없이 변화하지만 개인의 과오만큼은 변하지 않는다. 한때 나도 과거에서 눈을 돌리면 알아서 과오가 사라질 거라고 믿었던 때가 있었다.

"친구에게 죄를 저질렀으면 직접 찾아가서 사과해."

하지만… 나는 너무나 늦어버렸다.

"난 그러고 싶어도 그럴 수 없으니까."

"…그런가."

마리아가 조용히 고개를 들어 천장을 쳐다보았다.

그녀는 잠깐 결의를 다지듯이 입 안으로 알 수 없는 말을 짧게 중얼거리더니, 다시 바닥을 내려다보며 고개를 끄덕였다.

"…조금만 더 움직여보자."

마리아가 자리에서 일어섰다.

동시에 그녀의 손에 채워져 있던 수갑이 딸그락 소리를 내며 바닥으로 떨어졌다. 갑자기 자물쇠가 저절로 헐거워지기라도 한 건가 싶어 나는 눈을 크게 뜨고 바닥에 떨어진 수갑과 마리아를 번갈아 쳐다보았다.

"그, 그거 어떻게 푼 거야?"

"물리적 해킹."

마리아가 손가락 끝으로 헤어핀을 빙글빙글 돌리며 콧방귀를 뀌었다. 해킹이라는 것은 거짓말이겠지만 그녀가 농담을 하는 걸 보니 의욕이 완전히 돌아온 것 같아서 마음이 십분 놓였다.

"편리한 설정이라 좋네."

"해커라는 게 다 그렇지."

마리아는 팔을 높게 쳐들어 기지개를 편 다음 내게 손을 내밀며 말했다.

"일단 핸드폰 좀 줘 봐."

"어, 그런데 이거 락이 걸려있어서 못 쓸 텐데—."

내 걱정에도 불구하고 마리아는 핸드폰을 받아들고 한동안 버튼을 열심히 만지작거렸다. 화면이 요란하게 점멸하는 가 싶더니만, 곧 화면 위로 처음 보는 낯선 어플리케이션이 떠올랐다.

핸드폰에 저런 걸 설치해둔 적은 없었는데… 내가 무어라고 말을 꺼내기도 전에 화면이 다시 한 번 점멸하더니 락이 해제되었다는 문구가 떠올랐다.

"…무슨 문제라도?"

"아니다. 걱정한 내가 바보지."

나는 마리아의 옆에 걸터앉아 그녀가 내 핸드폰을 조작하는 것을 빤히 쳐다보았다.

핸드폰으로 무엇을 하려나 싶었는데, 그녀는 이번 일의 발단이 된 사이트- VC INSIDE에 접속해 그 동안 새로 올라온 글이 있는지 확인하고 있었다. 마리아는 잠시 스레드를 살피다 지금으로부터 약 한 시간 전 쯤에 올라온 새 글 하나를 클릭했다.

▶ 헤이즐 : 잿빛 10월 승조원 추가 자료 찾았다. 추천 50개 이상 박으면 아래에 붙임.

▶ 익명 0718 : 관심 종자에게 먹이를 주지 마시오.

▶ 볼트보이 : 아니, 전에 사진 올렸던 그 헤이즐이잖아? 아직

도 남은 자료가 있었어?

▶ 헤이즐 : 하드 정리하다보니까 나오더라고. 여하튼 관심 있어?

▶ 고라니 : 당연하지!

▶ 익명 2499 : 추천 바로 박았습니다!

"역시나. 한 번으로 끝낼 리가 없지."

마리아는 혀를 차며 해당 주소를 아카이빙했다. 그녀의 말을 완벽하게 이해하지는 못했지만, 정황상 지금 글을 올리고 있는 헤이즐이라는 유저가 최초에 정보를 유출했던 그 범인인 모양이었다.

"이 녀석이 그 범인이야? 추적할 수 있겠어?"

"아쉽지만 이 핸드폰으로는 못 해."

마리아는 핸드폰을 내게 돌려주며 헤어핀으로 머리를 긁적였다.

"해킹을 락 픽 기술이라고 치면 핸드폰에 깔 수 있는 해킹툴은 기껏해야 단순한 헤어핀 정도에 불과해. 해커의 방화벽이 단순한 사물함 자물쇠 수준이라면 몰라도 전자식 자물쇠라면 밤새도록 툴을 돌려도 어렵겠지."

"잘은 모르겠지만… 더 큰 장비가 필요하단 말이지?"

"내 컴퓨터를 쓸 수 있다면 금방인데. 혹시 이 근처에 대형 서버를 쓸 수 있는 곳이 없을까?"

처음 오는 도시의 길을 묻는다 해도… 나는 이 산다칸 항에 PC 카페가 있는지도 모른다. 그 때 문득, 낮에 만났던 항만관리사무소의 사무원이 툴툴거리며 했던 말이 머리를 스치고 지나갔다.

"PMIS인지, PSS인지 하는 관리시스템이 도입된 이후로는 서면으로 문서를 받아도 서버에 데이터를 올려야 하거든."

"…항만관리사무소."

"뭐?"

"그래. 항만관리사무소에는 데이터베이스 구축용 서버가 있잖아. 그 서버를 사용하면 괜찮지 있을까?"

하드웨어의 성능에 대해서는 잘 모르지만 사무소에서 얼핏 보았던 그 컴퓨터들은 CIC실에 설치된 것만큼 거대했었다. 물론 크기와 성능이 언제나 비례하는 것은 아니지만….

"이럴 줄 알았더라면 더 자세히 기종을 봐 둘걸."

"아니, 괜찮아. 그 정도 규모면 충분할거야."

마리아는 시원스럽게 자리를 털고 일어섰다. 그리고 짐짓 큰 소리로 헛기침을 해 인기척을 낸 다음, 발소리를 죽여 배수관에 조심스럽게 발을 내딛었다.

그녀가 의욕을 낸 것은 다행스러운 일이지만 나는 앞으로 어떤 일이 벌어질지 조금도 예상이 가질 않았다.

"뭘 어떻게 하려고?"

"자세한 작전은 가면서 설명할 게. 우선 손 좀 잡아줘. 내 키로는 이 배수관 위로 못 올라가."

물론 어련히 생각해 둔 계획이 있겠지마는.

나는 배수관 위로 먼저 올라가 마리아의 손을 잡아끌었다. 문득 그때 알아차린 것이었지만, 손아귀에 들어온 마리아의 작은 손은 어쩐지 불안하게 떨리고 있었다.

아까의 긴장이 아직도 채 가시지 않았던 걸까.

하지만 그 때의 나는 앞으로의 일정을 걱정하느라 그녀의 상태를 대수롭지 않게 넘겨버리고 말았다.

-3-

>>> **192.168.XXX.XXX/home/Alice_in_wonderland/> cat Chapter_4.txt**

>>> **Loading Chapter_4.txt…… Done**

"…이 도둑아!"

산쥐는 앨리스에게 화를 내고 있었다.

하지만 앨리스는 그가 왜 화를 내는지 도무지 이해를 할 수가 없었다.

산쥐가 병원의 노드(Node, 근거리 통신망)에 남긴 것은 치명적인 오류였다. 그 오류가 작동하는 방식이 얼마나 노골적이었는지, 그 코드는 해커가 우아하게 구사하는 언어라기보다는 초보자가 실수로 남긴 흔적처럼 보였다.

해커의 세계에서 자신이 벌인 일의 뒤처리는 자신이 하는 것이 원칙이었지만, 앨리스는 문제가 불거지는 것을 막기 위해 산쥐를 대신하여 코드를 고쳐주었다.

하지만,

산쥐는 그 코드가 실수가 아닌 고의였다고 주장했다.

“넌 내 말을 듣지 않았어. 내 계획을 네가 망쳐버렸다고!”

산쥐가 날카롭게 앨리스를 비난했다.

"그 행동이 고의였다고?"

"당연하지. 네가 멋대로 한 행동 때문에 우리 포럼은 수만 달러의 손해를 입었어!"

생쥐는 어리둥절해하는 앨리스는 상관하지 않은 채 혼자서 계속 떠들어댔다.

“이번에야 말로 성공할 수 있었는데! 그 노드에 들어가기 위해서 그동안 내가 얼마나 공을 들인 줄 알아?”

“하지만 네 실수— 아니, 그 코드 때문에 카드릴은 수프에 빠질 뻔 했어. 내가 그 코드를 고치지 않았더라면 너는 무거운 굴레를 쓰게 되었을 거야.”

"그건 내가 짊어지고 가야 할 굴레였어. 네가 멋대로 뺏을 수 있는 게 아니야. 또한 그 뒤에 따라오는 명예도 응당 내가 가져야 할 것이었지."

산쥐가 하려고 했던 일의 전말이 밝혀질수록, 앨리스는 점점 더 영문을 알 수가 없게 되어버렸다.

"그건 명예로운 일이 아니야."

“판단은 내가 해!”

산쥐가 버럭 화를 냈다.

“네가 무슨 말을 하는지 난 도무지 모르겠어.”

앨리스는 극심한 피로를 느꼈다.

앨리스가 이해한 것은 자신이 선의로 행한 일이 산쥐와 포럼을 곤란하게 만들었다는 것뿐이었다. 앨리스는 자신 없는 말투로 운을 떼었다.

“너를 곤경에 빠트릴 생각은 아니었어. 나는 그저 널 위해서 그 일을 저

지른 것뿐이야."

"퍽도 그렇겠다! 나는 그동안 수많은 해커를 봐왔지만, 너 같은 거짓말쟁이는 한 번도 보지 못했어. 너는 앨리스가 아니야. 그저 더러운 도둑일 뿐이지."

"더러운 도둑은 벌을 받아야 해."

"내게 그러지 마. 그냥… 내가 이 포럼을 나갈 수 있게 해줘."

가엾은 앨리스가 애원했지만, 생쥐는 대답 대신 사납게 꼬리를 휘두르며 낮게 으르렁거렸다.

"그렇게 할 수는 없지."

그리고 생쥐는 선고를 내렸다.
그 집에서 생쥐를
만나면 법대로
해야지 난
너를 고소
할 거야.
이봐, 부정
할 수 없을
걸. 법정에
가자고.
난 정말
아무것도
안했어.
판사도
배심원도
없는 법정
이라니.
넌 모든
게 유죄야.
그러니까
사형
이다.

7. 살미아키

말레이시아, 사바 주 산다칸 시
산다칸 항, 제 1 부두 방파제 뒤

-1-

"푸우…."

나는 부둣가에 방치된 테트라포드를 짚고 올라서며 숨을 거칠게 몰아쉬었다. 물에 푹 젖은 습식 잠수복은 땅 위에 올라서자마자 천근처럼 몸을 짓눌렀다.

나는 잠수복을 허리까지 벗겨낸 다음, 방금 전까지 헤엄쳐왔던 바다를 돌아보았다. 저 멀리 제 7 부두 쪽에서 정박등을 켜놓은 잿빛 10월의 실루엣이 달빛을 받아 희미하게 반짝거리고 있었다.

'이쯤 헤엄쳐왔으면 충분하겠지.'

주변에서 초병의 기색은 느껴지지 않았다. 시선을 조금 돌려 다시 수면을 내려다보니, 마리아가 방파제 아래에서 손을 휘저으며 허우적거리는 게 보였다. 테트라포드를 한 번에 뛰어오르기에는 마리아의 키가 너무 작았나보다. 나는 작게 한숨을 내쉰 다음, 그녀의 손을 붙잡아 방파제 위로 힘껏 끌어올려주었다.

"발 밑 조심해."

"알고 있어."

마리아는 툴툴거리면서도 갑자기 무거워진 잠수복의 무게에 적응하지 못했는지 한동안 위태롭게 휘청거렸다.

갓 태어난 새끼 사슴처럼 휘청거리는 마리아의 모습을 보며 나는 한숨을 푹 내쉬었다.

'정말 우리 둘만으로도 괜찮을까?'

내가 먼저 말을 꺼내기는 했지만, 적지 잠입이라는 건 쉬운 일이 아니다. 초병의 눈에 띄지 않도록 기민한 몸놀림을 가져야하는 것은 물론이고, 여차하면 적을 맨손으로 쓰러트릴 수 있을 정도의 근접 전투 기술도 필요하다.

지난겨울 자루비노에서 위력 정찰을 했을 때, 나는 그 사실을 몸소 혹독하게 체감했었다. 물론 산다칸 항에 적대적인 해병대원들이 기다리고 있는 것은 아니지만, 나와 마리아의 운동신경은 군인이라고 자처하기도 민망한 수준이기 때문이었다.

"해킹 문제는 둘째 치고 이래서야 경비 아저씨와의 CQC를 먼저 대비해야겠군."

걱정스럽게 진입로를 살펴보고 있노라니, 마리아가 허리춤에 둘러맨 방수 팩에서 권총 하나를 꺼내주며 말했다.

"여차하면 이걸로 쏴버리면 되잖아."

"…가급적 살상 무기는 쓰고 싶지 않아."

그 권총은 배를 빠져나올 때 루나가 챙겨준 것으로, 기관부 수병들이 개인적으로 쓰는 사제 콜트 권총이었다.

총을 쏠 때 발생하는 소음도 문제지만, 일단은 뒤가 구린 일을 하고 있는지라, 무고한 피해자를 늘리고 싶지는 않았다. 하지만 마리아는 무

슨 생각을 하는 건지 권총을 겨누는 시늉을 해 보이며 심드렁한 어조로 말했다.

"흔히들 대화의 화제에 오른 총은 막이 끝나기 전에는 발사되어야한다고 하던데."

"불길한 소리 하지 마."

가급적 이걸 쓸 일이 없기를 기원하며 나는 권총을 다시 마리아에게 돌려주었다.

불행 중 다행이라면 다행이랄까. 관리사무소의 경비 문제와는 별개로 잿빛 10월을 빠져나오는 일 자체는 그리 어렵지 않았다. 학회에서 파견된 헌병들은 현문 다리의 검문에만 신경 쓰느라 좌현측에서 나와 마리아가 물속으로 기어들어가는 것을 알아차리지 못했다.

물론 여건 점호를 시작하고 나면 우리가 사라졌다는 것을 알아차리겠지만… 그 때 즈음이면 이미 우리는 원하는 증거를 손에 넣었을 것이다.

"그렇지만 현측에서 두 사람이나 잠영을 하는데 아무도 못 알아차릴 줄은 몰랐어. 적어도 함교의 초병들은 우리를 봤을 거라고 생각했는데…."

마리아는 미간을 찌푸린 채 고개를 갸웃거리며 7부두의 잿빛 10월을 흘겨보았다. 하지만 나는 그녀의 걱정이 기우라고 생각했다.

"헌병 녀석들이 배를 타 본 일이 있어봐야지. 녀석들은 수영을 못하니까 바다를 가로질러 도망친다는 발상 자체를 못 떠올린 걸 거야."

"그래도 경비가 너무 허술한 느낌인데."

"고민할 시간에 빨리 잠수복이나 갈아입어. 잠수복 내피가 피부에 말라붙으면 안 벗겨진다."

내 지적에 마리아는 그제야 깨달았다는 표정으로 방수 팩에서 사복을 꺼내 옆에 개켜두었다.

지난번 자루비노 항에 잠입할 때 입었던 건식 잠수복과는 달리 지금 우리가 입고 있는 습식 잠수복은 슈트 안쪽으로도 물이 스며들기 때문에 안에 평상복을 받쳐 입을 수는 없었다. 아무리 산다칸의 밤이 무덥다고는 해도 젖은 옷을 입고 다니다가는 저체온증에 걸릴 수도 있는지라. 나와 마리아는 상륙해서 바로 갈아입을 수 있도록 별도의 마른 옷을 따로 챙겨왔었다.

"…."

갈아입을 옷을 개켜놓고 나니 문득 어색한 침묵이 흘렀다. 상륙한 장소에 별도의 탈의실이 없을 거라는 건 배를 출발했을 때부터 알고 있었던 사실이지만, 막상 마리아가 보는 앞에서 옷을 갈아입어야 한다고 생각하니 부끄러움이 앞섰다.

지이익—

내가 머뭇거리는 사이 마리아는 등의 지퍼를 내리고 잠수복에서 팔을 빼내기 시작했다. 어스름 너머로 마리아의 새하얀 어깨가 비쳐보였다.

얘는 부끄러움도 없는 건가? 내 시선을 알아차렸는지 마리아가 나를 멀뚱히 쳐다보며 물었다.

"…안 갈아입고 뭐해?"

"아, 아무것도 아니야!"

정작 마리아가 덤덤하게 옷을 갈아입자 갑자기 스스로가 부끄러워졌다. 그래, 지금은 괜히 엄한 상상을 하고 있을 때가 아니다. 나는 마리아와 등을 맞댄 채로 지퍼를 허리까지 내렸다. 착 달라붙은 잠수복에서 다리를 빼내자마자 피부에 기분 좋은 해방감이 느껴지며 몸이 가벼워졌다.

이제 남은 것은 안에 받쳐 입고 있던 수영복을 벗고 사복으로 갈아입는 것뿐인데….

"…."

문득 시선이 느껴져서 뒤를 돌아보니, 마리아가 잠수복 차림 그대로 내 고간을 빤히 쳐다보고 있었다.

"…뭐 하는 거야?"

"…확실히 불편하겠네."

"뭘 보는 거야!"

나는 황급히 잠수복으로 고간을 가리며 뒤로 물러섰다. 하지만 마리아는 저 혼자서 무얼 납득했는지 고개를 끄덕이며 나를 위 아래로 훑어보았다.

"저번 자루비노 전투 때 의무장이 사후 강평에 잠수복의 사타구니 부분이 불편하다고 써놔서. 확실히 그 크기면 좀 불편하긴 하겠네."

"성희롱이야!"

이 배의 승조원들에게 성희롱을 당하는 데에는 어지간히 익숙해졌다고 생각했는데. 막상 반라의 상태에서 음담패설을 들으니 그 충격이 더했다. 내가 허리를 숙인 채 뒷걸음질을 치자 마리아는 무얼 오해했는지 입을 가린 채 놀란 시늉을 해 보였다.

"…혹시 흥분했어?"

"그럴 리가 있겠냐! 내가 로리콘도 아닌데."

마리아는 마뜩잖은 표정으로 자신의 평탄한 가슴을 두들겨 보이며 말했다.

"이래봬도 제법 수요가 있다고 생각하는데."

"있어봐야 범죄자의 수요겠지."

"뭐, 의무장처럼 아무 미소녀나 골라잡을 수 있는 환경에서 근무하는 사람이라면 그런 소리를 할 수도 있겠지. 아주 배가 부르셨어."

"오해할 소리 하지 마. 배가 부르기는… 사람을 뭐로 보는 거야?"

내 반박에 마리아는 잠깐 놀랐다는 표정을 짓더니 입을 가리는 시늉을 하며 나를 올려다보았다.

"의외로 콘돔은 철저하게 사용하나 보네."

"그런 뜻이 아니라니까!"

그 이후로 몇 마디 말싸움을 더 주고받기는 했지만, 나와 마리아는 다행히 늦지 않게 옷을 갈아입을 수 있었다.

…

막상 도착한 한밤중의 관리사무소는 인기척이 없어 을씨년스럽기 그지없었다. 다행히도 경비는 없었지만 곳곳에 CCTV가 설치되어 있어 걸음걸이가 절로 조심스러워졌다.

"발소리까지 죽여서 걸을 필요는 없어. 어차피 이런 종류의 감시 장치는 소음에 작동하지 않거든."

마리아는 CCTV의 사각을 타고 건물 뒤의 배전반에 접근하더니 핸드폰에 잭을 꽂고 무언가를 열심히 조작하기 시작했다. 잠시 후, 마리아가 배전반의 덮개를 시원스럽게 닫으며 말했다.

"이걸로 끝. 건물 내 감지 시스템을 무력화시켰으니 이제 괜찮아."

"뭐? 이렇게 간단한 조작으로도 뚫리는 거야?"

"로컬에서 전송되는 파일을 조작한 것뿐이라 오래가지는 못 할 거야. 앞으로 한 시간 정도…?"

굴지의 보안 시스템이 쉽사리 뚫려나가는 모습을 보고 있노라니 신기하다기보다는 두려운 느낌이 들었다.

"너 같은 사람이 세상에 열 명만 있어도 경비 회사들은 다 폐업을 준비해야겠는걸."

농담처럼 던진 말이었건만, 마리아는 웃음기 하나 없는 얼굴로 나를 돌아보며 말했다.

"그러니까 아무나 할 수 있는 일이 아니지."

"그건 그렇지만."

나는 머쓱한 기분이 들어 괜히 머리를 쓸어 넘겼다.

건물 안을 지나 마침내 목표로 했던 서버실에 도달하자 마리아는 모자를 벗고 방의 구조를 살폈다. 다행스럽게도 방 안에 CCTV는 없었다. 내가 창밖을 살피는 사이, 마리아는 곧장 서버 컴퓨터 쪽으로 달려가 내용물을 이모저모 뜯어보기 시작했다.

"테크윈 사 서버에 리눅스 서버용 배포판 OS를 쓰고 있군. 리눅스를 쓸 거면 슬랙웨어 쪽이 더 좋았을 텐데, 어디 볼까…."

그녀는 저만 알아들을 수 있는 복잡한 용어를 섞어가며 혼잣말을 시작했다. 마리아는 컴퓨터를 몇 차례 켰다 끄며 모종의 프로그램을 시험해보더니, 곧 무슨 결론을 얻었는지 혀를 차며 나를 돌아보았다.

"내가 이럴 줄 알았어. 유닉스 기반 OS를 쓰면서 기초적인 셸 쇼크

대책도 안 세워뒀다니. 최신 보안 패치를 깔기만 했어도 난이도가 조금 더 올라갔을 텐데 말이야."

하지만 나는 그녀의 말을 조금도 이해할 수 없었기 때문에 눈을 껌벅거리며 얼간이 같은 말투로 되물었다.

"그게 무슨 소리야?"

마리아는 적절한 비유를 찾으려고 했는지 잠깐 미간을 찌푸렸다가, 손가락을 허공에 휘휘 내저으며 느리게 말을 이었다.

"그러니까… 인터넷에 마스터키의 주형이 뿌려진 구형 자물쇠를 쓰고 있다는 소리야."

"설마. 그래도 정부 부처에서 쓰는 프로그램의 보안이 그렇게 허술할 리가 있어?"

"컴퓨터에는 조금도 관심이 없는 공무원들에게 정보보안을 맡기면 꼭 이런 일이 생기지. 외주 인력은 언제나 최저가 입찰이거든."

마리아는 냉소를 흘리며 키보드 버튼을 가볍게 두들겼다.

곧 검은 바탕에 흰 색의 문자열이 마구 흘러가며 모니터가 어지럽게 점멸하기 시작했다.

"root 권한을 탈취할 때까지 잠깐만 기다려줘. 오래 걸리진 않을 거야."

컴퓨터가 제 할 일을 알아서 하고 있는 것을 확인하자 마리아는 늘어지게 하품을 한 다음, 주인의 허락도 없이 개인 캐비넷을 뒤지기 시작했다.

"뭐하는 거야?"

"졸려서 잠 좀 깨려고. 뭔가 먹을 만한 게 없으려나… 아, 감초 사탕이다. 먹을래?"

"아니. 도둑질 하는 것 같아서 영 기분이 안 좋아."

마리아는 이해할 수 없다는 표정으로 어깨를 으쓱였다.

"지금 컴퓨터로 하고 있는 것도 도둑질이야. 사람들은 무형의 재산을 훔치는 것에는 둔감하다니까."

"그래도 사탕은 됐어."

내 핀잔에 마리아는 다시 캐비닛에 사탕을 던져놓고는 대신 메고 있던 가방에서 에너지 드링크 캔 몇 개를 꺼내내밀었다. 이런 건 왜 챙겨온 거야? 나는 떨떠름한 기분으로 캔을 받아들며 화제를 돌렸다.

"그래서, 어떤 방법으로 무죄를 증명할거야?"

아까 자세한 작전은 가면서 설명해준다고 했었지만, 아직 나는 그녀가 어떤 방식으로 자신의 무죄를 입증해낼지 알지 못했다. 하지만 한마디 말로 설명해주기는 어려웠는지 마리아는 뺨을 긁적거리며 한동안 말을 골랐다.

"글쎄…."

한참의 침묵 끝에 마리아는 생경한 단어 하나를 꺼내며 운을 떼었다.

"의무장. 강선흔(腔線痕)이라는 거, 들어본 적 있어?"

"강선흔?"

"총기의 강선은 미세하게 서로 다른 모양을 띄고 있거든. 그래서 탄환에 새겨진 강선의 흔적을 조사하면 그 탄환이 어느 총에서 발사되었는지 알 수 있다고 해."

"예전에 읽은 추리 소설에서 그런 이야기를 들은 것 같기도 하고…. 그런데 그게 왜?"

"복사된 파일도 마찬가지거든. 파일을 복사하거나 수정하면 해당 파일에 작업이 이루어진 컴퓨터의 흔적이 남아."

마리아는 내 핸드폰을 가져와 커맨드라인 해석 어플로 최근에 내가 찍은 사진 하나를 분석해보였다. 그러자 해당 사진이 언제 어디서 무슨 기기로 찍혔는지는 물론이고 최근에 어느 시간대에 열람되었는지까지 죽 표시되었다.

"신기… 하다기 보다는 조금 무섭네."

"그러니까 의무장도 죄 짓고 살지 마."

"지금 절찬리에 범죄를 저지르고 있는 중이지만. 하여튼 그래서 이 방법으로 무죄를 증명할 수 있다는 말이야?"

"그래. 만약 VC에 올라와 있는 파일이 잿빛 10월에서 직접 유출된 자료라면, 그 파일에 학회 DB의 흔적이 남아있을 리는 없겠지?"

"아아…."

과연 그녀의 말처럼 특정 파일이 거쳐 온 경로를 조사할 수 있다면 헤이즐이라는 그 해커에게 동조한 배신자가 잿빛 10월에 있는 사람인지, 학회 본부에 있는 사람인지 알 수 있을 것이다.

"그럼 사이트에 올라와 있는 파일을 직접 조사해보면 안 돼?"

"VC에 올라온 파일들은 출처를 알 수 없도록 재가공 처리되어 있더라고. 그러니까 그 녀석의 컴퓨터에 접속해 원본 파일을 조사해볼 필요가 있어."

그리고 마리아는 호쾌하게 캔을 딴 다음 혀를 길게 내밀어 넘쳐흐른 음료를 입으로 훔쳤다. 그녀가 고양이 같은 모습으로 음료수를 홀짝거리는 모습을 보고 있노라니, 문득 또 다른 궁금증이 고개를 쳐들었다.

"저기, 마리아."

"왜?"

"혹시 말이야. 만에 하나라도… 그 해커가 **정말로** 잿빛 10월의 관제 시스템을 직접 해킹해서 파일을 빼간 거라면 어쩌지? 그럼 해킹이 성공해도 의미가 없잖아."

지금 말한 대로 해커의 컴퓨터를 뒤져 원본 파일을 구하고 거기서 학회 DB의 흔적을 찾아낸다면 그보다 더 좋을 수는 없겠지만… 세상일이라는 건 늘 생각처럼 흘러가지는 않는 법이다. 게다가 이 계획은 중간에 하나라도 틀어지면 모두가 실패로 끝나는 위험한 도박이 아니었던가.

'해커의 컴퓨터에서 찾은 원본 파일이 학회 DB가 아닌 잿빛 10월에서 가져온 것이라면?'

'혹, 해커의 컴퓨터에 원본 파일이 남아있지 않다면?'

'…아예 우리가 그 컴퓨터에 접근조차 하지 못한다면?'

내게는 걱정스러운 문제가 태산처럼 쌓여있는 것처럼 보였는데, 정작 당사자인 마리아는 일고의 가치도 없다는 것처럼 고개를 힘차게 가로저었다.

"그럴 리가 없어."

마리아는 모니터를 돌아보며 자신만만한 어조로 말했다.

"내 보안 시스템은 완벽해. 세계의 보안 전문가들이 모두 달려들어 해킹을 시도한다 하더라도, 그걸 하루 만에 뚫는 건 **절대로** 불가능해."

"네가 그렇다면 그런 거겠지만."

그녀의 해킹 실력을 의심하는 것은 아니었지만, 마리아가 단정적으로 '절대로' 라고 선을 긋자 어쩐지 묘한 반발심이 들었다.

그러고 보면 마리아는 절대라는 표현을 이상하리만큼 자주 남발하곤 했다. 상관의 명령은 절대적이라느니, 기계는 한 번 가르쳐 주면 절대로 잊지 않는다느니.

전에도 한 번 말한 적이 있었지만 마리아가 앓고 있는 광장공포증은 절대적인 신뢰가 붕괴하면서 발생하는 일종의 외상 후 스트레스 장애(PTSD)이다. 배신할 리가 없다고 여겨왔었던 가족, 친구, 이웃이 갑작스럽게 자신을 적대할 때, 사람은 본능적으로 위협이 될 만한 변수를 줄이려고 노력한다. 마리아의 경우는 방에 틀어박히는 것으로 그 변수를 줄이려 하는 것이다.

그래서 나는 마리아가 절대라는 표현을 남발하는 것이 불안했다. **세상에 절대적인 관계란 없기에.**

모니터 상의 화면이 점멸하자 마리아는 다시 키보드로 손을 가져갔다. 나는 뒤에서 그녀가 작업을 하는 모습을 잠자코 쳐다보다가 전에 하려다 말았던 질문을 다시 꺼냈다.

"네 누명을 대신 짊어졌다는 친구는 어떤 사람이었어?"

정신없이 키보드 위를 오가던 마리아의 손이 일순 멈춰 섰다. 그녀는 잠시 입을 달싹거리다가 귀엣말을 하는 것처럼 아주 작은 목소리로 짧게 답했다.

"…나와 닮았었어."

그리고 바로 한 마디를 덧붙였다.

"컴퓨터도 좋아했고."

나는 그녀의 과거에 대해 자세히 알지는 못했지만, 마리아가 오랫동안 가슴앓이를 하고 있는 것만 보더라도 분명 그 친구는 마리아와 마음이 잘 맞는 상대였을 것이다.

"그런데 어째서 친구를 배신한 거야?"

"그건…."

마리아는 대답을 하는 대신 시선을 조용히 내리깔았다. 나는 곧 마리아가 변명을 할 거라고 생각했지만, 그녀의 입에서 흘러나온 말은 의외의 것이었다.

"…기억이 안 나."

"기억이 안 난다고?"

내가 말꼬리를 올려 되묻자 의심을 한다고 생각했는지 마리아가 변명처럼 말을 덧붙였다.

"이제 와서 거짓말을 하려는 건 아니야. 분명히 잘못을 했다는 기억은 있어. 하지만… 그 이유만큼은 기억이 나질 않아."

"흐음."

그렇게 말하는 마리아의 얼굴에 거짓은 없었다. 얼굴만 보고 참과 거짓을 가려내는 재주가 있는 것은 아니었지만, 그녀가 거짓말을 할 생각이었더라면 좀 더 그럴싸한 변명을 꺼냈을 것이다.

마리아가 저런 반응을 보이는 까닭은 아마도 과거의 그녀가 죄책감을 덜기 위해 기억하고 싶지 않은 기억을 억지로 지워버린 탓이리라.

"실망… 했어?"

마리아가 조심스럽게 내 안색을 살피며 고개를 치켜들었다. 나는 그녀의 머리를 손으로 꾹 누르며 짐짓 거칠게 헝클어트려 놓았다.

"뭐, 새삼스럽게."

그런 사실에 일희일비할 정도로 예민한 성격의 소유자였더라면 나는 이미 오래전에 화병으로 죽었을 것이다. 게다가 알지도 못하는 일에 책임을 물을 수도 없지 않는가.

"지금은 네가 하는 일에만 집중해."

머리칼을 엉망으로 만들어놓았으니 기분이 나쁠 법도 한데, 의외로 마리아는 조금 기쁜 표정을 지어보였다.

그리고 시간이 얼마나 흘렀을까.

갑자기 서버의 쿨러가 요란한 소리를 내며 돌아가더니 모니터 위로 팝업 창 하나가 떠올랐다.

"루트킷 설치 완료. 생각보다 빨리 끝났네."

"아, 끝난 거야?"

마리아는 손가락으로 V자를 그려 보이며 짐짓 괴상한 말투로 으스대는 흉내를 냈다.

"이 컴퓨터는 이제 제 겁니다. 제 마음대로 할 수 있는 겁니다."

"…그건 또 누구의 흉내야."

나는 마리의 머리 너머로 모니터를 들여다보았다. 서버 컴퓨터의 화면은 일반적인 컴퓨터에서는 자주 쓰이지 않는 낯선 CLI로 표시되고 있었던지라, 나로서는 정말로 권한이 탈취되었는지 알 수 없었지만 커서 아래쪽에 낯익은 텍스트가 몇 개 보였다.

"이건… 전에 냈던 잿빛 10월의 입항증명서잖아? 정말로 항만 시스템을 마음대로 열람할 수 있게 되었네."

"어차피 서버의 권한을 탈취한 건 과정일 뿐이야. 목적을 잊어버리지 마."

"아참, 그랬지. 그럼 이제 그 괘씸한 해커의 컴퓨터를 직접 들여다볼

수 있는 거야?"

"물론이야. 하지만 그 전에 준비가 몇 가지 필요해."

그리고 마리아는 인터넷을 켜 낯선 이름의 프로그램들을 컴퓨터에 다운로드 받기 시작했다.

"그건 뭐야?"

"해킹 툴. 조작에 필요한 시간을 감축시켜 줘. 실시간으로 매크로 코딩을 할 수는 없으니까."

내가 이해하지 못했다는 표정을 짓자 마리아는 검지로 관자놀이를 긁적거리며 적당한 비유를 찾았다.

"적지에 들어가기 전에 장비를 점검하는 거랑 비슷해. 탄창을 뽑기 쉬운 위치에 꽂아두고, 철모의 끈을 조이고… 이렇게 해두면 상대가 언제 어디서 튀어나오더라도 바로 대응할 수 있지."

나는 일전에 자루비노에서 헐거워진 철모 끈을 조이느라 이비 이조와 투덕거렸던 일이 떠올라 쓴 웃음을 지었다.

"그럼 이길 수 있어?"

"물론. 포트에서 갑자기 샷 건을 든 해병대원이 튀어나오지만 않는다면."

마리아는 나를 놀리듯이 짓궂은 웃음을 흘렸다.

그 때도 철저히 준비를 하고 돌입했지만 갑자기 나타난 해병들에게 속수무책으로 당했었으니까. 하지만 마리아는 가슴을 가볍게 두들기며 자신만만한 어조로 말했다.

"걱정 마. 어차피 전자전은 실수를 하더라도 총을 맞는 것도 아니니까. 차근차근 다시 시도하면 돼."

"그건 다행이네."

확실히 직접 몸을 움직여야 했던 과거의 작전들과 비교하면 이번 일은 쉬운 축에 속할지도 모르겠다. 눈에 보이지 않는 병사의 습격을 경계할 필요도 없고, 어디서 포탄이 날아오지 않을까 두려워 할 필요도 없다. 나는 그저 조용히 앉아 마리아가 키보드를 조작하는 것을 지켜보고만 있으면 된다. 혹시라도 보안 시스템의 이상을 알아차린 경비병이 들이닥치기라도 한다면 조금 귀찮아지겠지만…

문득, 나는 문 밖에서 무언가 바람이 빠지는 듯한 높은 음색의 소음을 들었다. 조용히 귀를 기울여보니 그 소리는 먼 복도 맞은편에서부터 들려오고 있었다.

"마리아. 혹시 이상한 소리 안 들려?"

"무슨 소리?"

"무언가 팬이 요란하게 돌아가는 소리가 나는데."

"쿨러 돌아가는 소리 아니야? 기계장치는 이 방에만 있는 게 아니니까."

"그런가…?"

곧 마리아가 해킹을 시도하기 위한 밑 준비를 모두 마쳤기에 나는 소음에서 관심을 돌리고 모니터를 주시했다.

마리아는 해킹 툴과 프로그램으로 단단히 무장한 채 VC에 사진을 유출시켰던 그 괘씸한 해커의 뒤를 쫓기 시작했다. 아카이빙한 자료에서 IP를 따내는 것은 그리 오래 걸리지 않았다. 주소를 알아내자마자 마리아는 프록시를 우회한 채 해커의 컴퓨터를 조심스럽게 노크했다.

"반응이 없군. 아무래도 자고 있는 모양이야."

마리아는 곧 바로 방화벽에 걸린 자물쇠를 해제하기 시작했다. 보안 프로그램에 의한 **약간**의 방해가 있기는 했지만, 마리아는 곧 어렵지 않게 해커가 쓰는 컴퓨터의 권한을 빼앗아 올 수 있었다.

해킹이 성공하자 마리아는 내가 함께 상황을 볼 수 있도록 상대 컴퓨터의 상황을 모니터 위에 똑같이 표시해주었다. 원래의 예상대로라면 상대 해커가 쓰고 있는 컴퓨터의 지저분한 바탕화면이 모니터 위에 떠올랐어야 했다.

"어라…?"

하지만 모니터 위에 떠오른 것은 기본 프로그램만 깔린 깨끗한 바탕화면이었다. 드라이브를 뒤져보았지만 PC 보안에 쓰는 기본적인 방화벽 프로그램만 발견되었을 뿐, 이번 유출 사태에 쓰인 사진을 포함한 사적인 파일은 하나도 보이질 않았다. 막 포맷을 마친 것 같은 컴퓨터의 상태에 마리아도 적잖게 당황한 눈치였다.

"뭐야, 이건 안 쓰는 컴퓨터인가?"

"혹시 우리가 해킹을 해올 줄 알고 미리 컴퓨터를 포맷해 둔 거 아냐?"

"복구를 못하는 것도 아닌데 그런 귀찮은 짓을 왜…."

마리아는 이해할 수 없다는 표정으로 툴툴거리며 검색을 시작했다.

"우선은 이 컴퓨터와 연결된 노드부터…."

"잠깐, 이 폴더는 뭐야?"

해커의 컴퓨터는 정말 황량한 느낌이 들 정도로 깨끗하게 치워져있었지만, 바탕화면 한쪽 구석에는 최근에 작성된 것으로 보이는 폴더 하나가 남아있었다. 나는 폴더의 이름을 소리 내서 읽었다.

"Alice in Wonderland."

"소아성애자가 쓴 시시한 고전이네."

마리아는 이죽거리며 폴더를 열었다. 폴더 안에는 소설이 담긴 텍스트 파일이 챕터별로 정리되어 있었다. 나와 마리아는 'chapter_1' 이라고 적힌 파일부터 순서대로 열어 그 내용을 읽어가기 시작했다.

"…."

그 파일에 적혀있는 소설은 제대로 된 앨리스 시리즈라고 보기에는 무언가 이상했다. 문장은 대부분 원전에서 인용한 것들이었지만 등장인물이 나오는 순서는 묘하게 뒤섞여 있었고, 무엇보다 앨리스가 프로그램 코딩을 할 줄 아는 현대적인 인물로 묘사되어 있었다.

소설은 4챕터에서 끊겨 있었다.

누군가가 심심풀이로 쓴 악질적인 팬픽인가. 나는 턱을 괸 채 소설의 내용을 가볍게 평했다.

"내가 읽었던 것과는 조금 다른걸. 원전의 앨리스는 이것보다 훨씬 더 비협조적인 캐릭터였다고. 그렇지 않아?"

나는 동의를 구하기 위해 말꼬리를 높여 되물었지만, 이상하게도 대답이 없었다. 시선을 돌려보니 마리아가 무언가에 홀린 것처럼 제자리에 서서 굳은 채 죽은 눈으로 모니터를 주시하고 있었다.

"마리아?"

"…어?"

갑자기 백일몽에서 깨어난 것처럼 마리아가 화들짝 놀라며 나를 돌아보았다.

"갑자기 왜 그래? 뭔가 알아낸 거라도 있어?"

"아, 아무것도 아니야."

"아무것도 아닌 표정이 아닌데. 얼굴이 새파래."

"아니… 뭔가 어디서 본 것 같아서."

"이 엉터리 팬픽을?"

"응. 정확하게는 기억이 안 나지만. 아니, 기억이 나기는 한데… 내가 이걸 전에 봤다고 했던가?"

마리아는 한동안 횡설수설 하더니 뺨을 가볍게 두들기며 다시 검색을 시작했다.

아무리 보아도 단순한 기시감 때문에 저러는 것처럼 보이지는 않는데…. 마리아의 관자놀이를 타고 식은땀이 한 줄기 주르륵 흘러내렸다.

다시 한 번 말을 꺼내려는 순간, 또 다시 아까의 소음이 멀리서 들려왔다.

위이이잉….

소음의 크기는 아까보다 확실히 커져있었다.

마리아의 말마따나 그 소리는 쿨러 같은 기계 팬이 돌아가는 소리처럼 들렸는데, 자세히 귀를 기울여 보니 소리가 나는 방향이 조금씩 바뀌고 있었다.

누군가가 기계를 조작하고 있는 건가?

"저기, 마리아. 아무래도 뭔가 이상해. 잠깐 밖을 보고 오는 게—."

내가 말을 마치기도 전에 갑자기 모니터 한 가운데에 새로운 창 하나가 켜졌다. 마리아가 띄운 화면은 아니었다. 검은색 바탕의 텍스트 터미널을 닮은 그 창은 실시간 채팅을 보여주는 것처럼 갑자기 새로운 문장 하나를 출력했다.

[안녕하세요, 앨리스. 오랜만이네요.]

"이게 뭐야. 이스터 에그인가?"

마리아는 키보드를 놀려 화면을 전환하려고 했지만 창은 꿈쩍도 하지 않았다. 마리아가 하고 있는 행동을 예측했는지 모니터 너머에서 상대가 야유를 보내왔다.

[이 컴퓨터를 조작하려는 건 슬슬 그만두세요. 차라리 통신을 끊는 게 더 빠르지 않을까요? 아, 그렇다고 정말로 통신을 끊지는 마세요. 저는 아직 하고 싶은 말이 정말로 많으니까요.]

"저 문장은 헤이즐이라는 그 해커가 쓰고 있는 건가?"

"아마도 그렇겠지. 귀찮은 시기에 돌아와 버렸네."

마리아는 모니터에 떠오른 문장을 무시한 채 따로 추적 프로그램을 돌리기 시작했다. 대화에 별 반응이 없자 상대는 따분해졌는지 제멋대로 말을 하기 시작했다.

[무시하지 말고. 잠깐 저랑 이야기 좀 해요, 앨리스.]

그리고 약간의 시간차를 두고.

[아니, **지금은 마리아라고 불러야 알아들으려나?**]

상대가 마리아의 이름을 직접 불렀다.

"그걸 어떻게…?"

나는 혼란스러웠다.

저 해커는 어떻게 지금 해킹을 시도하고 있는 상대가 우리라는 것을 알고 있는 걸까. 잿빛 10월의 승조원이라는 걸 눈치 채기라도 한 걸까.

마리아도 상대의 반응에 적잖게 놀란 눈치였지만, 그녀는 짐짓 침착을 가장하며 상대의 다음 말을 살폈다. 상대는 이쪽의 반응을 예상하기라도 한 것처럼 능청을 떨며 계속 말을 이어갔다.

[그렇게 놀랄 필요 없어요. 제 방화벽을 이렇게 단기간에 무력화시키고 덫을 놓을 수 있는 해커는 제가 아는 한 마리아, 당신밖에 없으니까요.]

그 말투는 마치 마리아를 전부터 잘 알고 있다는 것처럼 들렸다. 마리아는 떨리는 손을 들어 조심스럽게 해커가 쓴 텍스트 아래에 질문을 적어 넣었다.

[너는 누구지?]

[이런, 벌써 저를 잊어버리신 건가야? 이거 서운하네요.]

텍스트에서 '싱글벙글'하고 웃는 소리가 들리는 것 같았다. 상대는 아주 잠시 뜸을 들인 다음, 새롭게 자기소개를 했다.

[저는 도마우스. 당신의 가장 좋은 친구이자— **당신을 매스컴에 팔아넘겼던 그 작은 산쥐랍니다.**]

"매스컴에 팔아넘기다니, 그게 무슨 소리야?"

"…읍."

설명을 구하기 위해 뒤를 돌아보니 마리아가 금방이라도 토할 것 같은 표정으로 입을 틀어막고 있었다. 눈은 충격으로 크게 확장되어 있었으며, 온 몸은 사시나무처럼 떨리고 있었다. 나는 충격으로 어찌해야할 줄 몰라 하는 마리아를 부축하며 모니터에 시선을 주었다.

창에서는 계속 그 도마우스라는 해커의 말이 흘러나오고 있었다.

[하하하, **그 반응을 보니** 다행히 기억하고 있나보네요. 당신이 저를 잊지 않아서 다행이에요! 만약 당신이 저를 기억해주지 않았더라면… 저는 너무 슬퍼서 당신을 쏴버렸을지도 몰라요.]

"반응이라고?"

나는 바로 고개를 들어 주변을 둘러보았다.

한 두 번이라면 모를까. 계속 이쪽의 반응을 실시간으로 확인해 가며 도발을 하고 있는데, 우연이라고 치부하기에는 무언가 이상했다. 하지만 여전히 방 어디에도 CCTV 같은 것은 보이질 않았다.

[후후, 그 옆에 있는 사내 분은 이미 눈치를 챈 것 같네요. 마리아, 제가 내는 퀴즈를 맞춰보시겠어요? 퀴즈 좋아하시잖아요.]

"싫어… 난… 나는… 더 이상…."

마리아가 괴로워하며 귀를 틀어막았다. 하지만 잔인하게도 상대는 마리아를 다그치며 자신의 말을 계속 밀어붙였다.

[—제가 지금 어디에 있게요?]

"몰라. 그런 거… 알고 싶지 않아!"

[5, 4, 3, 2, 1…. 땡! 시간 초과입니다! 답을 말하지 못하다니 유감이에요. 음, 슬슬 **시청자**들도 지겨울 테니 바로 정답을 공개하도록 할까요?]

"시청자라니, 그게 무슨 소리야?"

우우우웅….

순간, 천장에 위치한 좁은 환풍구가 요란스럽게 달싹거리며 무언가가 이쪽으로 다가왔다. 그와 동시에 아까 전부터 신경을 거슬렀던 그 정체불명의 소음도 조금씩 커져오고 있었다. 이번에는 마리아도 그 소리를 똑똑히 들었는지, 고개를 들어 천천히 소음이 나는 방향을 주시했다.

[정답은… 바로 등 뒤 입니다!]

환풍구에서 모습을 드러낸 것은 기묘한 모양의 드론(Drone)이었다.

드론의 머리에는 자그마한 광각 카메라가 달려있었는데, 그 카메라는 붉은 빛을 반짝이며 나와 마리아를 번갈아 촬영하고 있었다.

"카메…라?"

마리아가 외마디 신음을 흘리는 것과 동시에 모니터 위에 새로운 창이 떠올랐다. 그 화면은 일종의 스트리밍 중계 사이트였는데, 화면에는 놀란 마리아의 표정이 크게 확대되어 있었다.

그 말인즉… 지금 우리는 저 드론을 통해 인터넷 어딘가로 중계되고 있는 상태였다.

▶ guest 014 : 드디어 떴다–!

▶ guset 007 : 잠 안자고 기다린 보람이 있네. 새 에너지 드링크를 까야겠어.

▶ guset 039 : 뭐야, 이게 그 전에 말했던 '(실황) 학회 미소녀와 어두운 밤중에 술래잡기.avi' 방송이야?

▶ guset 211 : 아죠씨… 그런 방송은 포르노 사이트에나 가서 찾으세요.

방송이 켜지는 것과 동시에 채팅창이 요란스럽게 들끓었다. 마리아는 눈을 동그랗게 뜬 채 채팅창을 주시했다. 그곳에 올라오는 대부분의 말은 전에 VC에서 보여주었던 것과 비슷한— 아니, 그보다 더 추악한 것이었다.

▶ guset 385 : 누구야, 이 금발 꼬맹이는?

▶ guset 224 : 오우야, 공포에 질린 표정 엄청 귀엽잖아.

▶ guset 108 : 버퍼링 걸린 거 아냐? 쟤 왜 안 움직여?

▶ guset 226 : 아니야, 자세히 봐. 손끝이 바들바들 떨리고 있잖아.

▶ guset 310 : 저 표정 끝내주게 좋다! 한 번 만 핥아보게 해줘. 하악하악.

▶ guset 414 : 오늘밤 반찬은 이걸로 정했다! 밥 세 공기는 거뜬하겠는걸?

나는 갑작스럽게 연달아 벌어진 상황에 당황하여 모니터와 드론을 번갈아 쳐다보며 마른침을 삼켰다.

"마리아…."

대체 어쩌다가 우리가 이런 함정에 빠지게 되었는지, 또 어떻게 해야 이 상황에서 빠져나갈 수 있을지 나는 조금도 알지 못했다. 유일한 기대는 마리아에게 걸 수밖에 없었지만 그녀도 제대로 된 상태가 아니었다.

마리아는 자신을 향해 쏟아지는 수많은 악의에 무어라 항변조차 하지 못하고 그 자리에 우두커니 서서 바들바들 떨기만 했다. 일순 나는 마리아가 선 채로 숨이 멎은 줄 알고 놀랐지만 가까이서 마주한 그녀의 호흡은 되레 거칠었다.

"하… 하아… 하아…."

"마리아, 일단 호흡부터 가다듬어. 정신 놓으면 안 돼."

"하, 하지만…."

마리아는 충격에 제대로 서지도 못했다. 그녀의 다리가 사시나무처럼 마구 흔들거리고 있었다.

이렇게 패닉에 빠진 마리아의 모습은 처음 보았다.

물론 그녀가 다른 사람들 앞에 모습을 드러내고 싶어 하지 않는다는 사실은 이미 알고 있었지만, 막상 이렇게까지 무너질 줄은 몰랐다.

내가 아는 마리아는 극한의 상황에서도 이성을 잃지 않는 냉철한 작전관이었다. 내가 조국으로부터 버림받고 방황하고 있었을 때 그녀는 침착하게 내 등을 두들겨주며 갈 길을 제시해주었었다. 갑판부의 곪은 상처가 터져 나왔을 때도 그녀는 냉정하게 샤오지에의 본질에 대해 평가했었다.

나는 알게 모르게 그런 우리 배의 작전관을 의지하고 있었다. 이해할 수 없는 일이 또 터지더라도 그녀가 침착하게 상황을 설명해 줄 거라고 기대하며.

하지만 자존심 강하고 이성적이며, 때로는 냉소적이기까지 했던 잿빛 10월의 작전관은 더 이상 이곳에 없었다. 여기에는 그저… 범람하는 악의의 홍수 앞에서 어찌할 줄 모르고 두려움에 떠는 작은 소녀 하나만 남아 있었다.

방송은 계속되었다.

▶ guset 501 : 그래서 100만원 후원하면 어떤 기능 발동하는 거임?

▶ guset 029 : 무슨 후원이야. 여긴 그런 방송 아니거든?

▶ guset 031 : 시청자와 소통하려는 노력이 부족하네.

▶ guset 338 : 실망했습니다. 구독 끊습니다.

▶ guset 014 : 애초에 구독 받고 들어오는 방송도 아니잖아?

▶ Domaus (MGR) : 자자, 다들 흥분하지 마세요. 밤은 기니까 제가 준비한 컨텐츠를 천천히 기대해주세요.

도마우스는 자못 즐거운 기세로 시청자들을 통제하며 또 다른 계략을 꾸미고 있었다. 동시에 머리 위에서 호버링 중이던 드론이 갑자기 불안정하게 움직이기 시작했다.

무엇이 일어나는지는 알 수 없었지만… 기습을 당한 마당에 계속 이 자리에 머무를 수는 없었다.

나는 마리아의 귓가에 대고 작게 속삭였다.

"마리아, 우선은 나가자. 드론을 피해야 해."

하지만 마리아는 감정 없는 표정으로 나를 돌아보며 되물었다.

"…어디로?"

"어디라니. 일단 카메라가 없는 곳으로 가야지. 여기서 계속 놀림거리가 되고 있을 거야?"

마리아가 짧게 고개를 가로저었다.

"감시를 피할 수는 없어. 모두가… 나를 알고 있어."

"그렇지 않아. 제발… 정신 좀 차리라고!"

내가 마리아를 일으켜 세우는 사이, 도마우스가 채팅창에 새로운 말을 띄웠다.

▶ Domaus (MGR) : 음, 우선은 가볍게… 도망치지 못하도록 다리에 **한 발** 먹여보는 건 어떨까요?

한 발?

문득 나는 드론의 머리에 해당하는 부분에 기다란 총신이 달려있는 것을 알아차렸다. 먹어버린다는 것은 설마—

도마우스의 말에 반응하여 채팅창이 요란하게 타올랐다.

▶ guset 225 : 오오오– 그런 기능도 있는 거야?

▶ guset 400 : 뭐야, 이거 스너프 방송이었음?

▶ guset 312 : 실망했습니다. 구독 끊습니다.

▶ guset 269 : 미소녀 애껴요.

▶ guset 519 : 나는 대찬성이야!

▶ guset 055 : 저 하얀 피부가 다진 고기가 되는 게 보고 싶어.

▶ Domaus (MGR) : 좋아요. 어디 그럼….

딸각.

순간, 드론에서 금속이 부딪히는 듯한 날카로운 소리가 났다. 그 소리는 총을 장전할 때 탄환이 약실에 재어지면서 내는 소리와 비슷했다. 나는 황급히 마리아를 품 안으로 잡아끌며 소리쳤다.

"마리아! 엎드려!"

투다다다닥!

동시에 드론에 달린 총구가 불을 내뿜었다.

기민하게 움직인 덕분에 총알은 머리 위를 아슬아슬하게 스치고 지

나갔지만, 등 뒤에 있던 컴퓨터는 문자 그대로 박살이 나고 말았다. 다시 고개를 들어보니 총기 반동 때문인지 드론이 균형을 잃은 채 불안하게 활공을 하고 있었다.

"이 때다!"

나는 드론에 달려들어 프로펠러를 힘껏 발로 걷어찼다. 가벼운 가소성 플라스틱으로 만들어진 드론의 프로펠러는 발길질 한 번에 쉽게 무력화되었다. 나는 드론에서 탄창을 억지로 잡아 뽑은 다음 마리아의 손을 강제로 끌었다.

"마리아, 이 틈에 빨리 여기서 나가자!"

하지만 마리아는 초점 없는 눈으로 허공을 응시하며 여전히 알 수 없는 소리만 계속 지껄이고 있었다.

"다들… 나를 보고 있어…. 나에 대해 알고 있어…."

"아, 정말!"

나는 마리아를 들쳐 업듯이 한 손으로 부축한 다음 문을 열고 방을 빠져나왔다. 하지만 문 밖으로 뛰쳐나오자마자 맞은편에서 또 다른 드론 편대가 나타났다.

당연하게도 그 드론들 역시 기관총을 장비하고 있었다.

"이런, 젠장!"

나는 뒤로 돌아서서 문을 닫고 걸쇠를 걸어 문을 잠갔다.

동시에 문 밖에서 요란한 기총소사의 소음이 들려왔다. 총성 때문에 보안 시스템에 걸어놓은 락도 해제되었는지 벽에 달린 경비 사이렌이 요란스럽게 울리고 있었다. 드론에게 살해당하는 것보다야 낫겠지만, 구원을 기다리다가 경비에게 붙잡힌다 해도 좋은 꼴은 보지 못할 것이다.

"이를 어쩐다…."

나는 황급히 방을 둘러보았지만 출입문은 하나뿐이었고, 별도의 창문도 보이질 않았다. 고민하는 사이에도 문을 향한 총격은 계속되고 있었고, 어느새 문의 경첩은 헐거워져 덜컹거리고 있었다.

이대로 가다가는… 정말로 죽겠다!

그 때 문득 외벽 구석에 위치한 낡은 더스트 슈트(Dust chute)가 눈에 들어왔다. 가까이 다가가 녹슨 문을 열어보니 다소 비좁은 너비의 덕트가 후드 안에 자리 잡고 있었다. 건장한 체구의 남성이라면 어렵겠지만, 나나 마리아정도라면 간신히 지나갈 수도 있을 것 같았다.

자칫 바닥에 잘못 부딪힌다면 뼈가 부러질지도 모르는 일이었지만… 그래도 총에 맞는 것보다는 나았다.

"이판사판이다. 마리아, 단단히 마음먹으라고!"

나는 마리아를 번쩍 들어 쓰레기를 투기하는 것처럼 그녀를 더스트 슈트 안쪽으로 밀어 넣었다. 약간의 시간 차이를 두고 마리아의 몸이 풀썩하고 푹신한 재질의 바닥 위에 떨어지는 소리가 들렸다.

내 경우에는 덩치가 있어서 그런지 몸을 구겨 넣는 데 조금 시간이 걸렸다. 나는 덕트에 몸을 반쯤 걸친 다음, 뒤로 몸을 누이며 더스트 슈트의 문을 당겨 닫았다. 동시에 멀리서 방문이 거칠게 부서지는 소리가 들려왔다.

그리고 나는 빠르게 아래로 아래로 떨어져 내렸다.

-2-

문을 부수고 방 안으로 드론을 돌입시켰을 때, 그곳에는 아무도 없었다. 구석에 위치한 더스트 슈트를 통해 두 사람이 빠져나갔다는 사실을 알아차리는 데에는 그리 오랜 시간이 걸리지 않았지만, 팔도 달리지 않은 드론으로 슈트의 손잡이를 잡아당기는 것은 불가능했다.

도마우스는 드론의 조작을 자동으로 전환하고 접근이 가능한 CCTV를 돌려보았다. 건물 밖의 카메라까지 모두 확인해 보았지만 두 사람이 항구 밖으로 빠져나가는 모습은 그 어디에서도 촬영되지 않았다.

'아직 부지 내에 있는 게 분명한데….'

도마우스는 어쩐지 초조한 기분이 들었다.

학회와 연방 양 쪽으로부터 쫓기고 있는 두 사람이 보는 눈이 많은 시내로 도망치지는 않겠지만, 만약 두 사람이 정말로 뒷일을 생각지 않고 말레이시아 경찰에게 몸을 맡기기라도 한다면 도마우스는 아주 난감한 상황에 빠지게 될 것이다.

총을 쏴대며 날뛰는 것도 항만과 같이 밀폐된 공간에서나 가능한 것이지 산다칸의 대로변에서 경찰과 총격전을 벌일 수도 없지 않는가.

그녀의 그런 고민을 아는지 모르는지 채팅방의 네티즌들은 추격전이 시시하게 끝나버린 것에 대해 저마다 불평을 늘어놓고 있었다.

▶ guset 013 : 이야, 이걸 여기서 놓치네.

▶ guset 298 : 방송 끝난 거임?

▶ guset 351 : 매니저 뭐함?

▶ guset 244 : 병신

▶ guset 133 : 타야찡, 이런 시시한 건 하지 말고 평소처럼 해킹하는 방송이나 계속 하자. 처음에는 해외 로케라기에 기대했는데 어째 실망스럽네.

▶ guset 069 : 저번 주에 그 여대생 원룸에 설치한 IP 카메라 해킹한 건 어떻게 된 거임? 그거나 계속 보자.

▶ Taya (BJ) : 하와와… 다들 진정하는 것이에요.

타야는 당황해하며 직접 진화에 나섰다.

채팅창에 머무르고 있는 이 네티즌들은 타야의 방송을 그동안 꾸준히 시청해 온 애청자들로, 특히 이번에 불러 모은 사람들은 타야에게 비싼 구독료를 내고 있는 이른바 특별 멤버들이었다.

기업의 보안 취약점을 찾아내 버그 바운티 포상금으로 생계를 이어가는 다른 해커들과는 달리, 타야는 방송으로 해킹을 직접 시연하면서 들어오는 후원금과 기부금으로 생계를 유지하고 있었다.

물론 그가 공개된 스트리밍 사이트에서 행하는 해킹은 대부분 가상의 공간에서 행해지는 합법적인 해킹이었지만… 특별 멤버들에게만 공개되는 딥 웹의 스트리밍 사이트에서는 불법의 방법으로 행해지는 좀 더 자극적인 해킹 시연을 볼 수 있었다.

이곳에서 타야는 보안이 취약한 기업의 정보를 폭로하거나, 의뢰를 받고 특정한 개인을 골탕 먹이고는 했다. 도마우스가 보기에 그가 사용하는 해킹 수법은 툴키디들이 쓰는 조악한 해킹 흉내와 다를 게 거의 없었지만, 그녀의 해킹 시연은 이상하리만큼 인기가 좋았다.

평소에 도마우스는 타야를 여고생 흉내나 내는 한심한 사기꾼 정도로만 생각하고 있었지만, 오늘만큼은 타야의 이름이 필요했다. 마리아를 확실히 곤경에 빠트리기 위해서는 저명한 중계 플랫폼이 필요했다. 실시간으로 학회의 해커를 골탕 먹이는 방송을 할 수 있다고 알려주자 타야는 자원해서 플랫폼을 대여해주었다.

예상대로 일이 흘러갔더라면 지금쯤 마리아는 도마우스의 손아래에서 실컷 놀림당하고, 능욕 당하고, 머리에 총을 맞아 죽었을 것이다. 그러나 드론의 사격이 빗나가는 바람에 모든 게 틀어지고 말았다.

도마우스는 짜증스러운 표정으로 아랫입술을 잘근잘근 씹으며 드론을 제공한 매즈섹의 다른 멤버— P.J를 온라인으로 호출했다.

'분명히 신뢰도가 높은 군용 드론이라고 해놓고선… 이게 도대체 뭐 하는 짓이람?'

그러는 사이에도 유저들은 계속 방송을 돌려보며 이제는 영상의 진위까지 의심하기 시작했다.

▶ guset 140 : 그보다 총알 빗나간 거 너무 작위적이지 않아? 일부러 빗맞히려고 해도 저렇게는 못 쏘겠다.

▶ guset 529 : 애초에 다 짜고 치는 거였다니까. 저 금발 꼬맹이랑 사내도 사실은 배우였고, 방송 끝나면 세트장 밖에서 축배를 들며 낄낄거리고 있을 거라고.

▶ guset 337 : 저기 바다 맞은편에 커다란 세트장 벽 설치되어 있는 거 아냐? 한 가운데 계단이랑 문이 설치된.

▶ guset 088 : 다음에는 못 볼 것 같으니 미리 말씀드리죠. 좋은 오후, 좋은 저녁, 좋은 밤 되세요.

▶ guset 065 : 진짜든 컨셉이든 뭐든 좋으니까 빨리 재미있는 영상이나 틀어봐. 우리는 드론이 느긋하게 날아다니는 영상이나 보려고 50 달러나 결제한 게 아니니까.

▶ Taya (BJ) : 하와와… 모두 진정해요! 나쁜 말 하면 미워할 거예요! 지금 매니저가 방송 기재에 문제가 생긴 걸 확인하러 갔으니 조금만 더 기다려주는 거예요.

타야가 채팅방에 두 번째 공지를 올리는 것과 동시에 P.J가 호출에 답했다. 도마우스는 그를 개인 회선으로 끌어내 아까의 일에 대해 거칠게 캐물었다.

> Domaus : 이게 도대체 어떻게 된 거야, P.J!

> P.J : 왜?

P.J는 어째서 도마우스가 자신을 불렀는지 모르겠다는 것처럼 자못 퉁명스러운 어투로 답했다. 그 퉁명스러운 단문과 마주하고 있노라니 날카로운 성질이 밖으로 비죽비죽 튀어나올 것 같았지만, 도마우스는 짐짓 태연을 가장하며 침착하게 물었다.

> Domaus : 시치미 떼지 마시지. 분명 드론에 총기 반동을 제어할 수 있도록 스태빌라이저(Stabilizer, 자세안정장치)를 장착해 두었다고 했잖아. 그런데 아까는 어째서 드론이 왜 그렇게 맥없

이 추락해버린 거야?
> P.J : 당연한 것을 묻는군.

P.J는 여전히 불친절한 태도로 답했다. 모니터 너머에서 콧방귀라도 뀌고 있을지도 모른다.

> P.J : 아무리 스태빌라이저를 장착해두었다 하더라도 비행 제어에는 한계가 있어. 풀 오토 모드로 연사하면 당연히 균형을 잃고 고꾸라지지.
> Domaus : 잠깐, 그런 말은 진작 안 했잖아!
> P.J : 정확한 조준을 위해서는 단발이나 점사 모드를 사용해. 발사체가 고정되지 않은 상황에서는 더더욱. 이건 기본 상식이잖아?

도마우스도 언제까지고 그의 조롱을 들어줄 생각은 없었기에 그녀는 일부러 밉살스럽게 말을 되받아쳤다.

> Domaus : 상식? 그건 너 같은 밀리터리 오타쿠에게나 상식이겠지. **보통** 총을 쏘라고 하면 방아쇠를 풀 오토로 꽉 당기지, 누가 그런 걸 신경이나 써?
> P.J : …보통?

P.J가 의아하다는 투로 되물었다.
그리고 그는 약간의 시간차를 두고 띄엄띄엄 말하는 것처럼 단타로 말을 이어갔다.

> P.J : 도마우스.

> Domaus : 왜?

> P.J : 너는 총을 쏴본 적이 없는 건가?

군에 적을 두고 있기는 했지만 도마우스는 특례로 뽑힌 케이스이기 때문에 다른 병사들처럼 총을 직접 만져본 적은 없었다. 그녀는 무의식적으로 그렇다고 답하려다가 손을 멈칫했다.

'P.J.는 갑자기 왜 저런 질문을 던진 거지?'

도마우스는 키보드에서 손을 놓고 진짜의 자신이 아닌 가짜로 위장하고 있는 웹 상의 자신을 되돌아보았다.

그러고 보면 도마우스는 이 커뮤니티에서 스스로를 군복무를 마친 20대 중반의 남성으로 위장하고 있었다. 그 신상대로라면 기초 군사훈련을 받아야 했을 도마우스가 총을 어떻게 쏴야하는지 모르는 건 확실히 이상했다.

"…교활한 녀석 같으니라고."

도마우스는 혀를 차며 머리를 긁적였다.

자신의 신상을 교묘하게 숨기고 있는 건 회원 모두가 마찬가지였지만, 적어도 자신이 '누구'라고 선언한 이상 커뮤니티 내에서는 그에 걸맞은 롤플레잉을 해야만 했다.

거짓으로 이루어진 관계라 하더라도 룰이 지켜지는 이상 신뢰는 깨지지 않는다. 그리고 도마우스는 아직 '신뢰'가 필요했다.

> Domaus : 아— 그래. 내가 착각했어. 드론의 조작에 집중하다 보니 총 쏘는 법을 잊어버렸나보네.
> P.J : 잊어버리다니. 평소의 도마우스 답지 않군.

P.J는 뼈 있는 말투로 한 마디를 끝에 덧붙였다. 하지만 그는 그 이상 도마우스를 추궁하지는 않았다. 돈이 되지 않는 일이라면 깊숙이 파고들지 않는 것이 P.J의 장점이었다.

'사루라면 끝까지 물고 늘어졌겠지만.'

도마우스는 잔소리가 심한 전 리더를 떠올리며 회선을 돌려놓았다.

공용 회선으로 돌아오자마자 채팅창에서 시청자들을 어르고 있던 타야가 달려와 속사포처럼 말을 쏟아냈다.

> Taya : 다들 공용 회선은 보지도 않고 무슨 이야기를 하고 있었던 거예요? 그보다 도마우스, 슬슬 대 핀치에요. 빨리 와서 어떻게 좀 해봐요!
> Domaus : 알았어. 우선은 사람들의 시선을 돌릴 수 있을만한 미끼를 골라보지.

도마우스는 책상 위에 늘어놓았던 하드디스크 드라이브 중 하나를 골라 도킹 스테이션에 끼워 넣었다.

그 디스크 안에는 그녀가 여태껏 해킹을 해오며 모아온 온갖 은밀한 정보들이 가득 담겨있었다. **아무래도 상관없는** 일반인들의 사생활부터, 매즈섹 멤버들의 실체나, 의원들도 열람할 수 없는 1급 군사 기밀까지….

도마우스는 어린 아이가 보석 상자에 감춰둔 쿠키를 고르는 것처럼 반짝이는 눈으로 정신없이 그 정보들을 훑었다. 한 사람을, 더 나아가 한 나라를 파멸시킬 수도 있는 비밀들이 아무렇게나 한 데에 모여 있는 것을 지켜보는 것은 그녀의 큰 기쁨 중 하나였다.

"자… 그럼 어떤 것으로 해볼까?"

작업실에 낮게 흐르는 관현악곡의 박자에 맞추어 그녀의 손가락이 느긋하게 리듬을 탄다. 자신이 행하려는 일이 얼마나 중한 것인지 알아차리지 못한 것처럼, 그녀의 손놀림은 자못 유쾌해 보이기까지 했다.

그 때, 갑자기 새된 음색의 알림음이 삐익- 하고 울려 퍼지며 그녀의 집중을 흩트렸다. 알림을 확인하니 청하지 않은 손님이 타야의 방송에 들어서고 있었다.

>>> Saru 님이 입장하셨습니다.

불청객의 아이디를 확인하자마자 도마우스는 이맛살을 찌푸렸다. 확인할 수는 없지만, 아마 타야와 토파즈를 비롯한 매즈섹의 멤버들 모두가 같은 표정을 짓고 있으리라.

사루는 방송의 로그를 돌려보고 있는지 한동안 말이 없었다. 그러는 사이에도 추악한 문장들은 채팅창을 타고 계속 흘러가고 있었다.

▶ guset 592 : 그나저나 그 여자애는 어떻게 죽을 것 같아?

▶ guset 636 : 뭐 시나리오대로라면 뻔하지. 도망치다가 뒤통수에 한 발 맞고 그대로 골로 가는 거야.

▶ guset 199 : 저거 탄피 보니까 22구경 LR 탄환 같던데, 저걸로 머리 쏘면 머리뼈 맞고 도탄될 걸. 나는 과다출혈 쪽에 한 표 건다.

▶ guset 207 : 낙사는 어때? 여기 꽤 높은 구간이 많아 보이는데.

▶ guset 088 : 아니면 같이 다니는 남자가 포로로 붙잡히는 걸 막기 위해 직접 처형할 수도 있지.

사루는 방송 상의 채팅에는 직접 참여하지 않고 전용 회선을 통해 다른 멤버들에게 직접 말을 걸어왔다.

> Saru : 도대체 이게 무슨 방송이야?

하지만 아무도 그의 질문에 답하지 않았다. 답할 필요도 없었거니와 답하고 싶지도 않았다.

정적. 수 분 간 침묵이 계속되자 사루는 상대를 지정해서 다시 한 번 똑같은 질문을 던졌다.

> Saru : 타야. 이 방송은 뭐야.

> Taya : 어, 그러니까…

> Saru : 지금 뭘 중계하고 있는 거냐고!

타야는 모르쇠로 일관하려 했지만 이미 사람을 향해 총을 쏘는 방송을 내보낸 뒤였던지라, 궁색한 변명만 길게 늘어놓았다.

> Taya : 단순한 서바이벌 생존 예능이라고 할까, 술래의 추격을 피해 달아나면 승리하는 단순한 게임이에요.
> Saru : 저 사람들이 고용된 배우야? 쓰고 있는 탄환은 가짜 탄환이고?
> Taya : 어, 거기에는 약간의 재미를 위해 트릭을 썼다고나 할까….
> Saru : 웃기지 마!

타야의 말이 채 끝나기도 전에 사루가 화를 냈다. 그는 화가 뻗쳐올라 견딜 수가 없다는 것처럼 길길이 날뛰며 멤버들을 질책했다.

> Saru : 재미라니, 이게 장난으로 보여? 이건 범죄라고!
> Topaz : 진정해, 사루. 그러니까 우리는….

채팅창에서는 토파즈가 사루를 진정시키기 위해 애써 변명을 쥐어짜내고 있었다. 평소였더라면 매즈섹의 멤버들이 무슨 말을 하든 도마우스는 신경 쓰지 않고 멀리서 관망만 했었겠지만, 오늘만큼은 방해를 받고 싶지 않았다.

도마우스는 드롭스 통에서 살미아키를 하나 꺼내 입에 물었다. 그리고 평소와는 다르게 호쾌하게 사탕을 깨물어 씹으며 타자를 쳤다.

> Domaus : 우리가 원래 하던 일도 범죄였는걸.

멤버들의 시선이 도마우스를 향했다.

…정확히 말하자면 그랬다고 생각한 것뿐이지만. 입 안에 화하게 피어오르는 감초의 향을 만끽하며 도마우스는 사루의 대답을 기다렸다.

피드백이 돌아오는 데에는 오랜 시간이 걸리지 않았다.

> Saru : 도마우스… 다 네가 꾸민 일이냐?

> Domaus : 응. 이건 내 개인적인 복수를 위해 준비한 일종의 **쇼**야. 쇼에 관람객은 많으면 많을수록 좋잖아?

> Saru : 사람을 죽이는 게 쇼라고?

사루는 어처구니가 없다는 투로 반문했다. 도마우스는 긍정의 의미로 침묵을 택했다.

> Saru : …우리 멤버 중 이런 미친 짓을 말리려고 했던 아무도 없었다는 게 더 놀랍군.

"마음대로 생각하세요-."

도마우스는 키보드에서 손을 뗀 채 마우스의 휠을 드륵드륵 굴려가며 다시 한 번 디스크의 내용물을 살피기 시작했다. 당연한 소리이지만 그녀가 키보드를 두들겨 타자를 치지 않는 이상, 사루는 도마우스가 어떤 말을 하고 있는지 전혀 들을 수가 없었다.

불편한 침묵이 한동안 이어지자 사루는 다른 멤버를 붙잡고 다시 질문을 던지기 시작했다.

> Saru : P.J. 저 드론은 네가 개조한 거지?
> P.J : 그렇다만.
> Saru : 저걸 왜 도마우스에게 팔았지?
> P.J : 돈을 받았으니까.
> Saru : 돈만 준다면 부모도 팔아넘길 것처럼 말하는군.
> P.J : 값만 잘 치러준다면야. :)

P.J.의 대답도 만족스럽지 못했는지 사루는 골을 내며 이번에는 토파즈에게 다시 말을 걸었다.

> Saru : 토파즈. 너는 왜 이 일에 협력한 거지?

원래 사루를 따르던 종자(從者)여서 그랬는지는 몰라도 토파즈는 그가 자신을 지목하자 당황한 기색으로 변명처럼 말을 길게 늘어놓았다.

> Topaz : 하지만 도마우스가 말했는걸. 저 금발 꼬맹이는 학회의 범죄자들 중에서도 제일 극악무도한 녀석이라고. 우리는 잘못을 하고 있는 게 아니야. 그저… 우리는 사회를 대신해서 벌을 주고 있는 거라고.
> Saru : 저 소녀가 무슨 잘못을 했는데?
> Topaz : 어, 그게 그러니까….

그는 사루의 질문에 바로 대답하지 못했다.

그도 그럴 것이 토파즈는 도마우스가 학회원을 심판하러 가자고 제

안했을 때, 흥미가 동한 나머지 그 이유를 제대로 듣지도 않은 채 쾌히 따라 나왔기 때문이었다. 토파즈가 별 명분도 없이 사람을 쏘려 했다는 것을 확인하자 사루는 사늘한 어조로 그를 비난했다.

> Saru : 사람을 죽이려고 해놓고선 그 이유가 기억조차 안 난다고? 그게 쾌락 살인마와 다를 게 뭐지?
> Topaz : 으으….

토파즈는 끝내 적당한 변명을 찾지 못했는지 살짝 뜸을 들이다가 도마우스에게 툴툴거리며 구원을 요청했다.

> Topaz : 도마우스. 네가 직접 설명해 줘.

마침 도마우스도 디스크 안쪽에서 쓸 만한 미끼를 발견한 참이었다. 그녀는 손 안에 든 패를 만지작거리며 사루에게 짐짓 블러핑(Bluffing)을 걸었다.

> Domaus : 혹시 5년 전에 연방에서 있었던 대규모 블랙아웃 사태를 기억해?

그녀의 뜬금없는 질문에 계속 시끄럽게 멤버들을 취조하던 사루가 갑자기 조용해졌다.

그야 당연하다. 그 블랙아웃 사태를 일으킨 장본인 중 하나가 바로 사루, 본인이었으니까.

물론 도마우스는 그가 구체적으로 어떤 동기를 가지고 블랙아웃을 일으켰는지 까지는 알지 못한다. 하지만 그가 발전소를 해킹하는 바람에 연방 전역에서 대규모 정전사태가 벌어지고, 제법 많은 수의 사상자가 나왔다는 것만큼은 진실이었다. 그리고 공교롭게도 도마우스와 마리아의 사이가 벌어졌던 것도 그 때였다.

> Domaus : 세간에는 불운한 실수로 인해 발생된 사고로 알려져 있지만, 실상은 딥 웹의 포럼에서 이미 한 달 전부터 예견되었던 계획 범죄였지.

해커들은 대정전이 일어나기를 기다렸다가 사태가 터지자마자 보안이 무력화된 틈을 타 제 몫을 챙겨갔다. 계좌를 조작하고, 회사의 기밀을 탈취하고, 싫어하는 상대에게 누명을 덧씌웠다.

사태를 알아차린 경찰이 뒤늦게 수사에 나섰지만 어둠이 걷혔을 즈음에는 모두가 꼬리를 자른 채 도망친 후였다. 당시의 도마우스도 소동을 틈타 한 손님의 의뢰를 수행할 **예정이었다.**

> Domaus : 의뢰 내용은 간단했어. 의료 기기 회사의 서버를 해킹해서 원격 모니터링 기능으로 한 야당 중진의 생명유지 장치를 정지시키는 것.

> Saru : 그건 살인 교사잖아.

한동안 잠자코 그녀의 말을 듣고 있던 사루가 참기 어렵다는 듯 말을 끼워 넣었다. 실제로도 정상적인 사람이라면 누구나 화들짝 놀랄법

한 충격적인 이야기였으니까.

하지만 도마우스는 여전히 눈 하나 깜짝하지 않고 태연히 타자를 쳤다.

> Domaus : 뭐, 어때. 그 대정전의 여파로 죽은 사람이 100명이 넘어가는 걸. 제 때 수술을 하지 못해 죽어버린 중환자부터 신호체계가 마비되며 발생한 교통사고로 죽은 운전자까지… **거기에 한 명 더 더한다고** 달라지는 거라도 있어?

도마우스는 말을 에둘러 사루 또한 살인에 동참한 공범이라는 점을 상기시켜주었다. 과연 예상대로 사루는 한동안 아무 대답도 하지 못했다.

물론 다른 목적으로 일을 행하다 그 여파로 사람이 죽는 것과 명백한 살의를 갖고 특정 인물을 죽이는 것을 같은 도덕의 잣대로 재단하기는 어렵지만… 어차피 '세간의 사람들이 어떻게 생각하는가'는 도마우스에게 중요한 지표가 되지 못했다.

중요한 것은 상대의 명분을 꺾을 수 있느냐 마느냐이다. 특히 사루처럼 도덕성을 무기로 상대를 훈계하려는 사람들은 죄책감을 살살 긁어주는 것만으로도 꼼짝을 하지 못했다. 본디 사람이란 악인이란 평가보다 위선자라는 평가를 더 싫어하기 때문이다.

사루의 의욕을 끊어놓고 도마우스는 느긋하게 자신의 옛일을 회상했다.

> Domaus : 결론부터 말하자면… 나는 결국 실패했어. 의원은

멀쩡히 살아났고, 우리는 손님으로부터 거센 항의를 받아야 했지. 물론 내 실수 때문은 아니었어. 이게 다… 그 참견쟁이 계집애 때문이었다고!

도마우스는 바로 어제 일을 회상하듯 크게 분개하며 수 년 전의 일을 늘어놓았다.

> Domaus : 사태가 진정되고, 나는 뒤늦게 해킹했던 의료 시스템이 멀쩡하다는 것을 알아차렸지. 로그를 뒤져보니 그 위에 참견쟁이 계집애의 발자국이 선명하게 남아 있더라고. 내가 어째서 남의 코드를 멋대로 뜯어고쳤냐고 물으니, '내가 만든 펌웨어 업데이트를 그대로 쓰면 의료장치가 벽돌이 될 것 같아서-' 그렇게 했다고 답하더군.
하, 그게 말이나 돼? 당연히 일부러 그렇게 한 건데, 그 애는 내가 그런 간단한 것도 모를 거라고 얕봤던 걸까? 남의 일에 재를 뿌리다니… 감히 사람을 코드 멍키(Code Monkey) 취급을 하다니!

사루는 여전히 대답이 없었다.

> Domaus : 그 계집아이는 '절대로 실패하지 않는 우수한 해커' 라는 내 명성에 오명을 씌웠어. 그리고 회원들이 준수해 오던 규범도 위반했지. 그건 무슨 수로도 속죄할 수 없는 **중범죄야.**

그녀의 행동을 중범죄라고 부를 수 있는 사람이 세상에 몇이나 있을까. 대부분의 사람들은 의료 장치가 오작동하는 것을 막기 위해 허락을 구하지 않고 멋대로 코드를 고친 마리아를 비난하지 않을 것이다. 아니, 오히려 영웅적인 행동을 했다며 치켜세워줄 것이다.

하지만 조직에는 조직만의 관습법이 존재한다. 사회법상 그것이 용인되는 행위라 할지라도 조직의 관습법을 어긴 사람은 조직 내에서 비난받아 마땅하다.

마리아는 협의되지 않는 기준으로 남의 코드를 멋대로 수정하였다. 이를 용인하면 해커들은 창의적인 일을 관두고 반달에만 몰두할지도 모른다. 그래서 도마우스와 그 일당들은 마리아를 징벌했다. 자신들의 방법으로.

잠시 간의 침묵 끝에 마침내 다시 사루가 말을 꺼냈다.

> Saru : 너는 결국 바보 취급을 당한 데 화를 내고 있는 게 아닌가?
> Domaus : 그럴 리가.

도마우스는 이죽거리며 다시 한 번 뼈 있는 말을 던졌다.

> Domaus : 내가 뻔뻔하게 **제 과오도 보지 못하고 남 탓만 하는 위선자**처럼 보여? 나는 규칙을 어긴 사람을 심판하고 있는 것뿐이야.

누가 보더라도 그 위선자라는 단어는 사루를 지칭하고 있음이 분명해 보였다.

너도 완벽하지 못한 주제에 누구를 비난하느냐고.

나는 너의 과오를 알고 있다고. 위선자라는 비난을 받고 싶지 않다면 내게 동조하거나 아니면 무시하고 지나가라고.

도마우스는 행간을 통해 그렇게 말하고 있었다.

상대가 자신의 경력을 근본부터 산산이 무너트릴 수 있는 패를 갖고 있다고 연신 블러핑을 던져대고 있는데, 여기서 다이(Die)를 외치지 않을 도박사가 있을까?

더욱이 해커처럼 조심성이 많은 직업의 소유자라면 이런 상황에서 레이즈(Raise)에 응하는 바보짓은 하지 않을 것이다. …적어도 도마우스는 그렇게 판단했었다.

> Saru : 그래. 나도 누군가가 멋대로 내 코드를 고치면 화가 날지도 몰라. 설령 그 이유가 고결한 도덕적 이유에 기반하고 있다 하더라도, 해커로서는 자존심이 상할 수도 있지.

> Domaus : 그렇지? 그럼 너도 함께—.

사루가 자신의 말에 동조하는듯한 모습을 보이자 도마우스는 다른 멤버들에게 그랬던 것처럼 달갑게 손을 내밀었다. 여기까지는 모든 것이 계획대로였다.

곧 이어 사루가 그녀를 비난하기 전까지는.

> Saru : **하지만 너희는 해커 이전에 인간도 못 된 녀석들이야.**

"…"

도마우스는 입에 넣으려고 했던 살미아키를 다시 드롭스 통에 내려놓았다. 육각형의 살미아키가 틴 캔의 바닥을 구르며 요란한 소리를 냈다.

'어째서…?'

도마우스는 사루의 행동을 바로 이해하지 못하고 모니터를 지그시 노려보았다. 자신의 과오가 드러날지도 모르는 상황에서 상대의 비도덕적인 행동을 훈계한다고? 보통은 좋은 소리를 듣기는커녕 위선자라는 비난을 받을 것이다.

하지만 그는 조금도 개의치 않은 채 멤버들을 비난했다.

> Saru : 사람을 죽이는 데 핑계를 대다니, 부끄러운 줄 알라고.
> Topaz : 그ㄹ ㅓ는 너는 얼마나 잘나서 그러ㄴ 소리를 하는 건데? 너도 한번쯤은 사람으ㅣ 목숨을 건 위험한 해킹ㅇ ㅡㄹ 해본 적이 있을 거 아냐!

도발에 말려든 토파즈가 오탈자를 내가며 꼴사납게 항변을 하고 있었다. '한번쯤은-' 이라고 애매하게 말을 흐리는 이유는 그의 범죄에 대해 확신이 서지 않기 때문이리라.

'저럴 때는 그냥 블러프를 놓는 게 더 효과적인데.'

하지만 사루는 도마우스의 생각이 무색하게도 자신이 완전무결한 선인(善人)이 아님을 굳이 부인하지 않았다.

> Saru : 맞아. 나 또한 해킹으로 무고한 사람들에게 피해를 입힌 적이 있어. 분명 그 중에는 나 때문에 죽은 사람도 있겠지.

사루가 순순히 자신의 죄를 고백하자 도마우스는 맥이 탁 풀려버렸다.

'저러면 뭔가 후련해지는 걸까?'

그래도 꽤 똑똑한 사내라고 생각하고 있었는데. 알고 보니 자기만족을 위해 충동적으로 일을 저지르는 바보였을 줄이야. 도마우스는 약간의 실망감마저 느끼고 있었다.

도마우스는 한숨을 탁 뱉으며 자판을 두들겼다.

> Domaus : 너는 위선자구나.

> Saru : 그래, 난 위선자야. 하지만 위선자라는 말을 듣기가 무서워서 위악(僞惡)을 저지르는 너희 같은 겁쟁이보다는 나아.

상대가 자신에게 낙인을 찍는데도 사루는 의외로 담담하게 상황을 받아들였다. 어쩌면 이미 체념해버린 것일지도 모른다. 도마우스는 이죽이죽 억지웃음을 지었다.

> Domaus : **사람들**이 과연 그 말을 이해해줄까?

> Saru : 멋대로 생각하라지.

그리고 그는 대답을 기다리지 않고 바로 접속을 끊었다.

>>> Saru 님이 퇴장하셨습니다.

그가 채팅방을 나간 이후로도 멤버들은 한동안 말을 잇지 못했다. 방금 전까지 사루를 향하던 갈 곳 잃은 악의가 자기에게 향하지는 않을지 두려워하는 것처럼, 그들은 눈치만 보며 서로 말하기를 꺼려했다.

가장 먼저 입을 연 것은 사루로부터 죽 일방적인 비난을 얻어맞았던 토파즈였다.

> Topaz : 젠장, 도마우스. 저 녀석부터 해치울까?

토파즈는 갑자기 없던 용기가 솟아나기라도 한 것처럼 씨근덕거리며 사루에 대한 적개감을 드러냈다. 정보가 있는 이상 그를 곤경에 빠트리는 것은 어려운 일이 아니었지만, 도마우스는 그가 나서는 것을 제지했다.

> Domaus : 아니. 일단은 방송을 재개하지.

이럴 때일수록 목표를 확실히 해야 한다. 쓸데없이 전선을 늘릴 필요는 없다. 사루는 언제든 다시 몰아올 수 있지만, 지금 덫 안에 들어온 사냥감은 한 번 도망치면 언제 다시 돌아올지 확신할 수가 없었다.

도마우스는 타야와 P.J에게 간략하게 브리핑을 한 다음 화면에 걸어두었던 마리아의 사진을 다시 꺼내보았다. 사진 속의 마리아는 전에 도마우스가 붉은 페인트로 얼룩덜룩 칠해놓은 상태 그대로라 자못 흉물스럽게 보였다.

도마우스는 모니터를 가볍게 매만지며 중얼거렸다.

“부디 당신도 추한 모습으로 몰락해서 내 앞에 굴복해주었으면 좋겠어요, 앨리스.”

그 이유는 굳이 입 밖으로 꺼내 말하지 않았다.

‘그래야 내가 틀리지 않았다는 걸 증명할 수 있으니까.’

-3-

“으윽… 아직도 메슥거려.”

나는 욱신거리는 명치를 문지르며 문틈으로 밖의 상황을 계속해서 흘끔거렸다.

떨어질 때 착지가 불안정했던 탓에 쓰레기 카트의 모서리에 명치를 부딪치기는 했지만, 나와 마리아는 더스트 슈트를 타고 지하 야적장을 거쳐 무사히 건물 밖으로 도망쳐 나올 수 있었다.

물론 건물 밖으로 나왔다고 해서 탈출에 완전히 성공한 것은 아니었다. 우리는 아직도 항만청 건물에서 100m도 채 도망쳐 나오지 못했다. 어디로 움직이려고 해도 항만의 주요 구획을 드론이 적외선 등을 비춰가며 들쑤시고 있는데다가, 대부분의 건물로 들어가는 문이 단단히 잠긴 상태라. 나는 하염없이 드론의 배터리가 다하기만을 기다리고 있었다.

‘항만 경비는 무얼 하고 있는 거야?’

나는 아까까지는 나타나지 말았으면 했던 상대를 애타게 찾으며 한숨을 내쉬었다.

"…."

마리아는 여전히 말이 없었다.

지금 이 상황에서 무엇보다 가장 큰 문제는 앞으로의 계획이 전무하다는 것이었다. 무죄를 증명할 수 있는 증거도 없이 뻔뻔하게 잿빛 10월로 돌아가 탈영 자수를 하는 것도 우습거니와, 기관총으로 무장한 드론들이 복귀하는 우리를 따스하게 배웅해줄 것 같지도 않았다.

'확 달려들어 기습을 하면 어떻게든 해치울 수 있지 않을까?'

나는 준비해온 콜트 권총을 만지작거리며 몸을 숨긴 폐자재 너머로 고개를 빼끔히 내밀었다.

일단 확인되는 드론의 숫자는 눈에 보이는 것만 해도 셋. 시야의 사각에 있는 것 까지 포함하면 족히 다섯은 될 것이다. 화단에 있는 녀석을 먼저 저격하고, 그 다음에 맞은편 옥상에 있는 놈을 맞추면….

'한 번도 써본 적 없는 권총으로 저격을 해야 한다는 시점에서 이미 글러먹은 계획이군.'

나는 빠르게 단념하며 권총을 다시 홀스터에 밀어 넣었다. 지금 이 자리에 크리스찬 베일을 데려온다면 모를까, 소총을 가지고도 가끔씩 빗맞히는 내가 권총으로 세 개의 조준점을 동시에 노린다는 것은 사실상 불가능한 일이었다.

"이럴 줄 알았으면 미리 건 카타를 배워둘 걸 그랬네."

나는 일부러 들으라는 투로 소리를 내어 시답잖은 농담을 지껄였지만, 마리아는 여전히 무릎을 끌어안은 채 아무 말도 하고 있지 않았다.

"…휴."

나는 짧게 한숨을 내쉬었다.

마리아의 상처를 후벼 파고 싶지는 않았지만, 언제까지고 문제에서 시선을 돌린 채 시답잖은 농담이나 하고 있을 수는 없었다. 미적거리는 동안에도 시간은 유유히 흘러가고 있었다. 우리는 뒤처지기 전에 움직여야 한다.

하지만 일개 의무사 나부랭이인 내게는 이곳을 빠져나갈 능력도 자격도 없었다. 그렇다면 방법은 단 하나 뿐. **'자격을 가지고 있는 사람을 직접 회유해서 키를 얻어내는 수(Rubber-hose cryptanalysis)'** 밖에.

나는 주제를 돌려 아까 있었던 일에 대해 물었다.

"그래서, **그건** 뭐였어?"

주어는 일부러 흐렸다. 마리아가 내 말에 주의를 기울이고 있다면, '그것'이 무엇인가에 대해 생각하느라 반응을 보여줄 것이다.

과연, 주의를 돌린 탓인지 그녀의 호흡이 잠깐 멎었다.

마리아가 내 말을 귀 기울여 듣고 있다는 것을 확인하자 나는 바로 본론을 꺼내 구체적으로 풀었다.

"저 도마우스라는 자식이 네가 말했던 그 친구야?"

마리아의 몸이 잠깐 움찔하고 떨렸다.

그녀는 여전히 무릎에 얼굴을 파묻은 채 아무런 말도 하지 않았지만, 나는 그 반응을 긍정으로 이해하고 제멋대로 말을 계속 이어갔다.

"너는 네가 친구를 배신했고, 그 때문에 관계가 틀어졌다고 말했었지만 정작 그 녀석이 보인 태도는 정반대였어."

전에 들었던 것과는 다르게, 도마우스는 둘 사이의 관계를 깨고 상대를 고발한 것이 마리아가 아닌 자신이라고 말했다. 이쪽을 떠보려는 수작일 수도 있었지만 직후에 마리아가 보인 반응으로 미루어볼 때 단순한 거짓말을 하고 있는 것처럼 보이지는 않았다.

그럼 사실과 다른 말을 한 건 도마우스가 아니라 마리아라는 소리인데….

"굳이 거짓말을 해야 할 필요가 있었어?"

"거짓말은…!"

거짓말이라는 말에 감정이 북받쳤는지 마리아가 고개를 치켜들었다. 그녀의 눈가에는 덜 마른 눈물 자국이 남아있었다. 마리아는 한동안 입술을 달싹거리다 끝내 말을 잇지 못하고 뒷말을 힘겹게 삼켰다.

"…거짓말을 하려던 건 아니었어."

그리고 그녀는 혼잣말을 하듯 기어들어가는 목소리로 낮게 뇌까렸다.

"그저… 착각을 했던 것뿐이야."

"착각이라고?"

마리아는 떨리는 손을 들어 품에 조심스럽게 그러모으더니 고통스러운 어조로 과거의 일을 반추했다.

"나는 그동안 내가 아주 나쁜 불리(Bully)였었다고 생각했어. 친구의 신상을 퍼트리고, 이웃으로부터 손가락질을 받게 하고, 심지어 가족조차도 믿지 못하게 만들었다고… 그렇게 생각했었어."

마리아는 그동안 둘 사이의 관계가 틀어진 원인이 자신에게 있다고 생각했었다. 통제되지 않는 공간에 나갔을 때 강렬한 불안감이 엄습하는 이유는 자신의 마음속에 남아있는 죄책감 때문일 거라고, 그렇게 믿고 있었다.

"내 잘못이니까. 내가 벌인 일이니까. 내가 사과를 하면 언제든지 끝낼 수 있는 관계라고. 나는 줄곧 그렇게 자기위안을 하고 있었어."

하지만 실상은 그녀의 기억과는 정반대였다.

배신을 당한 사람은 도마우스가 아닌 마리아였고, 매스컴에 노출되어 지속적인 괴롭힘을 당한 것도 마리아였다. 그녀의 두려움은 상대에 대한 공감이나 죄책감에서 비롯된 것이 아닌, 단순한 폭력에 대한 트라우마일 뿐이었다.

"하지만 아니었던 거야. 칼자루를 쥐고 있었던 건 애초부터 저 쪽이었는걸."

마리아는 무너지듯 고개를 숙여 다시 얼굴을 양손에 파묻었다.

"도대체 난 왜 착각을 하고 있었던 거지? 어째서 이 관계를 되돌릴 수 있을 거라는 희망을 품고 있었던 거야? 어째서 스스로를 속이고 있었던 거냐고."

마리아는 스스로도 이해가 가지 않는다는 투로 계속 힘없이 뇌까렸지만, 그 질문에 대한 답은 이미 오래전에 나와 있었다.

"버퍼 오버플로우(buffer overflow) 인가."

문득 나는 전에 마리아가 내게 가르쳐주었던 해킹 기법을 떠올려냈다. 컴퓨터가 처리할 수 있는 것보다 더 많은 양의 정보를 입력받으면 모순된 기억을 새겨 넣는 것처럼, 인간의 뇌도 감당하기 어려울 정도의 정보를 받아들이면 가끔씩 그 정보를 엉뚱한 기억으로 치환해버린다.

어려운 개념을 이해하기 위해 멋대로 진실을 곡해하거나, 현실에 안주하기 위해 즐겁지 않았던 추억을 아름답게 미화하거나. 혹은… **과거의 괴로운 경험을 잊기 위해 자신의 가해 경험을 꾸며내거나.**

마리아는 그렇게 스스로를 속여 가며 괴로운 과거로부터 도망치려고 했다. 하지만 현실은 잔인하게도 참혹한 진실을 다시 한 번 꺼내 그녀 앞에 들이밀었다.

수년간 억지로 피하고 있었던 진실이 무겁게 어깨 위에 얹히자 마리아는 전의를 잃고 그대로 바닥에 주저앉았다.

"나는 그저 무력해. 저들에게서 영원히 도망치며 사는 수밖에 없어."

마리아는 평소와는 달리 그 나이대의 소녀들처럼— 아니, 제 힘으로는 서지도 못하는 갓난아이처럼 몸을 움츠렸다. 영원히 도망치며 살 수밖에 없다는 그녀의 한탄이 단순한 절규처럼 들리지 않았다.

"…."

머리를 열심히 굴려보았지만, 딱히 나라고 해서 좋은 수가 떠오르는 건 아니었다. 상대는 압도적이고 우리는 무력하다. 살기 위해서는 포수 앞에 선 산짐승처럼 목숨을 구걸하며 계속 내달리는 수밖에.

…**하지만, 그걸 결정하는 건 내가 아니다.**

"그래서, 지금부터 어떻게 해야지?"

나는 모른 척 시치미를 떼고 숨을 크게 들이쉬었다. 방금 전까지 아무 일도 없었다는 것처럼 태연을 가장하며 마리아를 독촉한다.

"…뭐?"

마리아는 내 말을 제대로 이해하지 못했는지 물기가 덜 마른 눈으로 나를 올려다보았다. 그 표정을 보니 마음이 다시 꺾일 것 같았지만, 나는 짐짓 뻔뻔하게 말을 계속 이어갔다.

"작전관은 너잖아. 작전을 생각하는 건 네 몫이지 내 임무가 아니라고."

내 말에 마리아는 동의도 반박도 하지 않고 그저 허리를 동그랗게 말아 다시 몸을 움츠렸다. 그리고 잘 들리지도 않는 희미한 목소리로 내게 물었다.

"의무장은… 무섭지 않아?"

그녀의 목소리는 공포에 질려 가늘게 떨리고 있었다.

"세상의 악의가 모두 나를 향할 게 분명한데. 그 사람들은 무슨 말을 해도 믿어주지 않을 텐데. 그 앞에 나서는 게 두렵지 않아?"

나는 손톱이 하얗게 변할 정도로 주먹을 꽉 쥐며 고개를 가로저었다. 허세를 부리느라 계속 태연한 척 농을 던지고 있었지만, 나를 적대시 하는 사람들 앞에서 광대 짓을 하는 건 나에게도 부담스러운 일이었다.

"…무섭지 않을 리가 없잖아."

아무리 내가 조국을 등지고 도망친 배신자라고는 하지만 세간의 평가에까지 무심하지는 않다. 불특정 다수에게 얼굴을 보이고 조롱당해야하는 이 상황이 나라고 달갑겠는가. 심지어 그 중에는 내 과거의 지인이 섞여있을지도 모른다.

만일 우리를 지켜보고 있는 저 시청자들 중에 나의 친구가, 나의 가족이 섞여있다면? 그들이 조국을 배신하고 적의 편에 붙은 나를 보게 된다면? 그리고 환멸어린 시선을 보내며 나와 관련된 모든 추억을 지우려한다면?

생각만 해도 몸서리가 쳐질 정도로 싫은 일이었다. 마리아의 말마따나 **도망치고 싶었다.**

"하지만 너도 알고 있잖아. 지금 이 상황에서 도망칠 방법은 없다는 걸."

우리는 포위를 좁혀오는 거대한 군중과 맞서서 싸워야했다. 이 포위를 돌파할 묘수를 짜내야 했다.

하지만 정작 그 묘수를 생각해야 할 작전관은 공포에 질려 제대로 된 사고를 하고 있지 못했고, 나는 한 사람의 몫도 하지 못하는 반편이다.

그럼 여기서 어떻게 전세를 뒤집을 수 있겠는가.

어지간히도 이 상황이 절망스러웠는지 마리아는 평소의 그녀였더라면 절대로 꺼내지 않았을 바보 같은 질문까지 내게 물었다.

"의무장."

"왜?"

"그 아이에게 용서를 구하면, 도망칠 수 있을까?"

대답할 가치도 없는 질문이었다. 나는 고개를 가로저으며 부러 또박또박 힘을 주어 말했다.

"넌 잘못하지 않았어."

"하지만… 어쩔 수 없잖아!"

마리아가 입술을 꽉 깨물며 나를 올려다본다. 그 표정은 절망으로 가득 차 바닥이 보이지 않을 정도로 어두웠다.

…그래, 어쩔 수 없다.

평범한 소녀라면, 평범한 사관이라면 여기서 포기하는 게 맞다. **하**

지만 마리아만큼은 그래서는 안 된다.

귀찮다는 이유만으로 사관회의에 불참하고, 서슬이 퍼런 포술장 앞에서도 다박다박 말대꾸를 하는 것이 마리아다. 당직 사관이 깨우러와도 일어나지 않을 정도로 아침잠이 많으면서도 잿빛 10월의 승조원들을 위해서라면 철야도 불사하는 것이 마리아다. 아무도 신경 쓰지 않는, 원주인조차도 버리려 했던 개를 향해서 선뜻 먼저 손을 내밀어주는 것이— 우리 잿빛 10월의 작전관, 마리아 호퍼 수병장이다.

그런데 그 마리아가. 다른 이유도 아니고, **어쩔 수 없다**는 이유만으로 부조리를 참고 있다니.

위화감을 넘어 희미한 분노까지 느껴졌다.

나는 숨을 깊게 들이쉬었다.

그리고 마리아를 똑바로 노려보며 그녀가 전에 내게 해주었던 말을 그대로 돌려주었다.

"그래서, **그렇게 착한 개처럼 꼬리만 치고 있을 거야?**"

내게서 그 말을 들을 거라고 생각지도 못했는지 마리아의 눈이 놀라움으로 동그랗게 커졌다.

잠시라도 숨을 고르고 생각을 정리하면 의지가 꺾여버릴 것 같아서 나는 속사포처럼 생각나는 대로 말을 내뱉었다.

"타인에게 목숨을 구걸해서 살 수 없다고 말했던 건 너였잖아. 비참한 가축으로 사육당하지 않기 위해서는 엄니를 드러내고 맞서야한다고 말했던 건 너였잖아! 그런데 어째서 지금은 그렇게 나약한 모습을 보이고 있냐고!"

"그렇지만…."

"아직도 이해가 안 되는 거야? 그럼 다시 한 번 말하지. 너는— 잘못하지— 않았어!"

분노에 가까운 내 일갈에 마리아는 무어라 변명도 하지 못한 채 멀뚱히 내 말을 듣고만 있었다.

"저쪽에서 무슨 조건을 내 걸든 네가 머리를 숙일 필요는 조금도 없어. 피해자가 왜 도망쳐야 해? 이해하지 못하는 잘못을 사과해봤자 무슨 소용이 있는데? 상대의 기분을 조금 나아지게 할 수는 있을지 몰라도, 그건 근본적인 문제를 해결하는데 아무런 도움도 되지 않아!"

흥분이 너무 지속된 탓에 내가 무어라 말을 하는지도 제대로 이해가 되질 않았다. 하지만 지금 느끼고 있는 이 감정의 원인만큼은 명쾌했다.

마리아는 저들에게 비난받아서는 안 된다.

민폐에, 제멋대로고, 사람 대하는 법이 서툴러 입만 열었다 하면 폭탄 발언을 수시로 쏟아내는 말썽쟁이지만— 다른 사람의 목숨을 장기짝처럼 여기면서도 정작 자신의 정체는 꼭꼭 숨기려드는, 저 겁쟁이들에게 마리아가 비난받아야 할 이유는 조금도 없었다.

"저들이 무어라 하던 너답지 않은 일은 절대로 하지 마. 어차피 저런 건… 회선을 끊으면 바로 사라져버릴 허깨비 같은 거라고."

화면 너머에서 위협적인 소리를 내며 빽빽거리는 저 허깨비들은 우리의 일상에 그 어떠한 영향도 주지 못한다.

오늘의 밥을 위해 내일의 명예를 내던져버린 우리들에게는 지금, 이곳에 있는 서로가 더욱 중요하다.

나는 마리아의 어깨를 붙잡고 다시 한 번 물었다.

“네가 누구야? 여기에 무얼 하러 왔는데?”

마리아가 떠밀리듯이 얼결에 답했다.

“나는… 잿빛 10월의 작전관으로… 무죄를 증명하기 위해 이곳에 왔어.”

“그래, 잘 알고 있잖아.”

말을 멈추자마자 흥분이 사분히 가라앉으며 주변의 소음이 다시 귀에 들려왔다. 멀리서 파도가 철썩이는 소리와 드론이 비행하며 내는 벌떼의 날갯짓 같은 소리가 기이하게 얽혀 묘한 심상을 자아냈다.

나는 다시 한 번 내가 가지고 있는 소지품을 확인했다. 항만의 건물들이 그려진 방수지도 한 장과 콜트 권총 한 정, 45구경 탄환 스물두 발. 그리고 핸드폰 하나….

“이건 네가 갖고 있어.”

핸드폰은 마리아의 손에 쥐어주었다.

“컴퓨터에 비하면 한참 떨어지는 물건이지만… 없는 것보다는 낫겠지.”

고작 단어 검색 정도 밖에 못하는 나에 비하면 마리아가 핸드폰을 훨씬 더 쓸모 있게 잘 활용할 것이다. 나는 약실에 탄환을 재며 대수롭지 않다는 투로 그녀에게 말했다.

“드론들은 **내가 어떻게든 해볼게**. 너는 그 사이에 이 근처에서 적당한 PC를 찾아서 다시 그 도마우스인가 하는 녀석의 컴퓨터를 뒤져보

라고."

불안과 슬픔만으로 가득했던 마리아의 눈에 어느새 의문의 빛이 차오르기 시작했다.

그녀는 나를 올려다보며 눈빛으로 물었다.

어째서 그렇게 확신에 찬 어조로 말할 수 있느냐고.

나는 그녀의 부스스한 머리를 꾹 누르며 건물에 들어서기 전에 마리아가 했던 말을 짐짓 장난스럽게 인용했다.

"**아무나**가 아니라며?"

나는 그녀의 실력을 믿는다. 우리 잿빛 10월의 작전관이 유능하다는 것을 믿어 의심치 않는다. 설령 그녀가 자기 자신을 믿지 못하는 상황이라 하더라도—.

"…의무장은 나를 믿어?"

"그래."

나는 조금의 주저도 없이 시원스레 고개를 끄덕였다.

"사람을 믿기 어려운 때라는 건 알고 있지만…."

일을 시작하는 것도, 일을 마무리하는 것도 결국은 사람이다.

"인간(人間)이 마지막까지 인간답기 위해서는 다른 인간을 믿는 수밖에 없으니까."

나는 마리아에게 억지 미소를 지어보이며 천천히 폐자재를 우회했다. 그리고 방금 빠져나왔던 사선을 향해 발길을 옮겼다.

-4-

마리아는 원일이 떠난 이후로도 한동안 자리에서 일어서지 못했다. 그의 말로부터 아무것도 깨닫지 못해서 이러는 것은 아니었다. 원일이 과거의 그녀가 했던 말을 그대로 돌려주었을 때, 마리아는 흡사 망치로 뒤통수를 때려 맞은 기분에 사로잡혔다. 원일에게는 냉정하게 과거를 돌아보라고 말해놓고선 정작 자신의 일에는 태연하지 못했다는 점이 새삼 부끄러워졌다.

하지만 마리아는 여전히 발을 떼지 못하고 있었다.

무언가를 해야겠다는 생각은 머리를 꽉 메우고 있었지만, 어디부터 손을 대어야 할지 어림조차 가질 않았다. 원일이 말한 것처럼 무사히 도망쳐 웹에 접속할 수 있는 새로운 서버를 찾는다 치자. 그럼 이번에는 확실하게 도마우스의 컴퓨터를 해킹할 수 있을까? 상대가 수색망을 몇 개나 쳐 놓고 기다리고 있을게 뻔한데?

그보다 이 항만의 회선은 도마우스의 감시로부터 자유로운 걸까? 들고 있는 이 핸드폰도 안전하기는 한 걸까?

거듭되는 의심은 암귀를 낳고, 끝내 그녀의 발목을 붙잡아 선뜻 발을 내딛기 어렵게 했다.

생각이 거기에 미쳤을 무렵, 갑자기 핸드폰이 경쾌한 알림 소리를 내며 작게 진동했다.

띠링.

화면을 켜보니 발신자 미상의 메일 하나가 도착해 있었다. 제목은

다음과 같았다.

[Subject : 너를 돕고 싶다]

너무나도 직설적인 그 제목에 마리아는 실소를 터트렸다.

이 타이밍에 마리아가 들고 있는 핸드폰으로 마음씨 좋은 구원자가 우연히 손길을 내밀어 올 가능성이 얼마나 될까. 아무리 생각해도 달콤한 미끼라는 생각 밖에 들지 않았다. 다른 때였더라면 살펴보지도 않고 삭제해버렸을— 그런 제목의 메일이었다.

하지만…

"인간이 마지막까지 인간답기 위해서는 다른 인간을 믿는 수밖에 없으니까."

마리아는 원일이 아까 했던 말을 나직이 따라 읊조렸다.

그리고 조심스럽게 화면을 두들겨 그 수상한 메일을 열어보았다.

-5-

"내가 미쳤지, 미쳤어. 도대체 무슨 생각으로 그런 소리를 한 거야?"

나는 부지런히 발걸음을 옮기면서도 계속 머리를 헝클어트렸다. 분위기에 취해 자신만만하게 뛰쳐나오기는 했지만, 누차 말했듯이 이 난관을 헤쳐 나갈만한 묘수는 내게도 없었다.

목숨이 걸린 일을 이렇게 기분 내기로 결정해서는 안 된다는 생각을 늘 하면서도, 꼭 정신을 차리고 보면 이런 꼴이다. 물론 마리아의 사기를 돋궈주려 했던 의도 자체는 좋았지만, 그 뒤에 줄줄이 이어진 무책임한 격려는 사실상 허풍에 가까웠다.

"뭐가 어떻게든 해볼게—냐, 이원일. 애당초에 기합으로 총알을 피할 수 있었으면 방탄조끼라는 건 필요도 없는 물건이었을 테고, 태평양 전쟁에서는 일본이 이겼을걸."

아까 마리아에게 자신만만하게 늘어놓았던 호언이 계속 머리 위로 떠올라 속이 쿡쿡 쓰려왔다.

그나마 불행 중 다행인 점을 찾자면… 자루비노의 해병들이 쏴대던 12 게이지 슬러그 탄에 비하면 드론들이 쏴대는 22구경 탄환은 구경이 작고 탄속이 느리다는 점 정도일까. 물론 구경이 작은 탄환이라고 해서 덜 아픈 것도 아니다. 급소에 맞으면 죽을 수도 있다.

"하지만 적어도 단발에 뼈가 부러지지는 않겠지."

차라리 총을 몇 발 맞더라도 확실하게 상대를 제압할 수 있는 방법을 찾자고 생각하니 시야가 넓어졌다.

아까 말했던 것처럼 단 번에 여러 개의 화점을 노려 정확히 드론을 저격하는 것은 어렵다. 게다가 나는 아직까지 드론의 수도 확실하게 파악하지 못한 상태였다. 그럼 단 한 번의 물리적 조작으로 이 일대에 있는 드론을 모두 일시에 무력화할 수 있는 방법은 없을까?

가장 먼저 떠오른 것은 전자기 펄스(EMP) 폭탄이었다. 실제로도 군사용 드론을 상대하는 데에는 전자기 펄스 폭탄이 가장 효과적이라는 기사를 보기도 했거니와, 대규모의 전력이 흐르는 코일을 폭파시키면 강력한 전자기파를 발생시킬 수 있으니, 근처의 변전 시설을 폭파시키는

것만으로도 상당수의 드론은 무력화 될 것이다.

다만 코일 폭파에 쓸 폭약이 문제였다.

플라스틱 폭약이나 수류탄이 있으면 좋겠지만 그런 건 지금 내 수중에도, 잿빛 10월에도 없다. 탄약을 분해해서 화약을 긁어모으는 수도 있지만, EOD 교육도 받지 않은 내가 화약을 만지다가는 자칫 드론을 처리하기도 전에 내 손목이 날아갈지도 모른다. 게다가 개활지에서 주섬주섬 폭탄을 설치하고 있는데 드론이 그걸 두고 볼 리도 없고….

두 번째로 떠올린 방법은 드론의 중계 장치를 파괴하는 것이었다. 비행하는 모습이나 상황에 대처하는 모습을 볼 때, 이곳에 있는 드론은 자율성을 갖춘 AI 프로그램이 내장된 것처럼 보이지는 않았다. 그렇다면 전파로 원격에서 제어를 하고 있다는 뜻인데… 위성을 이용한 초장거리 간접 제어 방식은 오차가 심하고 전파 방해를 받기 쉽기 때문에 섬세한 조정에 쓰지 않는다. 그렇다면 분명 이 근처에 관제 역할을 하는 무선 주파(RF, Radio Frequency) 발생 장치가 따로 존재할 것이다.

"그 도마우스라는 해커가 근처에 숨어서 조종기를 만지작거리는 게 아니라면 말이지."

주파 발생 장치를 무력화시키는 것만으로도 상대는 드론을 제어할 수 없게 된다. 단 한 발로 이 일대의 드론을 모두 무력화시킬 수 있다는 점에서 이 방법은 도박을 걸어볼 만 했다. 다만 그 주파 장치가 어디에 있는지 알아내는 것이 문제인데….

우우우웅….

여전히 드론은 낮고 위협적인 비행음을 내며 항만 곳곳을 누비고 있었다. 느긋하게 건물 곳곳을 누비며 발생 장치를 수색하는 건 아무래도 어려워보였다.

나는 잠시 몸을 숙이고 드론이 비행하는 궤도를 천천히 눈으로 좇았다. 불규칙하게 건물 곳곳을 드나드는 녀석들도 있었지만, 대부분의 드론은 일정한 궤적을 그리며 항만의 하늘을 배회하고 있었다. 무선 주파의 특성상 제어가능거리에는 제한이 있으므로 아마도 저 드론들은 제한 거리 안에서 정해진 알고리즘에 따라 순찰을 하고 있는 게 분명했다. 나는 지도를 꺼내 드론의 궤적을 따라 커다란 원을 몇 개 그려보았다.

단순하게 생각한다면 모든 원의 중심점으로부터 가장 가까운 곳에 무선 주파 발생 장치가 존재할 확률이 높겠지만, 실제로는 비행 궤도가 불안정하고 변수가 너무 많은 탓인지 예상 장소가 세 곳이나 나왔다.

하나는 해운회사의 사무실이 밀집해 있는 빌딩, 하나는 내항 화물을 쌓아두는 야적장, 다른 하나는 거대한 송전탑이 위치한 항만 내 변전소였다. 세 곳 모두 엄폐물이 없는 개활지였기 때문에 한 곳이라도 조사하려면 드론의 사선에 몸을 드러내야만 했다.

기회는 한 번 뿐. 나는 지도 위의 포인트를 번갈아 짚어가며 가벼운 고민에 잠겼다.

"…야적장 쪽이 가장 가까우니 거기로 갈까."

나는 무의식중에 그렇게 중얼거렸다가 스스로에게 깜짝 놀라 손을 거두어들였다.

'나도 참…. 야바위를 하는 것처럼 쉽게 고를만한 사안이 아니잖아.'

전투를 너무 겪다보니 자신의 목숨이 걸린 일에도 무심해진건가. 조소에 가까운 헛웃음이 저도 모르게 입 밖으로 흘러나왔다. 나는 검지로 미간을 꾹꾹 누르며 다시 한 번 내가 처한 상황을 속으로 몇 번이고 되뇌었다.

'이건 불합리한 도박이다.'

꽝을 고르면 드론의 기총에 맞아 벌집이 될 것이고, 당첨을 고른다 하더라도 100% 살 수 있다는 보장 따윈 없는 불합리한 도박. 연방에 있던 시절의 나였더라면 이런 도박에는 절대로 응하지도 않았을 테고, 만일 강제로 골라야하는 처지에 놓였다하더라도 지금처럼 쉽게 패를 결정하지는 않았을 것이다.

하지만 나는 변했다. 세상이 나를 바꾸었는지, 아니면 원래부터 이렇게 될 운명이었는지는 모르겠지만 확실히 나는 변했다. 결단보다 단념이 더 빠르고, 가능성이 있다면 자신의 목숨도 기꺼이 도박판 위의 칩으로 환전하여 베팅할 수 있는 무정한 인간으로.

문득, 식상한 질문이 머리를 스치고 지나갔다.

'과거의 내가 지금의 모습을 본다면 어떤 생각을 할까?'

생각할 것도 없이 답은 금세 나왔다.

"**그 명예에 집착하는 바보**가 무슨 생각을 하는지 알 게 뭐야."

과거의 나로부터 탈피하기로 마음을 먹은 이상 예전에 갖고 있었던 기준에 지금의 내가 휘둘릴 필요는 없었다. 무엇보다 몇 번의 사지를 거쳐 오면서 악운에 제법 강해졌다는 자신도 조금은 있었다.

나는 조심스럽게 그림자를 밟아가며 목표로 한 야적장의 건물로 향했다. 가까이 와서 보니 다행히도 건물 측면에는 철제로 된 옥외 계단이 달려 있었다. 조심스럽게 발을 내딛자마자 낡은 철제 기둥이 요란하게 흔들리며 삐걱삐걱 시끄러운 소리를 냈다.

다시 몸을 숨기고 주변을 살펴보았지만 근처에 드론은 보이지 않았다. 부디 바람이 계단을 흔드는 것처럼 보이기를 기원하며 나는 살금살금 계단을 올랐다.

옥외 계단의 끝에 매달린 사다리를 타고 고개를 빠끔히 내밀어보니 실외기 등이 지저분하게 방치된 옥상이 눈앞에 펼쳐져 있었다. 우레탄으로 포장된 옥상 바닥은 오랫동안 사람의 손길이 닿지 않았는지 먼지가 뽀얗게 쌓여있었는데, 그 가운데 누군가가 최근에 물건을 부린 흔적이 나 있었다.

그리고 그 끝에는 허름한 옥상의 다른 구조물들과 어울리지 않는 비교적 신형의 전자 기기 한 대가 놓여있었다.

"라디오… 장치인가?"

안테나가 달리고 복잡한 버튼이 잔뜩 달려있기는 했지만 겉보기만으로는 그 기계의 용도가 무엇인지 알기 어려웠다. 하지만 나는 직감적으로 그 기계 장치가 드론을 제어하는 플랫폼일거라고 확신했다.

우우우웅….

드론이 부유하며 내는 거친 활공 소리가 따가울 정도로 크게 들려왔다. 이 옥상에는 항구의 그 어떤 구역보다 더 많은 드론들이 빽빽하게 밀집되어 사주경계를 하고 있었다.

'저게 **아무것도 아닌 물건**이라면 이렇게 삼엄하게 경계를 할 필요는

없겠지.'

사다리로부터 기계 장치까지의 거리는 약 10 m.

주저하지 않고 빠르게 사각에서 달려든다면 드론이 대응하기 전에 저 기계 장치를 무력화시킬 수 있을지도 모른다.

나는 사다리의 난간을 붙잡고 옥상으로 훌쩍 뛰어들었다.

드론의 카메라가 이쪽을 향했다. 뒤늦게 내가 접근했다는 사실을 알아차린 모양이었다. 하지만 행동은 이쪽이 조금 더 빠르다. 나는 기계 장치를 향해 권총을 겨누고 힘껏 방아쇠를 당겼다.

틱.

둔탁한 소리와 함께 방아쇠가 손끝에서 미끄러져 나갔다. 시선을 내려 보니 끝마디가 잘려나간 검지가 방아쇠에 채 닿지 못하고 공허하게 들썩거리고 있었다.

나는 멍청하게도 **또** 습관적으로 잘려나간 검지를 써서 방아쇠를 당기려고 했던 것이다.

황급히 권총을 다시 고쳐 잡기는 했지만, 그 찰나의 머뭇거림은 적에게 반격의 기회를 충분히 주고도 남았다.

딸각.

'결국 반편이는 못 벗어나는군.'

권총을 겨누기도 전에 드론의 총구가 불을 뿜었다. 불에 달군 쇠꼬챙이로 허벅지를 후벼 파는 것 같은 극심한 격통을 느끼며 나는 그대로 바닥에 쓰러졌다.

-6-

▶ guset 587 : …뭐임? 방금 뭐임?

▶ guset 222 : 윽, 갑자기 튀어나와서 커피 쏟았잖아!

▶ guset 098 : 저거 아까 그 계집애랑 같이 다니던 사내녀석 아냐?

▶ guset 310 : 여자애였으면 좋았을 텐데. 재미없게….

▶ guset 417 : 한 놈 잡았으니 이제 한 놈 남은건가?

모니터의 채팅창 속에서는 방금 카메라의 사각에서 튀어나왔다가 드론의 사격에 맞고 리타이어한 사내를 두고 시청자들이 이러쿵저러쿵 이야기를 떠들고 있었다. 시청자들은 사내의 등장을 깜짝 이벤트 정도로 생각하는 모양이었지만, 도마우스는 정말 문자 그대로 가슴을 쓸어내리며 안도의 한숨을 내쉬고 있었다.

그가 어떻게 이곳을 알아차렸는지는 모르겠지만, 사내가 방금 쏘려고 했던 그 기계 장치는 도마우스가 원격에서 다수의 드론을 조종 할 수 있도록 도와주는 중계 장비였다. 그 장비가 부서지기라도 했더라면 산다칸 항에 있는 드론들은 죄다 무용지물이 되고 말았을 것이다.

물론 그녀나 P.J가 직접 중계 장치를 설치했더라면 저렇게 눈에 띄는 곳에 장비를 가져다 놓지는 않았겠지만, 기술에 무지한 산다칸 항의 직원을 매수해서 할 수 있는 일은 전파가 잘 닿는 옥상에 장비를 가져다 놓는 게 고작이었다.

"이럴 줄 알았으면 위장에도 좀 더 신경을 쓸 걸."

하지만 그녀는 산다칸 항에서 2000마일이나 떨어진 연방에서 조종간을 잡고 있었고, 지금 당장 물리적으로 할 수 있는 일은 거의 없었다.

어찌되었든 사내의 저격은 실패했고, 중계 장치는 건재하다. 도마우스는 그것에 만족하며 쓰러진 사내의 상태를 살피기로 했다.

사내는 총상이 고통스러웠는지 신음을 내며 계속 몸을 비틀어대고 있었다. 치명상을 입힌 것 같지는 않았지만, 언뜻 보기에도 출혈이 심했다. 사내는 서투른 손으로 자신의 허벅지를 부여잡고 지혈을 하려고 했지만, 잘 뜻대로 되지 않는 모양이었다.

그나저나… 이 사내는 어째서 마지막에 방아쇠를 당기는 것을 주저했던 걸까? 채팅창의 다른 유저들도 그것이 의아했는지 저마다 '썰'을 풀고 있었다.

▶ guset 557 : 그런데 저 녀석은 왜 마지막에 총 안 쏘고 허둥거리고 있었던 거임?

▶ guset 190 : 걍 병신이라 그런가 보지.

▶ guset 236 : 방아쇠도 제대로 못 찾는 거 보니 미필인가 보네.

▶ guset 620 : 이래서 요새 신병들은 총도 제대로 못 쏜다는 이야기가 나오는 거야. 내가 군 생활할 때만 하더라도 전진무의탁 사격이라는 게 있었는데, 그걸 배워두면 기습을 당해도 급작사격을 할 수 있었다 이 말이야.

▶ guset 675 : 할배요, 여기 있는 사람 중에 아무도 할배 군 생활에 관심 없거든요?

▶ guset 684 : 어휴, 틀니 딱딱대는 소리 좀 봐.

▶ guset 620 : 뭐? 너 이 새끼 공익이지? 육군복무신조 쳐 봐.

▶ guset 675 : 공군은 그런 거 없었거든요.

▶ guset 684 : 자기가 겪은 군 생활이 절대 기준이라고 생각하는 병신들이 이렇게 많아요.

▶ Taya (BJ) : 싸우지 마세요. 이번에는 진짜로 밴 먹일 거예요!

유저들이 갑론을박하는 사이 총에 맞은 사내의 움직임은 서서히 둔해지고 있었다. 그의 허벅지에서 흘러나온 피는 이제 카메라 화면으로도 확인할 수 있을 정도로 바닥에 흥건히 괴어 피 웅덩이를 이루고 있었다.

▶ guset 326 : 그런데 저 녀석, 왜 저렇게 비실거리지? 허벅지에 맞았으면 그렇게 치명상도 아닐 텐데.

▶ guset 109 : 총알이 영 좋지 못한 곳을 스쳐나간 거 아니야?

▶ guset 141 : 의, 의사 양반!

▶ guset 463 : 아니야. 피가 나오는 양을 봐. 저건 분명히 동맥을 관통한 거야. 저 상태로 방치하면 30분도 안 지나서 쇼크로 죽을 걸.

▶ guset 492 : 어우, 보기만 해도 아파 보인다. 그냥 확실하게 몇 발 더 쏴서 편하게 만들어 주는 게 어때?

▶ guset 237 : ㅋㅋㅋ 그래, 처형이다. 처형!

▶ guset 111 : 죽여라— 죽여라—

유저들은 콜로세움에서 검투사 경기를 구경하는 시민들처럼 멋대로 사내의 목숨을 두고 이래라저래라 하고 있었다. 물론 총알을 몇 발 더 박아 넣어 사내를 죽이는 것은 어렵지 않았지만… 순간, 도마우스의 머리 위로 **더 좋은 생각**이 떠올랐다.

"흠, 흠흠."

도마우스는 컴퓨터에 연결된 마이크를 켜고 가볍게 목을 가다듬었다. 동시에 그녀의 목소리는 인조 합성음으로 변조되어 원일이 쓰러져있는 산다칸 항의 스피커에 전달되었다. 도마우스는 드론과 항만 CCTV를 번갈아 살펴가며 직접 목소리를 내 상대를 불렀다.

[아아— 거기, 듣고 있죠?]

▶ guset 210 : 지금 영상에서 소리치고 있는 거 누구야?

▶ guset 316 : 매니저라고 공지에 떠 있잖아. 글씨 좀 읽어라 멍청아.

채팅창의 반응을 확인한 다음, 도마우스는 다시 한 번 모니터 속의 항만을 내려다보며 엄포를 놓았다.

[듣고 있는 거 다 알아요. 시치미 떼도 소용없어요.]

계속 해서 도마우스가 주어 없이 상대를 부르자 사내가 괴로워 보이는 표정으로 허벅지를 압박하며 고개를 쳐들었다.

"무슨 말이 하고 싶어서… 그러는 건데?"

[착각하지 마. 너 부른 거 아니야. 나는 지금 마리아에게 말하고 있는 거거든?]

도마우스는 사내의 말을 차갑게 끊어버리고선 혼잣말을 하듯이 자신의 오랜 악우에게 말을 걸었다.

[마리아, 당신이라면 근처에서 보고 있겠죠? 제가 알고 있는 앨리스는 동료를 사지에 밀어 넣고 도망치는 겁쟁이가 절대로 아니니까.]

묵묵부답. 여전히 항만은 대답 없이 고요했다. 하지만 도마우스는 개의치 않고 계속 말을 이어갔다.

[이 남자는 피를 너무 많이 흘렸어요. 지혈을 하지 않는다면 얼마 지나지 않아 곧 죽을 거예요. 물론 그대로 확인 사살을 해서 편하게 보내줄 수도 있지만… 당신이 어떤 태도를 보이는가에 따라 살려주지 못할 것도 없지요.]

"…."

또 다시 침묵이 이어졌다.

수 분 가까이 영상에 아무런 변화가 보이질 않자 초조해진 시청자들이 먼저 도마우스를 닦달하기 시작했다.

▶ guset 201 : 야, 헛짓거리 하지 말고 그냥 저 남자나 어떻게 좀 해 봐. 이러다가 죽어버리면 재미없잖아.

▶ guset 658 : 그러게. 이 근처에 없는 모양인데.

▶ guset 472 : 매니저. 상식적으로 생각을 좀 해라. 네가 그 계집애면 부른다고 순순히 뛰쳐나오겠니?

하지만 도마우스는 여전히 고집스럽게 도발적인 말투로 마리아를 부르고 있었다.

[왜 그러시죠? 설마 당신이 나타나면 둘 다 확 쏴버리고 입을 씻을 거라고 걱정하는 건가요? 설마. 해커의 미덕은 신뢰에요. 저는 수많은 시청자들 앞에서 한 약속을 바로 저버리는 그런 사람은 아니에요. **그 누구처럼 말이죠.**]

사내가 다시 그녀의 말에 반응했다. 그는 카메라를 똑바로 노려보며 이를 바득바득 갈았다.

“마리아… 그 녀석 말에 속지 마….”

[오, 이런. 아직도 말할 힘이 남아있나 보네요. 그래도 10분 뒤면 눈을 뜨는 것도 어려울 걸요? 아니면 허벅지에 구멍을 하나 더 내서 출혈 속도를 늘려볼까요?]

도마우스는 드론을 조작해서 다시 총구를 사내에게 돌렸다. 어차피 곧 죽을 사내인데, 경각심을 주기 위해서 한 발 정도는 더 맞추어도 상관없으리라.

조준점을 맞추고 발사 명령을 입력하려는 순간, 건물의 계단 쪽에서 새로운 목소리가 들려왔다.

“…하지 마.”

폐쇄회로 카메라를 돌려 계단을 비추어보니 작은 체구의 소녀가 비척거리며 옥상을 향해 걸어오고 있었다. 어두워서 얼굴이 잘 보이지는 않았지만, 분명 그 소녀는 마리아였다.

[아하하, 드디어 오셨군요!]

▶ guset 337 : 왔다—!

▶ guset 028 : 기다렸습니다!

▶ guset 046 : 역시 쇼에는 미소녀가 있어야지.

▶ guset 323 : 빨리 얘한테도 총알구멍 하나 내고 보자. 누가 더 빨리 죽는지 내기를 하는 거야. 하악하악.

도마우스가 만족스러운 미소를 지어보이는 것과 동시에 방송 화면이 새로운 채팅으로 가득 뒤덮이기 시작했다.

도마우스는 변조된 음성 너머로도 알아차릴 수 있을 만큼 기쁨에 가득 찬 목소리로 마리아를 상냥하게 불렀다.

[제가 당신을 얼마나 기다렸는데, 계속 도망치기만 하다니. 자꾸 섭섭하게 그럴 거예요?]

"…."

하지만 마리아는 그녀의 말에 대꾸도 하지 않고 계속 앞으로 걸어갔다. 그녀의 시선은 바닥에 쓰러진 사내에게 고정되어 있었다. 사내에게 가까이 다가간 마리아는 주머니에서 붕대를 꺼내 그의 상처를 지혈하려 했다.

도마우스는 마리아가 자신을 무시하고 제멋대로 행동하고 있는 이 상황이 매우 마뜩잖았다. 그래서 그녀는 드론의 총구를 마리아 쪽으로 향하게 한 채 방아쇠를 당겼다.

탕!

총구에서 발사된 탄환이 마리아가 발을 딛고 서있는 바닥의 표면을 거칠게 깎아냈다. 그제야 마리아는 고개를 들어 드론의 카메라를 제대로 쳐다보았다.

"그래… 바로 그거야. 나를 봐야지."

카메라에 비친 마리아의 그 표정은 체념하는 것처럼 보이기도 했고, 또 어떻게 보면 두려움에 떠는 것처럼 보이기도 했다. 악다문 입만큼은 일순 결의로 가득 찬 것처럼 보이기도 했지만 사시나무처럼 떨리는 팔다리는 그 의연함을 무색케 했다.

'아아, 가여워라. 저런 모습으로….'

마리아가 어떤 생각을 하고 있든 간에 예전의 자신을 몰락시켰던, 증오해 마지않던 상대가 이렇게 초췌한 모습으로 자신의 앞에 서 있는 이 상황은 도마우스에게 전에 느껴본 적 없는 강렬한 희열을 느끼게 해주었다.

도마우스는 넘쳐흐르는 감정을 억누르며 다시 마리아에게 상황을 설명했다.

[상황을 이해하지 못하셨나본데요. 여러분의 목숨은 제 손아귀 아래에 있어요. 제가 하는 말을 듣기 전까지는 당신도, 저 남자도 살려줄 수 없어요.]

마리아가 탁한 음색의 목소리로 운을 떼었다.

"내가… 무얼 하면 그를 살려줄 건데?"

[글쎄요, 무얼 하면 좋을까….]

도마우스가 고민하는 것처럼 말끝을 흐리자 다시 채팅창이 요란스럽게 들끓기 시작했다.

▶ guset 75 : 최대한 굴욕적인 벌을 내려서 혼내주자!

▶ guset 187 : 그래, 맞아! 뭔지는 몰라도… 저 하얀 얼굴을

홍시처럼 새빨갛게 붉힐 수 있을만한 부끄러운 벌을 주라고!

▶ guset 390 : 나는 빡빡이다. 나는 빡빡이다.

▶ guset 069 : 옷을 벗게 해보는 건 어떨까? 하악하악

▶ guset 351 : 페도 새끼야, 나가서 죽어.

유저들은 저마다 생각하는 추악한 벌칙을 하나씩 꺼내 제안했지만, 도마우스는 이미 마리아가 옥상으로 걸어들어 온 시점부터 그녀에게 무얼 시킬지 마음속으로 정해두고 있었다.

[우선은 제게 사과하세요.]

마리아는 아직 상황을 제대로 인지하지 못했는지 눈을 동그랗게 뜬 채 바로 반문했다.

"…무엇을?"

하지만 그 반문은 도마우스를 더욱 노엽게 했다.

[무엇을? '무엇을' 이라뇨? 당신은 당신이 한 잘못을 아직도 이해하지 못한 건가요? 당신이 선의라며 저질렀던 그 일이 어떤 결과를 불러왔는지 잊어버린 건가요?]

도마우스의 질문에 마리아의 몸이 다시 한 번 거칠게 떨리기 시작했다. 분명 그녀가 방금 말한 '과거'는 마리아에게 떠올리고 싶지 않은 트라우마 그 자체이리라. 도마우스도 그 사실을 잘 알고 있었다.

그렇기에 도마우스는 더욱 자세하게 그녀의 과거를 열거하며 마리아의 기억을 상기시켰다.

[당신이 말하던 그 선의라는 게 얼마나 고결하고 아름다운 것인지는 듣고 싶지도 않아요. 어차피 저는 그딴 거 신경도 안 쓸 뿐더러— 이해하고 싶지도 않으니까요.

하지만 당신이 저지른 행위의 책임은 누가 졌죠? 실패자라는 낙인은 누가 짊어지었냐고요! 결국 모든 책임은 제가 떠안았어요. 당신의 그 같잖은 선행 때문에 저는 수만 달러의 피해를 입었다고요. 그런데도 미안하다는 생각이 안 든다고요? 그게 당신의 정의인가요?]

"나도… 그런 생각으로 한 것은…."

[아, 그러고 보니 듣기로는 당신도 피해를 입었다지요? 당신이 저지른 범죄가 **우연히** 넷 상에 공표되는 바람에 당신과 당신의 가족은 무척이나 괴로웠을 거예요. 담벼락에 그려진 악성 문구, 주변 사람들의 손가락질, 학교 캐비닛에 가득 찬 쓰레기, 결국 견디지 못하고 딸에게 떠나달라고 말하는 부모의 모습까지…. 오, 이런. 가여워서 어쩌나. 정말 눈물이 날 정도네요. 하지만 이를 어쩌죠? 다시 말하지만 저는 선의 같은 건 모르는 쓰레기니까요.]

"읍… 하아…."

마리아의 호흡이 점차 가빠졌다.

눈의 초점은 흐려지고 제대로 서 있는 것조차 힘든지 계속 제 자리에서 비틀거린다. 마리아에게 불특정 다수가 지켜보는 가운데 과거의 일을 열거당하는 이 상황은 과거의 트라우마를 그대로 재현하는 것과 똑같은 악몽으로 느껴질 것이다. 그녀가 혼란스러워하는 틈을 타 도마우스는 다시 달콤한 목소리로 감언을 속삭였다.

[자. 제안을 하나 하죠, 마리아. 여기서 당신이 전에 저질렀던 일을 사과한다면. 당신의 신념이 그릇되었음을 순순히 인정한다면… 당신을 무사히 돌려보내줄게요.]

사람을 세뇌하는 것은 사냥터에서 작은 동물을 모는 것과 아주 비슷했다. 몰이꾼을 시켜 소란스러운 소리를 내고 한쪽으로 몰다가 조금의 틈을 보여주면 사냥감은 십중팔구 그 쪽으로 도망친다. 그 틈 사이에 덫이 놓여있을 거라는 걸 알면서도, 악몽에 취한 피해자는 그 꿈에 깨어나기 위해 버거운 리스크도 덥석덥석 받아들인다.

마리아도 사람이라면 그럴 것이다.

[물론 당신은 아직도 '나는 틀리지 않았어—' 같은 생각을 하고 있을지도 몰라요. 하지만 이를 어째. 당신이 신념을 부인하지 않으면 그 신념 때문에 동료가 죽을지도 모르는 상황이네요. 설마… 앨리스, 당신은 그깟 신념 때문에 동료를 죽도록 놔두는 **위선자**는 아니겠지요?]

도마우스는 자신이 즐겨 쓰는 전가의 보도를 꺼내 들고 마리아를 위협했다. 마리아는 금방이라도 울음이 터질 것 같은 표정으로 입을 틀어막았다. 위선자라는 오명을 듣고 싶어 하는 사람은 없다. 그것도 사람의 목숨이 걸린 자리에서라면 더더욱.

웬만하면 도마우스의 제안을 받아들이겠지만, 자기혐오에 빠져 대답을 하지 못한 채 그 자리에 엎어져 오열을 해도 퍽 재미있을 것이다. 마리아가 계속 대답하기를 주저하자 도마우스는 매섭게 대답을 독촉했다.

[빨리 대답해!]

"…어."

마리아가 입을 열었다. 하지만 마리아의 입에서 흘러나온 대답은 도마우스가 예측하지 못한, 전혀 뜻밖의 것이었다.

"…싫어."

마리아는 여전히 몸을 바들바들 떨며 숨도 제대로 몰아쉬지 못하고 있었지만, 분명하게 카메라를 노려보며 부정의 뜻을 전달했다.

"나는… 사과하지 않겠어."

마리아의 선언에 오히려 할 말을 잃은 것은 도마우스 쪽이었다. 채팅방을 계속 시끄럽게 달구어대던 네티즌들도 마리아의 말이 의외였는지 이상하리만큼 조용했다.

도마우스는 그녀의 결정을 도무지 이해할 수가 없었다. 지금 이 상황에서 마리아가 도마우스의 제안을 걷어찬다는 것은 저 사내가 죽도록 내버려두겠다고 선언하는 꼴과 다름이 없었다.

[뭐예요, 앨리스. 전에는 사람을 살린답시고 친구를 배신한 주제에. 이제 와서는 사람의 목숨 따위는 아무래도 좋다는 건가요?]

"아무래도 좋다는 게 아니야."

마리아는 숨을 참아가며 더듬더듬 말을 이었다.

"사과할 필요가 없으니까… 사과하지 않겠다는 거야."

결정. 그녀는 굴복하는 대신 위선을 택했다.

도마우스는 짐짓 한숨을 내쉬는 시늉을 해보이며 마리아에게 낙인을 찍었다.

[역시 당신은 위선자네요.]

도마우스가 먼저 운을 떼자 채팅방의 시청자들도 그녀를 따라 비난을 한 마디씩 던지기 시작했다.

▶ guset 400 : 지금 저 여자애, 자기 자존심 때문에 동료를 죽도록 방치하겠다는 거야?

▶ guset 479 : 귀여운 외모로 심한 짓을 잘도 하네.

▶ guset 688 : 바로 앞에 있는 사람도 구하지 못하면서 알지도 못하는 사람을 어떻게 구하겠다는 거야?

"지금 사람을 죽이려는 건 내가 아니라 너희겠지."

하지만 마리아는 자신을 향해 쏟아지는 무수한 악의에도 굴하지 않고 자리에 바로 섰다. 그녀의 호흡은 아까전보다 훨씬 안정되어 있었다.

"너희들도 너희가 하는 소리가 궤변이라는 건 잘 알고 있겠지. 무슨 소리를 하더라도 상대를 위선자로 만들 수 있는 무적의 논리라니, 그렇게 편리주의적인 이야기가 세상 어디에 있어? 마치 기차 선로의 전환기를 쥐어주고 어느 쪽으로 선로를 돌리든 살인자라고 비난하는 꼴이잖아."

마리아는 자신의 눈앞에 시청자들이 바로 서 있는 것처럼 카메라의 렌즈를 진지하게 마주보며 말했다.

"어차피 너희들은 앞으로 나설 용기조차 없겠지.

…사실 나도 앞에 나서고 싶지는 않았어. 하지만 내게 칼자루가 쥐어진 이상, 어쩔 수가 없잖아. 너희들이 나를 위선자라고 부르든 탕녀라고 부르든. 나는 기꺼이 고디바 부인이 되어 주겠어. 너희는 계속 그렇게 눈이 멀 때까지 관음이나 하라고, 이 쓰레기들아!"

도마우스는 아무 대답도 하지 않았다.

그녀의 말에 충격을 받아서 할 말을 잃은 것은 아니었다. 그저 총구를 앞에 두고도 겁 없이 하고 싶은 말을 제멋대로 퍼부어대는 마리아의 의중이 도무지 이해가 가질 않아서였다

'설마 내가 모르는 지원을 따로 요청한 건 아니겠지?'

하지만 항만 내부의 카메라에는 여전히 아무것도 잡히지 않았다. 그

럼 도대체, 무엇이, 그녀에게 저런 만용을 불어넣어주고 있단 말인가.

문득 영상에 비친 마리아의 하반신이 도마우스의 눈에 들어왔다. 그녀의 표정은 사뭇 결연해보였지만 다리만큼은 아까와 마찬가지로 바들바들 떨리고 있었다.

"스피커가 고장 나기라도 한 거야? 좋아, 다시 한 번 말해주지. 너희들은— 최악의 쓰레기야!"

그녀는 두려움 없이 블러프를 치고 있는 게 아니었다.

여전히 두려워서, 금방이라도 쓰러질 것 같은 다리를 부여잡고선 억지로 용기를 끌어내 자신의 신념을 주장하고 있는 것뿐이었다.

도마우스는 그 모습이 퍽 가엽다고 생각했다.

'저렇게 말하면 유저들이 참회의 눈물을 흘리며 반성이라도 해 줄 거라고 기대한 걸까.'

▶ guset 455 : 참 내. 지가 뭔데 우리보고 쓰레기래?

▶ guset 053 : 매니저, 빨리 저 건방진 계집애를 쏴버려. 맞고 나서 싹싹 빌어도 용서해주지 말라고!

▶ guset 794 : 사람은 누구나 용기를 낼 수 있지. 총을 맞기 전까지는 말이야. ㅋㅋㅋ

채팅창에서는 여전히 모욕적인 글이 쏟아지고 있었다. 말 한 마디로 세상을 바꿀 수 있다고 믿다니. 어떠한 상황에서도 이성적인 판단을 이어가야 하는 해커로서는 완전 실격이다.

"바보들과 놀다보니 너도 꽤 멍청해졌구나."

도마우스는 그렇게 중얼거리며 드론의 총구를 마리아에게 돌렸다.

원래는 더 오랫동안 가지고 놀다 버릴 생각이었지만 방금 전의 대화 때문에 흥이 식어버렸다. 도마우스는 마리아의 얼굴을 정조준한 채 담담히 트리거를 당겼다.

[잘 가, 앨리스.]

딸각.

"응…?"

명령어를 보냈지만 영상은 아무런 변화가 없었다.

처음에는 카메라가 고장 났나 싶었지만, 영상 속의 마리아는 여전히 불규칙하게 숨을 고르고 있었다. 채팅도 계속해서 올라가고 있었다. 그 말인즉 드론의 화기관제에 문제가 생겼다는 뜻인데….

도마우스는 다른 드론을 호출하여 다시 한 번 방아쇠를 당기도록 명령해 보았다. 하지만 이번에도 드론은 생각한대로 움직여주지 않았다. 아까 전까지만 해도 잘 움직이던 드론에게 무슨 일이 생긴 걸까.

"도대체 이게 무슨 상황이야?"

도마우스는 툴툴거리며 드론의 화기관제를 제어하는 코드를 다시 한 번 훑어보았다.

아니나 다를까, 누군가가 10분 전에 서버에 침입하여 제어 코드의 일부를 망그러트린 흔적이 남아있었다. 코드를 다시 수정하는 것은 어렵지 않았지만… 이 타이밍에 누가 그녀를 방해한 것인지 도마우스는 알고 싶었다.

'마리아의 짓인가? 하지만 마리아는 컴퓨터로 해킹을 할 수 없을 텐데….'

그 때, 도마우스의 눈에 마리아의 손에 들린 작은 핸드폰 하나가 들어왔다.

"아하, 저거구나."

도마우스는 옅게 웃으며 양 손을 마주잡았다.

핸드폰으로 해킹을 수행하는 것이 불가능한 것은 아니었지만, 컴퓨터에 비해 핸드폰 기기의 퍼포먼스는 압도적으로 불리했다. 그냥 내버려둔다 하더라도 드론 몇 개체의 통제권을 뺏는 것뿐이 고작일 것이다. 하지만…

"마지막에 방심을 해서 일을 그르칠 필요는 없지."

도마우스는 마리아의 마지막 수족을 잘라내기 위해 자신의 해킹툴을 기동시켰다.

핸드폰의 권한을 빼앗는 것은 다른 기기에 비해 훨씬 더 간단했다. 마리아가 들고 있는 저 기종의 핸드폰은 사용자가 자신의 기기에서 터미널에 접근하지 못하기 때문에 제조사가 관리자 암호를 동일하게 만들어두었기 때문이었다.

페어링 된 중계기를 찾아 권한을 획득하고, 스캔을 돌려 해당 디바이스를 찾아내는 데에는 오랜 시간이 걸리지 않았다. 그리고 도마우스는 암호를 쳐 핸드폰의 권한을 빼앗으려 했다.

>>> EOS divce scanning….

>>> Scan complete. Discovered device : 1

해킹을 통해 다른 사람의 기기에 접속하는 것은 경찰이 용의자의 집에 도어 브리칭을 하고 진입하는 과정과 꽤 비슷한 구석이 있다. 특히

문이 열렸다고 해서 위험이 완전히 사라진 것은 아니라는 점에서 더욱 그렇다. 안에 어떠한 함정이 있을지 문 밖에서는 절대로 알 수 없다.

평소의 도마우스였더라면 권한을 뺏기 전에 접속하려는 디바이스에 위험은 없는지 추가 스캔을 했었겠지만, 오늘의 그녀는 드물게 방심을 하고 있었다. 마리아에게 함정을 팔만한 충분한 시간이 없었다는 사실과 무슨 일이 일어나더라도 바로 대처할 수 있다는 자신감이 도마우스의 경계를 소홀하게 했다.

접속한 디바이스의 권한을 완전히 넘겨받고, 그 안에 있는 폴더를 확인하는 순간… 갑자기 도마우스의 모니터가 파랗게 물들었다.

[드라이버에서 치명적인 오류가 발견되었습니다. 부팅을 다시 시도합니다.]

"뭐, 뭐야. 갑자기 왜…."

도마우스는 황급히 키보드를 놀려 무슨 일이 일어났는지 확인하려 했지만 악성 코드는 계속 토끼가 새끼를 치는 것처럼 새로운 프로세스를 기하급수적으로 발생시켜 그녀의 컴퓨터를 완전히 마비시켜버렸다.

"이쪽의 감시망에 감지되지 않는 새로운 형태의 포크 밤(Fork Bomb)이라고? 도대체 언제 이런 걸…!"

도마우스는 시스템을 복구시키기 위해 끙끙대다가 문득 온라인 회선을 통해 정보가 외부로 흘러나가고 있는 것을 발견했다. 누군가가 그녀의 주의가 돌아간 틈을 타 그녀의 비밀스러운 디스크를 뒤지고 있었다.

"안 돼, 안 돼! 이것만큼은 내어줄 수 없어!"

도마우스는 다소 거친 방법으로 회선을 틀어막았다.

정보 유출은 즉시 중지되었지만 이미 알짜라고 할 수 있는 중요 정보들은 모조리 상대의 손으로 넘어간 후였다.

"젠장! 도대체 이게 어떻게 된 거야!"

도마우스는 욕지거리를 내뱉으며 마우스를 집어 던졌지만 수초도 지나지 않아 다시 평정을 되찾았다.

냉정하게 생각하자. 아직 모든 게 끝나지는 않았다.

컴퓨터가 맛이 가버리기는 했지만 그렇다고 산다칸에 있는 드론까지 고장 난 것은 아니다. 다시 접속할 수 있는 수단만 찾는다면 언제든 다시 우위를 잡을 수 있다.

도마우스는 서랍에서 태블릿을 꺼내 타야가 스트리밍하고 있는 중계 사이트의 주소를 입력했다. 지금 산다칸 항에서 무슨 일이 벌어지고 있는지 확인하기 위해서는 이편이 제일 빠른 방법이었다. 도마우스는 화면이 바뀌는 것을 바라보며 초조하게 책상을 두들겼다.

외부인의 접속을 제한하기 위해 만들어 둔 인증 시스템의 로딩이 오늘따라 더욱 더디게 느껴졌다.

곧 화면이 전환되고 익숙한 방송 플랫폼이 화면 위에 떠올랐다. 하지만 플랫폼 상에 스트리밍되고 있는 장소는 드론의 카메라가 아까까지 비추고 있었던 산다칸 항의 전경이 아니었다. 대신 카메라는 어디서 많이 본 듯한 두 평 남짓의 작고 음침한 방을 비추고 있었다.

방의 가장자리에는 지저분하게 수염을 기른 한 뚱뚱한 사내가 모니터를 뚫어져라 쳐다보고 있었다. 그는 모니터 속에서 무언가 이상한 걸 목격했는지 기름진 목소리로 툴툴거렸다.

"잠깐, 이 방은… 내 방이잖아?"

▶ Taya (BJ) : 잠깐, 이 방은… 내 방이잖아?

그와 동시에 채팅창에서 타야가 명랑한 목소리로 사내의 말을 똑같이 따라 읊었다. 화면 속의 뚱뚱한 사내는 황급히 캠을 치워버렸지만… 방금 그 장면이 무얼 의미하는지는 시청자들에게 충분히 전달되고도 남았다.

▶ guset 674 : 뭐야, 저 아재는?
▶ guset 492 : 방금 방송에서 타야가 저 아저씨 말 그대로 따라하지 않았어?
▶ guset 540 : 그럼 설마… 저 돼지 같은 녀석이 타야의 정체야?
▶ guset 559 : 으엑, 그럼 여태까지 인공 합성 목소리로 여자 흉내를 내고 있었단 말이야? 윽, 역겨워….
▶ guset 316 : 시발. 여고생이 아니라 저런 뚱뚱한 아재였다고? 그런 줄도 모르고 매달 꼬박꼬박 후원했네!
▶ guset 176 : 저런 외모로 카메라 앞에서 귀여운 척을 했다고 생각하니 점심에 먹은 라면이 올라올 것 같아.
▶ guset 766 : 방금 올라온 영상 박제해서 VC에 올렸다. 다운로드 받아갈 사람은 받아가.
▶ guset 455 : 잠깐, 여기 방송 영상 외부로 유출하는 건 규칙 위반이잖아?

▶ guset 674 : 저 자식이 우릴 먼저 속였는데, 왜 우리가 규칙을 들어줘야 해? 난 몰라. 고소할거면 고소해. 애당초 고소가 될지도 모르겠지만. ㅋ

▶ guset 388 : 나도 방송 녹화한 거 1년 치 뿌린다!

▶ guset 096 : 이 새끼들… 처음부터 배신할 생각 만땅이었던 거 보소. ㅋㅋㅋㅋ 좋아, 나도 달린다!

채팅창은 무질서 그 자체였다. 하지만 아무도 그들을 말리지 못했다. 방송 화면은 여전히 블랙 아웃된 상태였고, 시청자들은 타야의 정체를 폭로하는 데 정신이 팔려 마리아와 산다칸 항에 대해서는 까맣게 잊어버리고 말았다.

도마우스는 황급히 평소에는 쓰지 않던 개인 회선으로 타야를 호출했다. 통화가 연결되자마자 보정이 조금도 이루어지지 않은 타야의 굵직한 목소리가 수화기 너머로 들려왔다.

[망했어. 망했다고!]

그는 패닉에 빠져 돼지처럼 비명을 꽥꽥 질러대고 있었다. 도마우스는 욕지기가 이는 것을 꾹꾹 눌러 참으며 말을 꺼냈다.

"타야, 진정해. 지금 네 얼굴이 공개된 건 그다지 중요한 문제가 아니야. 우선 산다칸 항의 상황을 파악하는 게—"

[중요하지 않다고?!]

타야… 아니, 타야의 가면을 쓰고 광대놀이를 하던 사내는 도마우스의 말에 충격을 받았는지 울먹이는 목소리로 횡설수설했다.

[난 모든 걸 잃었어. 내 정체가 탄로 났다고. 나를 일으켜 세워주던

유일한 소통 창구가 짓밟히고, 내 존재는 부정당했는데… 이 상황에서 뭐가 중요하단 말이야? 타야는… 아니, 나는 끝났어. 이대로는 살 의미가 없다고!]

"진정해. 우선은 방송을 유지해야—"

도마우스의 말이 채 끝나기도 전에 타야가 전화를 끊어버렸다. 그리고 동시에 송출되던 방송도 끊겨버렸다.

이것으로 마리아를 압박할 수 있는 수단은 사라져버렸다. 여러 사람들 앞에서 망신을 주지 못한다면, 마리아에게 굴욕적인 벌을 준다 한들 그게 무슨 소용이란 말인가. 게다가 도마우스가 지금 이러고 있는 중에도 산다칸 항에서 무슨 일이 벌어질지 모른다.

마리아는 여전히 그 자리에 있나? 그 사내는 아직 살아있나? 드론들은 제대로 떠 있을까?

통신이 차단되자마자 순식간에 불안이 밀려들었다.

정보, 정보가 필요했다. 드론을 움직이고 마리아를 끝장내기 위해서는 컴퓨터를 잘 다룰 수 있는 사람의 협조가 필요했다. 도마우스는 회선을 돌려 이번에는 P.J에게 연락을 걸었다.

[전화를 직접 걸고… 무슨 일이야?]

P.J는 채팅과 같이 퉁명스러운 말투로 되물었다.

지금 온라인상에서 어떤 일이 벌어지고 있는지 그도 이미 보았을 텐데, 하지만 P.J는 여전히 아무것도 모른다는 투로 답했다.

뭐, 지금 이 상황에서 그의 말투는 아무래도 좋다. 도마우스는 단도직입적으로 도움을 요청했다.

"P.J 지금 네 컴퓨터로 드론 중계기에 접속 가능하지? 그걸로 저 가

증스러운 계집애의 머리를 날려버릴 수 있어?"

[그래, 가능해.]

P.J.가 하품을 하며 느릿느릿한 목소리로 답했다.

협조성이라고는 조금도 없는 불친절한 말투였지만, 도마우스는 그 대답이 더없이 반가웠다.

"좋아, 그럼 곧바로 제어 코드를—."

[그래서. **입금은 언제 해 줄 거지?**]

P.J의 말에 도마우스는 그 자리에서 얼어붙었다.

"입금이라고?"

[말했을 텐데. 나는 언제나 선입금만 받고 일한다고.]

물론 사실이 그렇다. P.J는 돈이 입금되지 않으면 먼저 움직이는 법이 없었다. 하지만 지금 그녀의 계좌에 접속할 수 있는 인증 코드는 마비된 컴퓨터 안에 있었다. 태블릿으로 어떻게 계좌만 살려내는 것도 불가능하지는 않겠지만, 그러기에는 상황이 너무나도 촉박했다.

"지금 이 상황에서 선입금이라니…. 너도 그게 불가능하다는 건 알고 있잖아? 내 계좌는 지금 동결된 서버 안에 있다고!"

[그럼 서버가 해동될 때까지 기다려주지.]

P.J는 여전히 천하태평이었다. 도마우스는 밀려드는 초조함을 억지로 감추며 P.J를 설득하려 했다.

"그러는 사이에 그 계집애가 일을 다 망쳐버릴 거야! 내가 왜 서두르는지 알잖아. 이번 한번만 봐줘. 우리가 같이 일한 게 얼만데… 아직도 나를 못 믿는 거야?"

하지만 그는 완고하게 했던 말을 되풀이할 뿐이었다.

[너야 말로 우리가 같이 일한 게 얼만데 아직도 나를 모르지? 나는

부모의 목숨이 걸린 일이라도 돈이 들어오지 않으면 움직이지 않아.]

"이 노랭이 자식…!"

[뭐라고 하던 간에 나는 돈만 받으면 끝이야. 아, 산다칸 항에 있는 저 아가씨는 돈을 내줄 수 있을지도 모르겠군.]

P.J는 불쾌한 웃음소리를 내며 전화를 끊어버렸다.

마지막 기대를 걸었던 P.J 까지 자신을 배신했다는 걸 알아차리자 도마우스의 머릿속은 하얗게 질려버렸다.

배신당했다.

다른 사람을 배신할지언정 자신이 배신당하지는 않을 거라고 생각했는데. 주변의 사람들은 쓸모가 없어진 가전을 내치는 것처럼 그녀를 모른 척 하고 있었다.

"고작 한 번의 실수 때문에 이렇게까지 하기야? 고작 한 번 뿐이었잖아!"

도마우스는 골이 나서 그렇게 혼잣말을 내지르다가 문득 자신이 하고 있는 말이 그동안 자신에게 당했던 패배자들이 내지르던 단말마와 똑같다는 것을 알아차렸다. 그녀는 밀려드는 굴욕을 애써 부인하며 현실을 곱씹었다.

아니다. 자신은 그 패배자들과 다르다. 아직 연락이 가능한 매즈섹의 멤버가 한 명 더 남아있지 않는가. 도마우스는 그렇게 자위하며 매즈섹의 마지막 멤버- 토파즈에게 전화를 걸었다. 토파즈 역시 지금의 상황을 모두 보고 있었는지 전화를 받자마자 곤란하다는 목소리로 말을 흐렸다.

[어... 도마우스? 무슨 일이야? 아니, 그 일 때문이겠지? 응, 나도 이미

알고 있어. 타야의 일은 정말 유감이야.]

토파즈의 말투는 한시라도 빨리 전화를 끊고 이 상황에서 도망치고 싶어 하는 것처럼 들렸다. 하지만 도마우스는 그럴 리가 없다고 계속 스스로에게 암시를 걸며 그동안 한심하다고 생각해왔던 동료에게 도움을 요청했다.

"토파즈, 너는 나를 도울 거지? 나를 저버리지 않겠다고 말했잖아."

[어, 그러니까. 그게….]

하지만 유감스럽게도 도마우스의 보는 눈은 틀리지 않았다. 도마우스가 몰락했다는 것을 알아차리자마자 토파즈는 재빠르게 선을 긋고 그녀를 모른 체했다.

[가, 갑자기 바쁜 일이 생겨서. 나중에 사건이 정리되면 다시 연락할게. 그럼 힘 내!]

"토파즈, 토파즈!"

그녀는 수화기에 대고 애타게 상대의 이름을 불렀지만 이미 통화는 끊어진 후였다. 더 이상 부정할 수가 없었다. 지금 이 순간, 도마우스는 그녀가 그렇게 경멸하고 우습게 여겨오던 '패배자'가 되어있었다.

"젠자아아아아앙!"

도마우스는 태블릿을 벽에 힘껏 내던졌다.

-7-

"휴우우…."

마리아는 안도의 한숨을 내쉬며 자리에 주저앉았다.

원일의 호흡도 어느새 정상적인 속도로 돌아왔고, 항만을 가득 메우고 있던 드론의 음습한 비행음도 더 이상은 들려오지 않고 있었다.

마리아는 드론의 제어장치를 해제하자마자 원일의 상처를 지혈하고 응급조치를 했다. 원일이 가져온 구급약품 중에 지혈용 하이드로 겔이 있어 다행이었다. 여전히 의식은 돌아오지 않았지만 출혈은 완전히 멎었으며, 활력징후도 비교적 정상으로 돌아와 있었다.

마리아는 원일의 상태를 계속 곁눈질로 살피며 자신에게 메일을 보내 해킹을 도와준 상대— '사루' 라는 아이디를 쓰는 해커에게 답신을 보냈다.

[이 쪽은 다 끝났어. 부상자의 구호도 마무리된 참이야.]

[늦지 않아서 다행이군.]

사루는 기다리고 있었다는 것처럼 바로 답신을 보냈다.

사루의 말에 따르면 도마우스의 컴퓨터는 마리아의 갑작스러운 포크 밤 공격으로 먹통이 되었고, 그녀가 시스템을 복구하느라 주의가 소홀해진 틈을 타 사루가 도마우스의 서버에서 쓸 만한 파일을 몇 개 주워왔다고 했다.

마리아는 이 항구에 온 원래의 목적을 떠올려내고 사루에게 질문을 던졌다.

[혹시 그 중에 승조원들의 유출된 사진이나 영상 파일도 있었어?]

[그래. 네가 말한 그 파일도 있더군. 정리되는 대로 보내주지. 어째 이상한 자료들이 함께 딸려 와서 말이야. 도마우스는 왜 이런 걸 다 수집해뒀는

지.]

[모아두면 쓸모가 있을 거라고 생각했나 보지.]

[세상에는 몰라도 좋은 사실도 있는 법이야. 읽어보니까 개 중에는 군사 기밀 같은 것도 제법 섞여 있더군. 어쩐지 기밀이라기보다는 싸구려 가십 소설처럼 느껴지는 이상한 이야기뿐이었지만….]

그 때, 한동안 잠잠했던 방송 스피커가 갑자기 노이즈가 잔뜩 섞인 소리를 내며 가동했다. 누군가가 외부에서 원격으로 스피커를 조작하고 있었다. 동시에 CCTV의 암(Arm)이 움직이더니 카메라로 마리아의 얼굴을 비추었다.

카메라 너머의 인물은 익은 목소리로 마리아를 불렀다.

[하아… 핸드폰에 바이러스를 심어두었을 줄이야. 전혀 예상하지 못했어요. 당신도 그런 치졸한 수를 쓰는군요.]

도마우스였다. 지금에 와서 다시 이야기를 걸어오는 이유는 알 수가 없었지만 마리아는 부러 무심한 말투로 시선을 피했다.

"좋을 대로 떠들어. 어차피 너는 내게 졌으니까. 그 뒤에 숨어있는 한 너는 내게 손가락 하나 댈 수 없어."

역린을 건드렸으니 분명 길길이 화를 낼 거라고 생각했건만, 의외로 도마우스의 목소리는 담담했다. 아니, 그녀는 오히려 옅은 웃음까지 띄워가며 마리아를 도발했다.

[그래. 당신을 죽이는 데에는 실패했을지도 몰라요. 하지만 적어도… **거기 있는 사내의 목숨만큼은 받아가겠어요.**]

"그게 무슨 소리지…?"

마리아는 고개를 들고 카메라를 쳐다보았다.

혹시 확인하지 못한 드론이 있나 주변을 살펴보았지만 아무런 소리도 들리지 않았고, 원일의 상태도 여전했다.

[제어 장치를 잘 살펴보세요.]

그러고 보니 아까 전부터 제어 장치의 내부에서 희미하게 다이오드 등의 불빛 같은 것이 새어나오고 있었다. 마리아는 제어 장치의 케이스를 잡아 뜯고 내부를 살폈다.

[이건….]

[드디어 발견했군요. 그래도 명색이 해커인데, 제가 백업하나 해두지 않았겠어요?]

제어 장치의 안에 들어있었던 것은 공사장용 폭약에 전기식 뇌관을 연결한 IED(Improvised Explosive Device, 급조폭발물)였다.

'이게 왜 이곳에 있지?'

너무나도 뜻밖의 물건을 마주하는 바람에 마리아는 그 자리에서 굳어버렸다.

[그 폭탄은 제어장치가 정지하면 일정시간 뒤에 기폭하게 되어 있어요. 그러고 보니 오늘 야적지에 적재된 물건들은 대부분이 인화성이 큰 화학제품이더군요. 분명 한 번 터지면 반경 수백 미터는 활활 타오르겠죠.]

마리아가 움찔하며 뒤로 물러나려는 기색을 보이자 도마우스는 깔깔거리며 유쾌하게 웃었다.

[크흐흐…. 물론 바로 터지지는 않아요. 그럼 재미가 없잖아요? 폭탄이 터지려면 앞으로도 약 5분 정도의 유예가 남아있어요. 당신은 그 5분 동안 무엇을 할 수 있을까요?]

마리아는 원일을 부축해 그를 폭발 반경 바깥으로 끌어내려고 했지만, 의식을 잃은 성인 남성의 몸을 끌고 빠르게 움직이는 것은 마리아의 근력으로는 거의 불가능했다. 몇 미터를 겨우 움직이고 나서야 마리아는 현실을 직시했다.

[그래요. 당신의 힘으로는 5분 내에 혼자 이곳을 빠져나가는 것도 버거울 거예요. 결정하세요. 동료를 버리고 홀로 목숨을 부지하거나, 아니면 둘 다 함께 장렬하게 이곳에서 산화하던가. 개인적으로는 후자가 좋겠지만… 그건 당신에게도 **불합리**한 일이겠지요?]

도마우스는 여전히 즐거워 어쩔 줄 모르겠다는 목소리로 그녀를 조롱했다.

[당신은 평생 앞으로 살아가며 동료를 버렸다는 죄책감에 시달리게 될 거예요. 밥을 먹을 때도, 잠을 잘 때도 이 남자의 얼굴이 지워지지 않겠죠. 어때요, 몸이 막 떨리지 않나요?]

마리아는 아무런 대답도 하지 않았다. 그저 IED의 구조를 살피며 그 순간에도 계속 폭탄을 해제할 수 있는 방법에 대해 고민할 뿐이었다.

[제가 너무 잔인한 것 같나요? 그럴 리가. 당신은 저를 두 번이나 나락으로 떨어트렸어요. 당신은 나쁜 아이에요. 그런데 나쁜 아이가 벌을 받지 않는다면… 그건 이상하잖아요?]

폭발물에 익숙한 엘레나 포술장이라면 어떻게 해제법을 알고 있을지도 모르겠지만, 군에 들어와서 수류탄을 잡아본 적도 없는 마리아에게는 직접 폭탄을 해제한다는 선택지는 애초에 없었다.

[자, 이러는 중에도 시간은 흘러가고 있어요. 빨리 선택하는 게 좋을 거예요.]

마리아는 자리에서 일어섰다. 그리고 핸드폰을 들어 새로 사귄 친구에게 도움을 요청했다.

"사루."

[미안. 제어 장치를 해제하기만 하면 될 거라고 생각해서 거기에 폭탄이 연결되어 있을 거라곤 상상도 하지 못했어. 다 내 실책이야.]

사루도 이 상황을 보고 있었는지 그는 침통한 목소리로 사과부터 먼저 꺼냈다.

[이런 말은 하고 싶지 않지만… 그 사내는 내버려두고 혼자 도망쳐. 여기서 둘이 죽어봤자 도마우스만 즐겁게 할 뿐이야.]

하지만 마리아는 도망칠 생각이 없었다. 그녀는 폭탄의 뇌관을 카메라로 비추며 의견을 구했다.

"이 뇌관은 원격으로 해킹할 수 있는 모델이야?"

[뭐? 설마, 지금 폭탄을 해체 할 생각이야?]

"시간이 없어. 가능해?"

마리아가 다시 한 번 재촉하자 사루는 약간 망설였다가 곧 자신이 알고 있는 것을 그녀에게 전해주었다.

[가능해. 원격으로 서버에서 전파를 수신해서 터지는 물건인 만큼 서버의 관리자 권한을 획득하면 폭발을 멈추는 것도 가능할거야. 하지만 그러려면 도마우스의 개인키가 필요한데… 그 개인키 정보는 내게도 없어.]

"공개키는 있겠지. 내가 풀어볼게."

[핸드폰으로는 디코드 프로세스를 돌릴 수 없을 텐데.]

사루는 이해가 되질 않는다는 목소리로 다시 한 번 물었지만 마리아로부터 돌아온 것은 퉁명스러운 핀잔뿐이었다.

"설명할 시간 없어."

[알았어. 공개키를 보내주지.]

10초도 지나지 않아 사루로부터 공개키에 해당하는 한 쌍의 정수(整數)가 도착했다.

이런 식의 암호화 알고리즘에서 개인키를 찾는 과정은 간단한 사칙연산을 반복하는 것과도 같다. 단, 연산을 반복하는 과정에서 수가 천문학적으로 커지기 때문에 제 시간 내에 해독하려면 양자 컴퓨터에 준하는 연산력이 필요했다. 그런데 그 연산을 사람의 머리로 수행할 수 있을까?

상식이 바로 내놓은 대답은 "NO" 였다. 완전무결한 컴퓨터조차도 버거워하는 계산의 반복을 사람의 뇌가 버텨낼 수 있을 리가 없다.

…하지만 풀지 않으면 마리아와 원일은 여기서 죽는다.

"후…."

단순 명료한 상황 덕분에 잡념이 깨끗이 가셨다.

마리아는 자신에게 주어진 공개키를 노려보며 천천히 머릿속으로 연산을 반복했다. 체로 고운 가루를 걸러내는 것처럼 조건에 맞지 않는 정수를 제하고 다시 알고리즘에 새로운 값을 끼워 넣는다. 자릿수가 커질수록 연산은 복잡해지고 한 번에 외워야 할 수도 많아진다.

하지만 그녀의 계산 속도는 여전히 변함이 없었다.

[너… 뭐하고 있는 거야?]

스피커 너머로 도마우스의 떨리는 목소리가 들려왔다.

분초를 다투는 상황에서 핸드폰을 노려본 체 꼿꼿이 서있으니 실성한 것처럼 보이겠지. 하지만 마리아는 개의치 않았다. 주어진 정수 값 이외에 눈으로, 귀로, 피부로 들어오는 모든 정보는 계산에 불필요한 것이다. 지금 생각해야 하는 것은 복호화에 쓰이는 알고리즘과 공개키 값, 그리고 어디까지 계산했는지의 여부 뿐.

곧 도마우스는 마리아가 어떤 일을 하고 있는지 깨닫고 놀라서 큰 목소리를 냈다.

[말도 안 돼. 지금 암산으로 개인키 값을 역산하고 있는 거야? 그, 그런 게 가능할 리가 없잖아!]

떨리는 목소리가 스피커 너머에서 날아와 마리아의 귀를 간지럽혔다. 하지만 그 뿐이었다.

마리아는 이미 그 목소리의 주인이 누구인지조차 잊어버린 후였다. 어느새 그녀는 자신이 왜 계산을 하고 있는지도 잊어버렸다.

원일에 대한 걱정도, 도마우스에 대한 두려움도 없다.

그저 날 때부터 오롯이 계산을 위해 만들어진 존재처럼, 묵묵히 수를 찾는다.

실제로는 수 분 밖에 지나지 않았지만, 마리아의 머릿속으로는 이미 억겁의 시간이 지나간 후였다.

"…후."

순간, 마리아의 호흡이 멎었다. 그리고 그녀는 천천히 숨을 몰아쉬며 미소를 지어보였다.

"…찾았다."

[아냐. 저건 그냥 블러프야. 그, 그럴 리가 없어. 마리아, 나를 놀리려

고 그러는 거지? 정말로 암호키를 찾아낸 건 아니겠지?]

도마우스가 현실을 부정하려는 것처럼 꽥꽥 소리를 질러댔다. 하지만 그 목소리는 더 이상 마리아에게 두려움을 주지 못했다.

"너무 오래 기다리게 했네."

앨리스는 고개를 들고 상대를 마주보았다.

그녀의 입가에는 여름날의 햇살과 같은 부드러운 미소가 떠올라 있었다.

길고 지루한 장고였지만, 덕분에 앨리스는 산쥐의 발을 묶을 유일한 수를 찾아낼 수 있었다. 그녀는 귀족 부인도 왕족도 아니었지만. 오랫동안 이어져 온 게임의 룰에 따라 고상한 미소를 유지한 채 칼을 들어

상대의 목을 힘껏 내리쳤다.

"체크, 메이트."

Drink
me.

8. 카프파우

-1-

[검색에 걸리지 않는 다크 웹을 기반으로 기업과 개인을 해킹하여 정보를 갈취해오던 악명 높은 해커 집단, '매즈섹'의 멤버들이 일부 검거되었습니다. 이번 검거에는 **익명의 제보자가 신고한 자료**가 결정적인 역할을 한 것으로 알려졌는데요. 한편, 경찰은 도주 중인 매즈섹의 다른 멤버들을 수색하는 동시에….]

[지난 일요일 현지 시각으로 새벽 두 시 반, 말레이시아 산다칸 항에서 야적 중이던 연방제 군용 드론이 갑자기 폭주하여 건물 유리창을 깨고 기자재를 파괴하는 등 항만 시설에 심각한 피해를 입혔습니다. 드론의 이상 행동이 설계상에서 발생한 문제로 밝혀질 경우, 외교마찰은 피하기 어려울 것으로 보입니다.]

벽에 걸린 TV는 쉴 새 없이 속보를 쏟아냈지만, 도마우스는 뉴스에서 무슨 말을 하는지에 관심이 없었다. 그녀의 시선은 여전히 컴퓨터의 모니터에 박혀있었다.

밤새도록 컴퓨터를 만졌지만 '청소'는 아직 끝나지 않았다. 그녀의 눈에는 어느새 피로가 짙게 내려앉아 있었고, 깔끔했던 책상에도 빈 살미아키 캔이 지저분하게 나동그라져 있었다.

"젠장, 젠장, 젠장…!"

도마우스는 연신 욕지거리를 내뱉으며 책상을 두들겼다. 그녀가 애지중지했던 보석 상자 위에는 흙발이 가득 찍혀있었다. 디스크에서 정보를 하나 끄집어낼 때마다 불청객이 남기고 간 흙더미가 로그에서 툭툭 떨어졌다.

"아아, 정말. 도대체 어디까지 빠져나간 거람?"

하드의 가장 깊숙한 곳에 숨겨놓았던 군사 기밀까지 상대에게 넘어갔다는 것을 확인하자 도마우스는 체념한 채 머리를 감싸 쥐었다.

이렇게 된 이상 차라리 연방 정부가 이 사실을 알아차리지 못하도록 방해 공작을 역으로 치는 것도….

"좋은 오후입니다, 도마우스 중위."

그 때, 갑자기 그녀의 등 뒤에서 사내의 목소리가 들리는 바람에 도마우스는 깜짝 놀라 마우스를 떨어트릴 뻔 했다. 고개를 돌려보니 그녀의 상관이자 같은 정보부의 요원인 체셔 소령이 그녀를 내려다보고 있었다.

'이상하다. 들어오는 소리는 못 들었는데.'

그의 어깨 너머로 문을 살펴보았지만, 전자식 도어락은 여전히 굳게 닫혀있었다.

"…어디로 들어오신 거죠?"

도마우스는 그를 경계하며 모니터의 화면을 가리려했다. 하지만 체셔는 그녀의 질문에는 대꾸도 하지 않은 채 TV 속의 앵커를 가리켰다.

"제가 없는 사이 일을 성대하게 벌려두셨더군요. 게다가 뒤처리도

제대로 하지 않았고요. 금일 새벽에 말레이시아 대사가 정식으로 항의 서한을 보내왔습니다. 연방제 드론이 폭주하는 바람에 산다칸 항이 엉망이 되어버렸다고요. 이 사건 때문에 육군의 차기 드론 수출 사업에도 큰 차질이 생겼습니다."

"그건… 실수였어요. 그 녀석들이 배신만 하지 않았어도 계획은 완벽하게 흘러갔을 거라고요."

도마우스는 황급히 준비한 변명을 꺼내들었지만, 체셔가 이곳에 찾아온 이유는 그뿐만이 아니었던 모양이었다.

"거기에 이미 죽은 것으로 알려진 이원일 하사의 얼굴을 모자이크 없이 그대로 방송에 내보내다니. 알아보는 사람이 나오기라도 하면 어쩌려고 그랬었습니까?"

"그건… 아무도 몰랐을 거예요. 게다가 알아보는 사람이 있다 하더라도 표면 웹에 그 사실을 공표하지는 않았을 거예요. 다들 입만큼은 무겁거든요."

"지금 VC에서 녹화 영상을 올리며 요란스럽게 화를 내는 저 사람들이 그 입이 무겁다던 회원들입니까?"

"그건…."

그 질문에 도마우스는 차마 답을 하지 못했다.

분명 어제의 그 작전은 '조금' 경솔하기는 했다. 하지만 일이 뜻대로 흘러갔더라면 이 또한 기우였을 것이다. 일이 제대로 진행되었더라면, 사람들은 아직도 잿빛 10월의 승조원들에 대해 떠들고 있었을 테고 영상에 나온 사내가 1년 전에 죽은 아 해군의 전사자와 닮았다는 건 아무런 화제도 되지 못했을 것이다.

적어도 도마우스는 그렇게 생각하고 있었다.

"…."

계속되는 도마우스의 변명에 체셔의 얼굴이 조금씩 일그러졌다. 하지만 그러면서도 미소만큼은 억지로 입을 고정시킨 것처럼 줄곧 떠나질 않아, 마지막 질문을 던질 즈음의 체셔는 웃는 것도 화내는 것도 아닌 기괴한 표정이 되어 있었다.

생글생글.

"그리고… 당신이 개인 서버에 보관하고 있던 중요한 1급 군사 기밀들이 외부로 넘어갔다는 게 사실입니까?"

"그걸 어떻게…."

누구지? 누가 그걸 정부에 일러바친 거지? 그 사실을 아는 사람은 어제 컴퓨터를 해킹한 사루와 마리아뿐일 텐데.

가장 먼저 떠오른 것은 사루의 얼굴이었다.

'치사한 녀석, 권위에 굴복하지 말라느니 그래놓고선 빼돌린 군사 기밀을 경찰에 넘겨?'

도마우스가 사루에 대한 분노로 씨근덕거리는 사이, 체셔는 잘못을 저지른 아이를 나무라는 것처럼 사근사근한 말투로 그녀를 채근했다.

"도대체 무슨 생각으로 군사 기밀을 개인 서버에 보관하고 있었던 겁니까?"

"제 컴퓨터의 보안은 펜타곤의 서버보다 더 튼튼했다고요. 그 빌어먹을 포크 폭탄만 아니었더라도 유출될 일은 없었는데…."

"결론은 안전하지 못했잖습니까."

"그럼 제가 책임지면 되잖아요."

"어떻게 책임을 지실 겁니까?"

"지금 그게 중요한―"

말을 채 마치기도 전에 체셔의 손이 도마우스의 머리를 통째로 쥐어 당겼다. 커다란 사내의 손이 코와 입을 짓누른 탓에 도마우스는 숨조차 제대로 쉬지 못했다. 두개골을 단단히 움켜쥔 손가락 너머로 도마우스는 그제야 체셔의 표정을 다시 한 번 제대로 살필 수 있었다.

생글생글.

"도마우스 중위. 아무래도 제 소개를 다시 해야 겠군요."

체셔는 웃고 있었지만 웃고 있지 않았다. 그 소름끼치는 미소는 평범한 사람이라면 절대로 볼 수 없는, 체셔가 **자신의 적**에게만 보여주는 진짜 얼굴이었다.

"제 코드네임은 체셔 캣. 아주 변덕스럽기로 유명한 고양이의 이름에서 따온 것이지요. 이해했습니까, 도마우스?"

도마우스는 그의 손아래에서 마구 고개를 끄덕였다. 평소처럼 이성적인 사고를 할 때가 아니었다. 그녀는 태어나서 처음으로 살기 위해 발버둥 쳤다.

"제가 언제까지고 당신들의 무례를 받아줄 거라 생각했다면 그야말로 큰 오산입니다. 그동안 당신들이 제멋대로 날뛰고 무례한 말을 쏟아내도 제가 화를 내지 않았던 건, 제가 너그러운 사람이라서가 아니라 당신들이 연방의 국익에 합치하는 인재였기 때문이었습니다."

말을 한 마디씩 이어갈 때마다 체셔의 손이 조금씩 힘을 더해갔다. 도마우스는 두개골이 으스러지는 듯한 통증을 느끼며 소리 없는 비명을 질렀다. 정말로 이 자리에서 체셔가 자신의 머리를 터트려 죽일지도 모른다고 생각하자, 온 몸이 오싹오싹하게 달아올랐다.

고통과 두려움으로 도마우스의 정신이 혼미해지려던 그 순간, 체셔가 다시 한 번 질문을 던졌다.

"도마우스 중위. 당신이 쓸모 있는 사람이라는 것을 조금 더 믿어도 괜찮을까요?"

도마우스가 힘겹게 고개를 끄덕이자, 체셔는 그제야 그녀의 머리에서 손을 떼고 가볍게 숨을 내쉬었다.

"…좋습니다."

"켁… 콜록, 콜록!"

손이 떨어지자마자 도마우스는 바닥에 쓰러져 기침을 하며 거칠게 숨을 몰아쉬었다. 하지만 체셔는 아무 일도 없었다는 것처럼 담담하게 그녀를 내려다보며 아까의 이야기를 계속했다.

"자, 도마우스. 당신이 지난밤에 중계했던 그 우스꽝스러운 방송을 **없었던 일로 해주십시오.** 설령 기억하고 있는 사람이 있더라도 그건 착각이었다고, 그렇게 믿도록 만들어주십시오."

"그걸 어떻게…."

"제가 방법까지 설명 드려야 하나요?"

체셔가 눈썹을 살짝 찌푸리는 것만으로도 도마우스는 경기를 일으키며 양 팔을 마구 휘저었다.

"아, 아뇨! 제, 제가 할 수 있어요. 제가 처리할게요!"

도마우스는 이미 체셔에게 저항할 의지를 완전히 잃어버린 상태였다. 그녀는 살기위해 비굴하리만큼 굴복적인 자세로 눈앞의 사내에게 충성을 맹세했다. 체셔는 만족스러운 미소를 지으며 손뼉을 가볍게 쳤다.

"그렇다니 다행이군요."

그리고 눈앞에 있는 무력한 여인과 눈을 마주치며 특유의 미소를 지

어보였다.

"그럼 조속한 처리 부탁드리겠습니다."

생글생글.

"우윽… 우엑… 흐으윽…."

체셔가 방을 빠져나가자마자 도마우스는 바닥에 쓰러져 오열하듯이 토악질을 했다.

하지만 그녀를 동정하는 사람은 아무도 남아있지 않았다.

-2-

산다칸에서의 소동이 벌어진 지 일주일 뒤.

VC 군사-밀리터리 게시판의 유저들은 평소처럼 신형 무기의 성능에 대해 토론을 벌이거나 시답잖은 농담을 주고받으며 잡담을 나누고 있었다.

그들은 1주일 전까지 게시판을 뜨겁게 불태우던 광명학회 승조원들에 대한 일은 까맣게 잊은 것처럼 그 화제에 대해서는 한 마디도 꺼내지 않고 있었다. 물론 유저들이 그 사건을 기억하지 못하는 것은 아니었다. 다만 화제가 메인 스레드에 오르내리지 않으니 관심을 받지 못할까봐 이야기를 꺼내지 않는 것뿐이었다.

그 때, 누군가가 용감무쌍하게 새 스레드를 파서 일주일 전의 화제를 꺼내들었다.

▶ 냥냥펀치 : 저번에 타야 방송 보다가 중간에 나왔는데, 혹시 끝까지 본 사람 있냐? 항만에 기어들어왔던 그 요원들 결국 어떻게 됨? 나중에 보려니까 타야 계정 터져서 다시보기 안 되더라. 혹시 끝까지 직관한 녀석 있으면 말해주라.

갑자기 화제가 전환되었음에도 불구하고 사람들은 제법 흥미를 보이며 새로운 스레드에 몰려들었다. 하지만 대부분의 반응은 방송의 내용보다는 정체가 탄로나 도망쳐버린 스트리머 타야에 관한 이야기였다.

▶ 사마귀군주 : 중간에 갑자기 타야가 방송 터트려서 끝까지 못 봤음. 솔직히 재미도 없더만.

▶ 이-지 : 그 방송에서 제일 재미있었던 건 타야가 못생긴 얼굴로 귀여운 척 하는 꼬락서니였지.

▶ 쿠로가네 : 레알 ㅋㅋㅋ 개꿀잼 쇼였잖어 ㅋㅋㅋ

▶ 익명 5366 : 와, 도대체 사람이 어떻게 그렇게 생겼나 싶을 정도로 추한 몰골이더라?

▶ 익명 7502 : 방구석 백수 놈들, 지들 외모도 도진개진이면서 남 얼굴 까 내리는 거 보소.

▶ 닥눈삼 : 타야 센세, 로그아웃하고 여기서 이러시면 안 돼요.

스레드의 주제가 자신이 생각한 것과는 다른 방향으로 흘러가자 스레주(Thread+主, 스레드를 만든 유저)는 불만스러운 어조로 다시 한 번 질문

을 올렸다.

▶ 냥냥펀치 : 그래서 그 방송은 진짜였던 거야? 거기 나온 남자랑 금발 꼬맹이는 정말 학회의 요원이었고?

그 때, 갑자기 익명의 유저가 나타나 확신적인 어조로 그의 질문에 답해주었다.

▶ 익명 1001 : 그거 구라로 밝혀짐. 신경 쓰지 마.

▶ 냥냥펀치 : 구라라고? 제법 진짜 같았는데.

▶ 익명 1001 : 몇 달 전에 남중국 쪽 은행에 강도 들었을 때 보안 드론이 발포하는 장면 가지고 합성한 거야. 여기 첨부한 링크로 가봐라.

▶ 고라니 : 진짜네. 두 달 전 기사에 첨부된 영상이잖아?

▶ 촉수수 : 어쩐지… 이렇게 큰 사건이 언론에 안 나온다 했더니만 역시 주작이었구만.

그의 주장에는 미심쩍은 부분이 많았지만, 유저들은 깊숙이 알아내려 하지 않고 다들 제멋대로 납득해버렸다.

이미 끝나버린 소동인데, 다시 진상을 파헤쳐 불을 붙이려고 해봤자 제대로 타오르지 않을 게 뻔했기 때문이었다.

하지만 그 때, 갑자기 또 다른 유저가 나타나 그 영상의 진위에 대해 의문을 제기했다.

▶ 가물치 : 잠깐, 저 영상에 나온 남자. 내가 아는 사람이야. 쟤가 왜 저기에 있지?

▶ 물곰 : 쟤? 쟤가 누군데?

▶ 가물치 : 내 고등학교 동창. 잠깐 이 사진 좀 봐줘.

▶ 물곰 : 그러게. 이 졸업 사진에 나온 남자랑 똑 닮았어.

▶ 익명 3793 : 나는 화질이 나빠서 확인이 안 되는데.

▶ 이-지 : 어디서 따로 사진을 구해서 합성한 거 아니야?

유저들은 시답잖은 음모론 취급을 하면서도 새로운 떡밥의 등장에 큰 흥미를 보이며 스레드로 몰려들었다. 어느새 스레드의 조회수는 수천을 넘어가기 시작했다.

▶ 냥냥펀치 : 니 친구는 왜 외국 은행을 털고 있는 거야?

▶ 가물치 : 그러니까 이상하다는 거지. 게다가 얘는… 1년 전에 사고로 죽었단 말이야.

▶ 고라니 : 네, 네. 올해의 괴담 상 수여하겠습니다.

▶ 쾨니히스티거 : 뭐야. 특수부대 썰인 줄 알았는데 납량특집이었네.

▶ 가물치 : 정확히 말하면 시신이 발견된 건 아닌데…. 너희도 알지? 전에 남중국해에서 침몰한 무진함. 내 동창은 그 배의 승조원이었어.

▶ 유키카제 : 엉? 무진함 생존자 관련 썰이야?

▶ 볼트보이 : 구라라도 괜찮으니까 스레드 새로 파서 썰 좀 더 풀어봐.

▶ 익명 2967 : 익명 추천 박았습니다.

무진함이라는 말에 유저들의 반응이 갑자기 뜨거워졌다. 연방이 학회와의 전쟁을 결심하게 된 시발점이자 계기인 무진함 침몰 사건은 아직까지도 군사 음모론자의 입에 자주 오르내리는 핫(Hot)한 주제였다.

스레드의 게시글이 올라가는 속도가 점차 빨라지자 영상 속의 사내와 동창이라고 주장하는 그 유저는 새로운 스레드를 열어 유저들을 불러보았다.

▶ 가물치 : 알았어. 잠깐만 기다려 봐. 그러고 보니 전에 스크랩해둔 신문기사가 있었는데—.

▶ 익명 5575 : 빨리 해줘, 현기증 난 단 말이야.

▶ 가물치 : 응? **이 시간에 무슨 택배지?** 택배 올 곳이 없는데. 나 잠깐 경비실에 좀 내려갔다 올게.

유저들의 기대가 고조되던 그 때, 스레주는 갑자기 뜬금없는 문장을 올린 채 잠수에 들어갔다. 곧 돌아오겠거니— 하고 기다리던 유저들도 한 시간이 지나도록 스레주가 돌아오지 않자, 실망을 터트리며 그를 비난했다.

▶ 물곰 : 뭐야, 스레주 어디 갔어? 택배 가지러 간다더니 한 시간이 넘도록 대답이 없네.

▶ 익명 5943 : 택배 받으러 옥천까지 내려갔냐.

▶ 익명 3913 : 혹시 도망친 거 아니야?

유저들이 실망하여 스레드를 떠나기 시작했을 무렵, 아까 전의 스레드에서 영상이 조작된 것이라고 주장하던 익명의 유저가 다시 나타나 비난에 쐐기를 박았다.

▶ 익명 1001 : 그래, 맞아. 거짓으로 썰을 풀려다가 밑천이 바닥나서 도망친 게 분명해.
▶ 익명 4230 : …그런가?
▶ 익명 1001 : 그래. **그것 말고 다른 이유가 또 필요해?**
▶ 익명 4230 : 하긴 그것도 그렇네.
▶ 익명 0907 : 복잡하게 생각하지 말자고.

유저들은 금세 흥미를 잃고 다시 원래의 이야기로 되돌아갔다. 영상 속의 사내가 진짜 무진함의 승조원이었는지, 택배를 가지러 갔다던 스레주가 어디로 사라진 것인지.

궁금해 하는 사람은 아무도 없었다.

-3-

카밀라 함장이 예고도 없이 갑자기 집무실에 들어섰을 때, 아틀라후아 소장은 자신의 부관과 애프터 눈 티를 즐기던 중이었다. 무례하게도 함장은 노크도 하지 않은 채 방문을 벌컥 열어젖혔지만, 아틀 제독은 놀랍지도 않다는 것처럼 눈을 감은 채 차의 향을 음미하고 있었다.

"…."

제독이 계속 자신을 모른 체하자, 카밀라 함장은 다과가 올려진 티 테이블 위에 자신이 들고 온 서류 뭉치를 거칠게 내려놓으며 말을 걸었다.

"왜 이렇게 결재가 오래 걸리는 거야? 우리들만으로도 모자라서 언니까지 태업을 하려고?"

함장의 무례한 언사에 제독은 눈썹을 가볍게 들썩이며 그녀에게 주의를 주었다.

"말을 가려서 하게, 카밀라 함장. 본관을 부르는 호칭은 언니가 아니라 제독일세."

"아틀 언니."

하지만 카밀라 함장은 집요하게 그 호칭을 고집하며 테이블 위에 올려놓은 서류를 한 장 들어 올렸다. 그 서류는 도마우스의 컴퓨터에 들어 있던 영상 파일들을 디지털 포렌식으로 분석한 보고서였다.

"나는 문외한이라 정확한 내용은 제대로 이해하지 못했지만… 보아하니 그 유출된 자료의 원본에 학회 DB를 거쳐 간 흔적이 남아있었다며? 그럼 우리 애들 잘못이 아니라 언니네 잘못이란 소리네?"

제독은 카밀라 대교가 내미는 그 서류에서 시선을 돌리려했지만 함장이 집요하게 서류를 눈앞에 들이밀자, 억지로 떠밀리듯이 본인의 실책을 인정했다.

"그래. 아무래도 정황상 학회 DB의 엔지니어가 실수한 것처럼 보이는군. 마리아 호퍼 수병장은 결백해."

제독이 순순히 잘못을 시인했음에도 불구하고 함장은 팔짱을 낀 채 불만스러운 표정으로 입을 실룩거렸다.

"사과는?"

"사과?"

"남의 배를 뒤집어 놓고. 우리 애들을 그렇게 볶아댔으면서 사과도 없이 넘어가려고?"

아틀 제독은 다시 한 번 눈썹을 들썩거리며 함장을 쳐다보았다. 아무리 부하가 누명을 썼다고는 하지만, 상관에게 이렇게 대놓고 사과를 요구하는 군인이라니.

제독은 카밀라 대교의 얼굴을 찬찬히 뜯어보았지만, 농을 치거나 수작을 부리려는 것처럼 보이지는 않았다. 카밀라 함장의 진지한 표정을 마주하자 제독도 어쩔 도리가 없었는지 소장은 담담하게 유감을 표했다.

"…유감이군."

"언니는 언제나 그렇게 말하지. 유감, 유감, 유감…. 별을 달기 위한 자격 중에 '염치를 제거할 것'이라는 구절이라도 있는 거야?"

"…유감스럽게도 그렇군."

제독이 계속 말장난처럼 답변을 회피하자 카밀라 대교는 이를 갈며 다시 서류를 테이블 위에 내던졌다. 그와 동시에 테이블 위의 찻잔이 거칠게 흔들리며 민트 티 특유의 청량한 향이 확 피어올랐다.

"…그 역겨운 음료 좀 치울 수 없어?"

"**유감**이지만 여기는 내 집무실이거든."

제독은 이죽이죽 웃으며 티스푼으로 찻잔을 더욱 거칠게 휘저었다. 민트의 향이 매캐하게 피어오르자 카밀라는 구역질이 난다는 표정을 지으며 뒤로 물러섰다.

"그래, 내가 관두든가 해야지."

카밀라 함장이 다시 밖으로 나가려 하자 문가에 망부석처럼 서 있던 부관- 리타 소위가 그녀에게 손을 내밀었다.

“건물 입구까지 안내해드리겠습니다.”

“필요 없어.”

함장은 부관의 손을 내치려다가 그녀의 얼굴을 보고 이상하다는 투로 고개를 갸웃거렸다. 그리고 곧 확신에 찬 표정으로 입을 열었다.

“저기, 너 말이야….”

“네?”

“그 **떡칠한 화장** 하나도 안 어울리니까 좀 지우지 그래? 그렇게 화장을 치덕치덕 발라대면 피부 다 상한다.”

그리고 카밀라는 부관이 무어라 답하기도 전에 집무실의 문을 소리 나게 닫고 밖으로 나가버렸다. 한동안 집무실 안에는 어색한 침묵이 감돌았다.

“후후… 결국 들켜버렸나.”

제독이 침묵을 깨고 쿡쿡 웃음을 터트리자, 부관은 머쓱한 표정으로 뺨을 긁적였다.

“그러게 말입니다. 저도 아직은 멀었군요.”

“자책하지 말게, **마르가리타 소위.** 그녀는 다른 사람보다 수십 배는 감이 좋거든.”

부관은 귓불 뒤쪽에 손을 가져다대고 줄곧 얼굴에 쓰고 있었던 라텍스 분장을 벗겨냈다. 그 아래서 드러난 얼굴은 다름아닌 블라디보스토크의 학회 주재 요원, 셰프 마르가리타였다.

Margarita

리타 소위— 아니, 마르가리타 소위는 원래의 풍부한 미소를 지어보이며 머리를 쓸어 넘겨 단정하게 한 갈래로 묶었다. 그 모습을 지켜보며 아틀 제독은 의미심장한 질문을 던졌다.

"그래서. 자네가 생각하기에는 어떤가?"

"너무 욕심을 부렸네요. 좀 더 통통하게 살찌워서 잡아먹으려고 한 탓에 사냥감이 성체가 되어버리고 말았어요."

"너무 자라면 고기가 질기지."

제독은 이해가 간다는 표정으로 고개를 연신 끄덕였다.

옷매무새를 모두 정리한 마르가리타는 허리춤에 손을 뻗어 악기를 연주하는 것처럼 손가락을 퉁겼다. 그러자 어디에선가 날카로운 발골용 나이프가 튀어나와 그녀의 손에 착하고 감겨들었다.

"…슬슬 수확할 때가 된 것 같네요."

"기대하고 있겠네, 마르가리타 소위."

제독은 왼손으로 턱을 괸 채 드물게 진지한 표정으로 힘을 주어 말했다.

"나는 슈하스코(churrasco)의 맛에는 꽤 예민하거든."

"물론이지요."

마르가리타가 우아하게 허리를 숙이며 인사를 했다.

그제야 제독은 만족스러운 표정으로 다시 찻잔을 들어 차를 홀짝였다.

사람마다 조금씩 차이가 있겠지만, 나는 해군 당직의 삼직 중에서 말직에 해당하는 모닝 와치(Morning Watch)를 제일 선호했다. 저녁잠이 많고 아침잠이 적은 탓에 퍼스트 와치(First Watch)나 미들 와치(Middle Watch)는 피곤하기도 하거니와… 무엇보다도 말직 시간대에는 당직 시간 중에 일출을 감상할 수 있기 때문이었다.

검푸른 빛깔의 하늘이 조금씩 붉게 물들어가며 찬란한 빛이 서서히 하늘을 메워가는 일출의 광경은 몇 번을 보아도 질리지가 않았다.

어딘가의 어린 왕자도 아니면서 나는 일출이 시작될 즈음이면 '외등을 끄고 함수기를 가져오겠다'는 핑계로 현문을 당직병에게 맡겨놓은 채 함교로 향하곤 했다.

병사에게 현문을 맡겨놓고 정작 부직사관은 경치 좋은 곳에서 홀로 사이드를 타고 있다니… 문득 수병들로부터 불성실하다는 비난을 들을지도 모르겠다는 생각이 들었지만, 당직사관의 눈을 피해 땡땡이를 칠 수 있는 것도 부직하사의 권한이다.

'…억울하면 저들도 부사관 지원하던가.'

문득 연방의 악덕 간부 같은 생각을 떠올리며 나는 괜스레 쿡쿡 웃었다.

배 안에서 일출을 관람하기 가장 좋은 곳은 역시 함교였다. 항해 중이었더라면 함교에는 당직사관이 항시 머무르며 타각을 보고 있었겠지만, 정박 중에는 사관실이 함교의 역할도 대신하고 있는지라. 이른 아침의 함교는 인기척 하나 없이 쥐 죽은 듯 조용했다.

창문 너머로 보니 함교 당직병인 히엔 수병장이 조타수용 의자에 앉아 꾸벅꾸벅 졸고 있는 것이 보였다. 나는 그녀를 깨우지 않도록 주의

하며 함교를 가로지른 다음, 사이드 윙의 난간 사다리를 타고 그 위의 마스트로 기어 올라갔다.

워낙 이른 시간이고 작전부 승조원들 이외에는 접근하지 않는 구역이었던지라 아무도 없을 거라고 생각했는데… 놀랍게도 마스트에는 의외의 선객이 와있었다.

"…의무장?"

마스트에 걸터앉아 있던 자그마한 체구의 소녀- 마리아 수병장이 눈썹을 치켜뜨며 나를 내려다보았다.

"아침부터 마스트에는 무슨 일이야?"

"레이더의 상태가 나쁜 것 같아서 한 번 살펴보러. 그러는 의무장이야 말로 여기에는 무슨 일이야?"

"음… 일출을…."

어쩐지 일출을 보러 여기까지 왔다고 솔직히 말하면 바보 취급을 당할 것 같았기에 나는 말끝을 돌려 거짓말을 했다.

"아니, 일출이 시작되기 전에 신호기가 제대로 게양되어 있는지 확인해볼까 싶어서 말이야."

"그런 건 함교 당직병이 하는 일 아니야?"

"아까 창문 너머로 보니까 졸고 있던데?"

"…함교 당직병을 감시해야 할 작전관이 여기서 이러고 있으니 어쩔 수 없나."

반은 웃으라고 농담처럼 건넨 이야기였는데, 진지한 답변이 돌아오는 바람에 나는 머쓱해졌다.

그리고 얼마간의 침묵이 흘렀을까. 마리아는 파우치에서 카프파우를 꺼내 내게 말없이 내밀었다.

생각해 보면 이 괴상한 음료를 마셔본지도 꽤 되었다.

나는 독극물을 다루는 것처럼 조심스럽게 캔의 따개를 개봉한 다음 입을 가져다대고 내용물을 한 모금 들이켰다.

"으으…."

맛은 여전히 끔찍했지만 잠을 깨는 데에는 이만한 음료도 없었다. 나는 조금 더 또렷해진 시선으로 마리아를 쳐다보았다.

마리아의 시선은 어째서인지 내 허벅지에 꽂혀있었다.

"다리는 괜찮아?"

그러고 보면 항만에서 돌아온 이후에 이 화제로 대화를 나누는 것 역시도 처음이었다. 나는 딱지가 덜 아물어 간질거리는 흉터를 살살 쓰다듬으며 그녀의 질문에 답했다.

"응. 옥상에서 정신을 잃었다가 깨어보니 이미 수술도 끝나있어서. 역시 광명학회의 기술력은 대단하네."

이야기를 들어보면 바로 후송해서 봉합을 했다고는 하지만, 당시 출혈량을 보면 분명 동맥 부근에 손상이 있었을 텐데… 일주일도 지나지 않아 통증 없이 걸을 수 있게 되었을 때는 무슨 연고를 썼는지 묻고 싶을 정도였다.

"그래도 부상당한 의무장을 배로 데려왔을 때는 난리도 아니었어. 포갑부 인원들은 도발 원점을 찾아내 폭격을 하겠다고 길길이 날뛰고, 조리장은 답지 않게 계속 울기만 하고… 오히려 카밀라 함장이 침착하게 일을 처리하고 있어서 놀랐을 정도라니까."

"그건 또 다른 의미로 궁금한 광경인걸. 계속 자고 있어서 못 본 게 아쉽네."

하염없이 울기만 하는 조리장과 이성적인 함장이라.

평소에는 정 반대의 모습을 보이는 두 사람인 만큼 그 광경은 어쩐지 잘 상상이 되질 않았다. 하지만 마리아는 내 답변의 무어가 마음에 들지 않았는지 고개를 돌린 채 불만스러운 어조로 작게 혼잣말을 했다.

"이렇게 눈치 없고 부실한 남자가 어쩌다가 이 배의 구심점이 되어버렸는지."

"뭐라고?"

"아무것도 아니야."

'눈치 없고 부실하다'는 소리를 들은 것 같기는 하지만… 틀린 소리도 아니니 그냥 넘어가기로 했다.

어느새 하늘은 별빛이 하나둘 사라지며 동녘부터 검푸르접접한 빛깔로 변하기 시작했다.

"그나저나 해커의 컴퓨터를 역해킹했다며? 유출 파일의 원본 말고도 쓸 만한 게 좀 있었어?"

가볍게 지나가는 말처럼 물었는데 마리아는 질린다는 표정으로 답변을 길게 늘어놓았다.

"많지. 삼류 타블로이드 신문을 창간해서 삼년동안 매일 1면을 특종기사로 장식하고도 남을 정도의 이슈들이 하드를 빽빽이 채우고 있더라고. 일반인의 은밀한 사생활 영상부터 차기 대권주자의 비리나 유명 여배우의 스캔들까지 없는 게 없던데… 아, 혹시 의무장도 보고 싶었던 거야?"

"아니."

나는 일고도 없이 고개를 가로저었다. 이 배에 승선하기 전부터 갖고 있던 신념이지만, 몰라도 되는 일에 머리를 들이밀어 좋은 꼴을 볼 가능성은 지극히 낮았다.

다만… 마리아의 말 중에 이해가 가질 않는 부분에 대해서는 질문을 던졌다.

"그런데 어째서 하필이면 타블로이드 신문이야?"

"제대로 된 신문사에 보냈다가는 신춘문예 투고작으로 오인 받을 정도로 허무맹랑한 소리가 많아서."

마리아가 그렇게 말을 하니 '도대체 어떤 이야기가 그 안에 있었기에…' 하는 생각이 들기도 했지만, 나는 간신히 호기심을 떨쳐내는데 성공했다.

마리아가 익숙한 경구를 입에 담았다.

"현실은 언제나 소설보다 더 기이한 법이니까."

"그 말 어디서 들어봤는데. 누가 한 거지?"

"바이런이었나, 마크 트웨인이었나…."

"이상하네. 나는 일본인이 한 말이라고 기억하고 있는데. 그, 아쿠타카와 류노스케 아니었어?"

내 질문에 마리아는 평소처럼 뚱한 표정을 지어보이며 냉소 섞인 목소리로 비아냥거렸다.

"아무렴 어때. 명언의 출처에 집착하는 건 말의 가치보다 권위를 중시하는 기회주의자뿐이야."

"…너답다."

퍽 마리아다운 대답이라는 생각이 들어 나는 쿡쿡 웃음을 터트렸다. 하지만 마리아는 내 말에서 무언가를 떠올려냈는지, 한동안 손으로

턱을 괸 채 무언가를 골똘히 생각했다.

한참의 침묵이 흐르고 마리아는 문득 산다칸 항에서의 일을 입에 담았다.

"그 때, 의무장이 내게 '너답지 않다'는 말을 했었잖아."

"그랬지."

패닉에 빠진 마리아를 진정시키기 위해 되는대로 꺼낸 이야기이기는 했지만, 확실히 그 때의 마리아의 모습은 내게 다른 사람처럼 느껴졌었다. 내가 아는 마리아는 귀염성이라고는 찾아볼 수 없을 정도로 감정 표현이 적고 밉살맞은 소리만 잔뜩 늘어놓는 맹랑한 계집아이였으니까.

하지만 마리아는 그 말이 어딘가 마뜩찮았는지 고개를 숙이며 살짝 눈살을 찌푸렸다.

"의무장은 알지 못하겠지만… 내게도 **나답지 않은 시절**이 있었어. 감정적이고, 겁 많고, 제 몸 건사도 제대로 하지 못하는 미숙한 계집아이. 한 때는 그게 내 **진짜 모습**이었지."

마리아는 담담한 어조로 다시 과거의 이야기를 꺼내며 카프파우를 들이켰다.

주변 사람들에게 손가락질당하며 쫓겨 다니던 시절의 그녀는 무력했다. 스스로는 아무것도 하지 못했다. 그래서 마리아는 자신을 좁은 방 안에 몰아넣고 바뀌기 위해 계속 노력했다. 새로운 자신이 될 수 있도록. 과거의 자신을 아무도 기억하지 못하도록.

"나는 내가 싫었어. 그래서 부정하고, 잊으려 했지. 하지만… 결국 부정하지 못했어. 그 계집아이는 여전히 내 안에 머무르고 있었는걸."

산다칸 항에서의 위기 때, 완전히 배제했다고 생각했던 과거의 마리아는 다시 그림자 위로 솟아올라 마리아의 발을 붙잡았다. 결국 그녀는 과거의 자신과 현재의 자신을 완전히 분리해내는 데 실패했다.

그렇다면 진짜 마리아는 둘 중 누구란 말인가.

두려움에 떨며 도망쳐다니는 어린 소녀인가. 아니면 허세와 이성으로 스스로를 옭아맨 잿빛 10월의 작전관인가.

"계속 생각을 했어. 진짜 나다운 모습은 어떤 모습일까. 진짜 나는 어떤 모습을 하고 있어야 하는 걸까. 계속 고민을 했지."

쉽지 않은 고민이라고 생각했다.

자신이 누구인지 정의할 수 있는 것은 '진짜 어른' 밖에 없으니까. 대부분의 사람들은 이 질문을 미루어놓은 채 반쪽짜리 어른이 되고는 한다. 어쩌면 나조차도 같은 질문을 받는다면 곤란하다는 표정을 지을지도 모르겠다. 하지만 그렇게 말하는 마리아의 표정은 이상하리만큼 가벼웠다.

그래서 나도 가볍게. 지나가는 말처럼 질문을 던졌다.

"그래서, 답은 찾았어?"

"응."

마리아는 앞으로 팔을 내뻗으며 고개를 끄덕였다.

"고를 것도 없이… 그 모든 순간이 나였던 거야."

당연한 이야기지만 삶은 연속적이다. 싫다고 해서 있었던 일을 뚝 떼어 없었던 일로 만들 수 없고, 없었던 일을 새로 덧그려 만들어 낼 수도 없다. 사람의 기억은 기계와는 다르다.

그래서 마리아는, 과거를 모두 끌어안기로 결정했다.

"…그렇구나."

나는 솔직하게 감탄하며 하늘을 올려다보았다. 수평선에 가까운 동녘 하늘이 붉은 물감을 한 방울 떨어트린 것처럼 조금씩 붉게 물들어 가고 있었다.

"해가 곧 뜨려나."

내 혼잣말에 답을 하는 것처럼 마리아가 갑자기 의외의 사실을 고백했다.

"그러고 보니 나, 해 뜨는 모습을 직접 본 적이 없어."

"진짜?"

"철이 들고 나서는 방 안에서 거의 나가본 일이 없으니까…. 중천에 뜬 해를 볼 기회는 가끔 있었지만, 일출 시간에 맞춰서 밖에 나온 일은 없었던 것 같아."

아무리 그래도 평생 이 멋진 광경을 보지 못했다니.

나는 머릿속으로 그런 생각을 했다가 문득 '평생'이라는 단어가 그녀와는 너무나도 어울리지 않는 것 같아 혼자서 쿡쿡 웃었다.

사람의 수명을 하루로 치면 마리아나 나나 아직 해가 채 뜨지도 않은 새벽을 살아가고 있는 셈이다. 우리는 앞으로 하늘이 흘러가는 것을 수없이 목격할 것이며, 그만큼 생각도 다채롭게 변할 것이다. 인생에 확신을 내리기에는 아직 나도 마리아도 어리다.

곧 수면 위로 빛나는 하얀 점 하나가 떠올랐다. 그 점은 점차 크기를 키워가며 구름 사이로 찬란한 빛살을 뿜어내더니, 곧 금빛의 태양으로 변모하여 새벽 바다를 따스하게 어루만졌다.

마스트에 걸터앉아 아침놀을 온몸으로 담뿍 맞으며 나는 마리아에게 물었다.

"어때? 처음 보는 일출의 광경은."

마리아는 눈을 가늘게 뜨고 쏟아지는 햇살을 손 안에 가두려는 것처럼 주먹을 가볍게 쥐었다.

"세상이 이렇게 반짝이는 줄은 몰랐어."

해가 조금씩 떠오를 때마다 바다는 계속 색을 바꾸어가며 오색찬란한 빛깔로 반짝였다. 바다의 습기를 머금은 아침 햇살이 부드럽게 그녀의 손등을 간지럽혔다.

"모니터를 통해서 보았을 때는 몰랐는데… 이렇게 따스하고 부드러운 세상이었구나."

마리아는 자리에서 일어서 세상을 마주했다.

그리고 앞으로 다가올 미래를 향해, 세상을 향해 익숙한 언어로 살갑게 인사를 건넸다.

"Hello, World."

(마리얼레트리 4권 끝.)

후기

<마리얼레트리 4 - Hello, world>를 구입해주셔서 감사합니다. 오소리입니다. 이번 권도 즐겁게 읽어주셨는지요.

이번 권의 부제인 "Hello, world"는 데니스 리치의 C 프로그래밍 교재의 첫 번째 예제 삽입문인 "Hello, world!"에서 따온 것으로 서브컬쳐 업계에서는 꽤 유명한 밈이기도 합니다. 마리아의 캐릭터를 구상했을 때부터 쓰려고 생각했던 문장인지라, 애착이 가는 부제입니다.

일반적으로 해킹이나 프로그래밍은 낯설고 어려운 개념이다 보니 현대 배경의 창작물에서 해커는 흔히 어두운 방 안에서 키보드를 두들겨 정보를 훔쳐오는 전지전능한 존재로 자주 묘사됩니다. 실제로 저도 마리아를 그동안 데우스 엑스 마키나처럼 자주 사용해오기도 했지만요….

그래서 이번 권은 집필에 앞서 기본적인 프로그래밍 지식을 익혀볼까 싶어 회사 클라이언트 담당자인 L 사우님께 프로그래밍 언어인 "Python"과 보안 시스템에 대해 조금 지도를 받았습니다. 물론 아직도 문외한 수준이지만 덕분에 이야기를 조금 더 풍성하게 쓸 수 있었습니다. 바쁘신 와중에도 귀찮은 내색 없이 질문에 답변해주신 L 사우님에게 다시금 감사를 드립니다.

물론 제가 밀리터리에 해박한 것은 아니지만 군 생활을 했던 사람이 쓴 글과 아닌 사람이 쓴 글의 차이가 있듯이 이 책에 묘사된 해커들은 천재로 묘사되지만 기본적으로는 제 상식으로 이해 가능한 수준 아래에서만 이야기를 나누고 있습니다. 때문에 문장의 현실성이나 전문성을 높이기 위해 해커들이 사용하는 말투나 전문 용어, 또 고전 등은 일부 문헌을 참고 인용하였습니다. 아래에 명단을 첨부하니 더 관심이 있으신 분들은 그 쪽을 참고 바랍니다.

그러고 보니 저는 코딩 공부를 한다고 애를 썼는데 요즘은 초등학교 때부터 코딩을 배우기 때문에 여간한 청소년들은 다 코드를 읽을 줄 안다고 하더군요. 그렇게 생각하니 앞으로 해커를 어쭙잖게 묘사 했다가는 라이트노벨의 주 독자층인 청소년이 보기에도 우스운, 엉성한 글이 나올지도 모르겠다는 생각이 들어 새삼 격세지감을 느꼈습니다.

전에 선배 작가님이 밖에 나가지 않고 기본적인 지식에만 의지해서 글을 쓰다가는 결국 아무에게도 공감 받지 못하는 글을 쓰게 된다고 말해주신 적이 있는데, 정말 그런 것 같습니다. 더 많이 공부하고, 더 많은 책을 읽어서 시대에 뒤처지는 작가가 되지 않도록 노력하겠습니다.

이번 권에도 미려한 일러스트를 그려주신 유나물 작가님과 집필 과정에서 아낌없는 조언을 해 주신 담당 편집자님, 그리고 오랜만의 복귀였음에도 불구하고 3.5권에 크게 호응을 해주셨던 독자 여러분께 감사의 인사를 올립니다.

모두 건강하시고 행복하세요.

아마 다음 5권이 마리얼레트리 시리즈의 마지막 권이 될 것 같습니다. 그럼 마지막까지 잘 부탁드리겠습니다.

2019년 09월
오소리

※ 참고문헌

1) 스티븐 레비, 박재호 외 2인, "Hackers", 한빛미디어, 2013
2) 박응용, "점프 투 파이썬", 이지스퍼블리싱, 2016
3) 마틴 가드너, 최인자, "Alice", 북폴리오, 2005
4) Team Fractal Alligator, "Hacknet", 2015
5) Jjw, 위키문헌, https://ko.wikisource.org/wiki/번역:이상한_나라의_앨리스, 2018.07.24.

마리얼레트리 4

초판 1쇄 발행 2019년 10월 30일

저자 오소리
삽화 유나물

발행인 원종우
발행처 (주)이미지프레임

주소 (427-060) 경기도 과천시 용마2로 3, 1층
영업부 02-3667-2653 **편집부** 02-3667-2654 **팩스** 02-3667-2655
메일 vnovel@naver.com **웹** vnovel.kr

ISBN 979-11-6085-802-0 02810 **(세트)** 978-89-6052-432-3

Mariolatry

신화 속 무법자 2

돈없고 빽없고 힘도 없는 내가 신들의 음모를 돌파하려면...?

V +051

글 : 박제후 / 그림 : ICE

가격 : 10,000원

영웅으로 레벨업 2

4성 영웅 '구국의 성녀'가 승급을 완료했습니다!

V +049

글 : 달필공자 / 그림 : Sila

가격 : 10,000원